SIR ARTHUR CONAN DOYLE

EINE STUDIE IN SCHARLACHROT

Eine Studie in Scharlachrot

und andere der berühmtesten Fälle des Meisterdetektivs Sherlock Holmes

von

Conan Doyle

Roman

XENOS

XENOS Verlagsgesellschaft m.b.H. & Co.

INHALT

Eine Studie in Scharlachrot
(A STUDY IN SCARLET)
Seite 5

Ein Fall von Identität
(A CASE OF IDENTIY)
Seite 131

Die Liga der Rotköpfe
(THE RED-HEADED LEAGUE)
Seite 153

Ein Skandal in Böhmen
(A SCANDAL IN BOHEMIA)
Seite 181

Über Arthur Conan Doyle
Seite 239

Herausgeber: XENOS Verlagsgesellschaft mbH
Am Hehsel 40 · 2000 Hamburg 63
Printed in CSSR

Eine Studie in Scharlachrot

1. Mr. Sherlock Holmes

Im Jahre 1878 machte ich an der Universität von London meinen medizinischen Doktor und ging dann nach Netley, um den für Militärärzte vorgeschriebenen Kurs zu absolvieren. Als ich dort meine Studien vollendet hatte, kam ich auch tatsächlich als Assistenzarzt zu den Fifth Northumberland Fusiliers. Um diese Zeit war das Regiment in Indien stationiert, und ehe ich dort meinen Dienst aufnehmen konnte, brach der zweite afghanische Krieg aus. Bei meiner Landung in Bombay erfuhr ich, daß meine Einheit schon durch die Pässe vorgedrungen war und tief im Feindesland stand. Zusammen mit vielen anderen Offizieren, die in der gleichen Lage waren wie ich, folgte ich ihr, kam sicher in Kandahar an, wo ich mein Regiment fand und sofort meine neuen Pflichten aufnahm.

Der Feldzug brachte vielen Ehren und Beförderung, mir jedoch nichts als Unglück und Mißgeschick. Ich wurde von meiner Brigade zu den Berkshires versetzt, wo ich auch während der fatalen Schlacht von Maiwand diente. Dort traf mich eine Jezail*-Kugel an der Schulter, sie zerschmetterte mir den Knochen und streifte die unter dem Schlüsselbein liegende Schlagader. Ich wäre den mörderischen Ghazis in die Hände gefallen, hätte mein Bursche Murray nicht soviel Hingabe und Mut bewiesen, als er mich über ein Packpferd warf und sicher hinter die britischen Linien brachte.

Erschöpft vom Schmerz und geschwächt von der langedauernden Anstrengung, der ich ausgesetzt gewesen war, wurde ich mit einem langen Zug Verwundeter in das Stützpunktlazarett von Peshawar verbracht. Hier kam ich wieder zu Kräften, daß ich bald in den Krankensälen herumgehen und sogar auf der Veranda in der Sonne liegen konnte, als mich ein Typhusfieber niederwarf, dieser Fluch der indischen Kolonien. Monatelang wurde an meinem Aufkommen gezweifelt, und als ich endlich wieder zu mir kam und mich langsam erholte, war ich so schwach und abgemagert, daß ein ärztlicher Ausschuß bestimmte,

* Jezail = lange afghanische Muskete

man müsse mich nach England zurückschicken und dürfe keinen Tag dabei versäumen. Ich wurde also auf dem Truppenschiff *Orontes* eingeschifft und landete einen Monat später an der Mole von Portsmouth. Meine Gesundheit war entscheidend ruiniert, doch eine väterlich gesinnte Regierung erlaubte es mir, neun Monate lang den Versuch zu machen, sie zu bessern.

Ich hatte keine Angehörigen und Verwandten in England und war daher frei wie ein Vogel; oder so frei jedenfalls, wie es ein Einkommen von elf Shilling und Sixpence am Tag einem Mann gestattet. Unter diesen Umständen trieb es mich natürlich wie von selbst nach London, in diesen großen Schmelztiegel, in dem alle Faulpelze und Tagediebe des Empires unweigerlich landen. Dort blieb ich einige Zeit in einem privaten Hotel am Strand, führte ein Leben ohne Bedeutung und Behagen und gab viel mehr Geld aus, als ich hätte tun sollen. Der Zustand meiner Finanzen wurde schließlich so alarmierend, daß mir klar wurde, ich müsse entweder die Hauptstadt verlassen und mich irgendwo auf dem Land vergraben, oder ich hätte meinen Lebensstil von Grund auf zu ändern. Damit begann ich auch mit dem Entschluß, das Hotel zu verlassen und mein Quartier in einem billigeren und weniger angeberischen Haus aufzuschlagen.

Am selben Tag, da ich zu diesem Entschluß gekommen war, stand ich an der Criterio-Bar, als mich jemand auf die Schulter tippte. Ich wandte mich um und erkannte den jungen Stamford, der bei Bart unter mir Hilfsarzt gewesen war. Für einen einsamen Mann ist der Blick in ein freundliches Gesicht mitten in der Wildnis von London in der Tat etwas sehr Erfreuliches. In alten Tagen war Stamford zwar nie ein besonderer Freund von mir gewesen, aber jetzt begrüßte ich ihn doch voll Begeisterung, und er schien ebenfalls sehr erfreut zu sein, mich zu sehen. Im Überschwang meiner Freude lud ich ihn ein, bei Holborn mit mir den Lunch zu nehmen, und in einem offenen Wagen machten wir uns dorthin auf den Weg.

»Was hast du denn mit dir selbst angefangen, Watson?« fragte er, verwundert, als wir durch das Gewühl der Londoner Straßen fuhren. »Du bist dürr wie eine Zaunlatte und braun wie eine Nuß.«

Ich gab ihm eine kurze Schilderung meiner Abenteuer und war kaum damit fertig, als wir am Ziel anlangten.

»Armer Teufel«, meinte er mitleidig, nachdem er der Schilderung meines Mißgeschicks zugehört hatte. »Und was willst du jetzt anfangen?«

»Eine Wohnung suchen«, antwortete ich. »Den Versuch machen, das Problem zu lösen, behagliche Räume zu einem erschwinglichen Preis zu finden.«

»Das ist aber merkwürdig«, sagte mein Gefährte, »du bist heute der zweite Mann, der diesen Ausdruck mir gegenüber benützte.«

»Und wer war der erste?«

»Ein Bursche, der im chemischen Labor des Krankenhauses arbeitet. Er klagte diesen Morgen, er könne niemanden finden, der sich mit ihm eine hübsche Wohnung teilt, die er gefunden hat, die aber für seinen Geldbeutel zu kostspielig ist.«

»Beim Jupiter!« rief ich, »wenn er wirklich einen haben will, der die Wohnung und die Ausgaben dafür mit ihm teilt, so bin ich dieser Mann. Mir wäre es auch lieber, einen Partner zu haben, als allein zu sein.«

Der junge Stamford schaute mich über seinem Weinglas sonderbar an.

»Du kennst Sherlock Holmes noch nicht«, sagte er, »vielleicht liegt dir gar nichts an ihm als Dauergefährten.«

»Oh! Was ist gegen ihn einzuwenden?«

»Ich sagte nicht, es sei etwas gegen ihn einzuwenden. Er hat nur einige ganz verquere Ideen — ist ein Enthusiast in verschiedenen wissenschaftlichen Zweigen. Soviel ich weiß, ist er aber ein recht anständiger Bursche.«

»Wohl ein Student der Medizin?« fragte ich.

»Nein. Ich habe keine Ahnung, worauf er sich verlegen wird. Ich glaube, in Anatomie ist er recht gut, und als Chemiker ist er sogar erstklassig. Soviel ich weiß, hat er jedoch nie systematisch medizinische Kurse besucht. Seine Studien sind etwas sprunghaft und exzentrisch, doch er hat sich eine Menge ungewöhnlichen Wissens angeeignet, die seine Professoren erstaunen würden.«

»Hast du ihn nie gefragt, wofür er sich entscheiden wird?«

»Nein. Er ist nicht der Mann, aus dem man leicht etwas

herausholt, obwohl er, wenn er Lust darauf hat, gelegentlich ganz mitteilsam sein kann.«

»Ich würde ihn gerne kennenlernen«, sagte ich. »Wenn ich schon mit einem anderen zusammenwohnen muß, so würde ich einen ruhigen, lernbegierigen Mann vorziehen. Ich bin noch nicht kräftig genug, um viel Lärm und Aufregung zu ertragen. Von beidem hatte ich in Afghanistan mehr als genug, und das genügt mir für den Rest meines Lebens. Wie kann ich deinen Freund kennenlernen?«

»Er ist jetzt ganz sicher im Labor zu finden. Entweder weicht er diesem Ort wochenlang aus, oder er arbeitet dort vom Morgen bis zum Abend. Wenn du willst, können wir nach dem Lunch miteinander hinfahren.«

»Ganz gewiß«, antwortete ich, und dann unterhielten wir uns über andere Dinge.

Nachdem wir Holborn verlassen hatten, begaben wir uns zum Krankenhaus. Stamfort berichtete mir noch ein paar Einzelheiten über den Gentleman, mit dem ich mich als Wohnungskamerad zusammentun wollte.

»Aber gib mir keine Schuld, wenn du nicht mit ihm zurechtkommst«, meinte er dazu. »Ich weiß nur das von ihm, was ich aus einigen gelegentlichen Begebungen im Labor erfahren habe. Vorgeschlagen hast du dies; also mach mich nicht verantwortlich dafür.«

»Wenn wir nicht miteinander zurechtkommen, so können wir uns leicht wieder trennen«, antwortete ich und sah meinen Gefährten nachdenklich an. »Du scheinst Grund zu haben, deine Hände in Unschuld waschen zu wollen. Ist der Charakter dieses Burschen so großartig, oder was ist sonst los? Sei nicht gar so mehlmäulig.«

»Es ist gar nicht so einfach, das Unausdrückbare auszudrücken«, antwortete er lachend. »Holmes ist für meinen Geschmack etwas zu wissenschaftlich; das grenzt schon an Kaltblütigkeit. Ich könnte mir vorstellen, daß er seinem Freund eine kleine Prise des letzten Gemüsealkaloids gibt; nicht aus Bosheit, mußt du wissen, sondern ganz einfach aus Wissensdurst, um sich eine genaue Vorstellung von seinen Wirkungen machen zu können. Aber ich will gerecht sein: Ich denke, er würde es selbst mit der gleichen Bereitschaft nehmen. Er scheint mir eine Leidenschaft für genaues und endgültiges Wissen zu haben.«

»Und damit hat er recht.«

»Ja; man kann es auch übertreiben. Wenn er im Sezierraum auf seine Objekte mit dem Stock einschlägt, so nimmt dieser Wissensdurst sicher bizarre Formen an.«

»Was? Auf Leichen einschlagen?«

»Ja. Um klarzustellen, wieweit Striemen auch nach dem Tod noch erzeugt werden können. Ich sah ihn dabei mit meinen eigenen Augen.«

»Und doch sagst du, er sei kein Medizinstudent?«

»Nein. Der Himmel möge wissen, was der Zweck seiner Studien ist! Aber da sind wir schon. Du mußt dir jetzt deinen eigenen Eindruck von ihm schaffen.«

Während er sprach, bogen wir in ein schmales Sträßchen ein und gingen durch eine kleine Seitentür in einen Flügel des großen Hospitals. Für mich war das eine vertraute Umgebung, und ich bedurfte keiner Führung, als wir die nackte Steintreppe erstiegen und durch einen langen Korridor mit weißgetünchten Wänden und dunkelfarbigen Türen gingen. Kurz vor dem Ende dieses Ganges führte ein niederer Torbogen zum chemischen Labor.

Das war ein hoher Raum. Unzählige Flaschen standen herum. Breite, niedrige Tische waren wahllos verteilt und mit Retorten, Reagenzröhrchen und kleinen Bunsenbrennern mit blauen, flackernden Flammen überladen. Nur ein Student befand sich im Raum, und der beugte sich an einem der ferneren Tische über seine Arbeit. Als er unsere Schritte hörte, schaute er auf und sprang mit einem Freudenschrei auf die Füße.

»Ich hab's gefunden! Ich hab's gefunden!« schrie er meinem Begleiter zu und lief uns mit einem Teströhrchen in der Hand entgegen. »Ich habe ein Reagens gefunden, das von Hämoglobin und nichts sonst ausgefüllt wird.«

Die Begeisterung, die sich in seinem Gesicht ausdrückte, hätte auch nicht größer sein können, wenn er eine Goldmine entdeckt hätte.

»Dr. Watson — Mr. Sherlock Holmes«, sagte Stamford, als er uns miteinander bekanntmachte.

»Wie freue ich mich«, sagte er herzlich und drückte meine Hand mit einer Kraft, die ich gar nicht bei ihm vermutet hätte. »Sie waren, wie ich hörte, in Afghanistan.«

»Wie, in aller Welt, wissen Sie das?« fragte ich erstaunt.

»Ach, egal«, meinte er und lachte leise. »Jetzt geht es um das Hämoglobin. Sie verstehen doch sicher, wie bedeutend meine Entdeckung ist?«

»Chemisch ist sie sicher sehr interessant«, antwortete ich, »aber praktisch ...«

»Aber Mann, das ist die praktischste gerichtsmedizinische Entdeckung seit Jahren! Verstehen Sie denn nicht, daß wir damit einen unfehlbaren Test für Blutflecken haben? Schnell, kommen Sie mit hierher.« In seinem Eifer griff er nach meinem Jackenärmel und zog mich mit zu dem Tisch, an dem er gearbeitet hatte. »Jetzt wollen wir frisches Blut nehmen«, sagte er, stieß eine lange Ahle in seinen Finger und zog den herausquellenden Blutstropfen mit einer Pipette auf. »Jetzt gebe ich diesen Tropfen Blut in einen Liter Wasser. Sie sehen, daß diese Mischung wie Wasser aussieht. Der Blutanteil kann nicht höher sein als eins zu einer Million. Ich habe jedoch nicht den geringsten Zweifel, daß wir die charakteristische Reaktion bekommen werden.«

Während er sprach, warf er ein paar weiße Kristalle in das Gefäß; dann fügte er ein paar Tropfen einer transparenten Flüssigkeit dazu. Im nächsten Augenblick nahm der ganze Inhalt eine dumpfe Mahagonifarbe an, und am Grund des Glases bildete sich ein bräunlicher Niederschlag.

»Ha, ha!« rief er, klatschte in die Hände und sah glücklich drein wie ein Kind mit einem neuen Spielzeug. »Was halten Sie davon?«

»Das scheint ein sehr delikater Test zu sein«, bemerkte ich.

»Schön! Schön! Der alte Guajaktest war recht umständlich und unzuverlässig, und die mikroskopische Suche nach Blutkorpuskeln ist auch nicht besser. Der letztere Test ist sowieso wertlos, wenn die Flecken ein paar Stunden alt sind. Dies hier scheint recht gut zu klappen, ob das Blut nun alt oder neu ist. Wäre dieser Test früher erfunden worden, so hätten viele hundert Männer, die jetzt friedlich auf der Erde wandeln, schon längst die Strafe für ihre Verbrechen erhalten.«

»Nein, wirklich«, murmelte ich.

»Kriminalfälle hängen doch immer wieder an diesem einen Punkt. Man verdächtigt einen Mann eines Verbrechens, Monate nachdem es begangen worden war. Seine Kleider und seine Wäsche werden überprüft, und man findet bräunliche Flecken an ihnen. Sind das nun Blut- oder Schmutzflecken? Rost- oder Obstflecken, oder was sonst? Das ist nämlich die Frage, über die schon viele Fachleute nachgegrübelt haben. Und warum? Weil man keinen zuverlässigen Test hatte. Nun gibt es aber den Sherlock Holmes-Test, und deshalb werden wir keine Schwierigkeiten mehr haben.«

Seine Augen funkelten, während er sprach, er legte die Hand auf sein Herz und verbeugte sich, als klatsche ihm ein Auditorium Beifall.

»Da kann man Ihnen also nur gratulieren«, bemerkte ich und wunderte mich über seine Begeisterung.

»Im letzten Jahr gab es in Frankfurt den Fall von Bischoff. Man hätte ihn sicherlich gehängt, wäre dieser Test schon bekannt gewesen. Dann waren da dieser Mason von Bradford, der berüchtigte Muller, der Lefevre von Montpellier, Samson von New Orleans. Ich könnte mindestens zwanzig Fälle nennen, in denen er entscheidend gewesen wäre.«

»Sie scheinen ein wandelnder Verbrechenskalender zu sein«, sagte Stamford lachend. »Sie könnten ja einen Artikel darüber schreiben. Nennen Sie's ‚Polizeinachrichten aus der Vergangenheit'.«

»Das wäre sogar eine sehr interessante Lektüre«, antwortete Sherlock Holmes und klebte ein Stückchen Pflaster auf die Stichwunde an seinem Finger. »Ich muß sehr vorsichtig sein«, erklärte er mir und lächelte mich an, »denn ich pfusche ziemlich viel mit Giften herum.«

Er streckte, während er sprach, seine Hand aus, und ich bemerkte, daß sie an vielen Stellen mit solchen kleinen Pflastern beklebt und überdies von starken Säuren sehr verfärbt waren.

»Wir kamen in einer geschäftlichen Angelegenheit her«, sagte Stamford, setzte sich auf einen dreibeinigen Hocker und schob mir einen mit dem Fuß zu. »Mein Freund hier möchte reich werden, und da Sie sich beklagten, weil Sie niemanden fanden, der sich mit Ihnen zusammentut, dachte ich, es wäre gut, Sie beide zusammenzubringen.«

Sherlock Holmes schien von der Idee, seine Wohnung mit mir zu teilen, entzückt zu sein.

»Ich habe mein Auge auf eine Suite in der Baker Street geworfen«, sagte er, »die uns in jeder Beziehung genügen könnte. Sie haben doch hoffentlich nichts gegen den Geruch starken Tabaks?«

»Ich rauche selbst auch immer die Schiffsmischung«, antwortete ich.

»Ah, das ist gut. Ich habe meistens auch Chemikalien herumstehen und mache gelegentlich auch Experimente. Würde Sie das belästigen?«

»Nein, absolut nicht.«

»Mal sehen ... Was sind meine übrigen Schattenseiten? Manchmal komme ich ins Brüten, und dann mache ich tagelang den Mund nicht auf. Sie dürfen dann nicht glauben, ich sei verschnupft. Da lassen Sie mich nur in Ruhe, dann ist alles bald wieder in schönster Ordnung. Nun, und was haben Sie zu bekennen? Es ist besser, wenn zwei Burschen das Schlechteste voneinander wissen, ehe sie beschließen, zusammenzuwohnen.«

Ich lachte zu diesem Kreuzverhör.

»Ich habe eine kleine Bulldogge und mag keinen Radau, weil meine Nerven noch ziemlich schlecht sind. Und ich stehe zu den unheiligsten Stunden auf und bin über alle Maßen faul. Wenn es mir gutgeht, habe ich schon noch eine ganze Reihe anderer Laster, aber im Moment sind das die schlimmsten.«

»Zählen Sie das Geigenspiel auch zum Radau?« fragte er besorgt.

»Das hängt vom Spieler ab«, erwiderte ich. »Eine gut gespielte Geige ist ein Göttergenuß, eine gekratzte dagegen ...«

»Oh, das ist schon recht!« rief er und lachte fröhlich. »Ich denke, wir können die Sache als abgemacht betrachten, das heißt, wenn Ihnen die Räume zusagen.«

»Wann schauen wir sie an?«

»Kommen Sie morgen gegen Mittag hierher, dann gehen wir zusammen hin und regeln alles«, antwortete er.

»Schön. Morgen, genau mittags«, sagte ich und schüttelte ihm die Hand.

Wir ließen ihn bei seinen Chemikalien zurück und begaben uns zu meinem Hotel.

»Übrigens«, fragte ich, blieb stehen und wandte mich Stamford zu, »wie, zum Teufel, wußte er, daß ich aus Afghanistan komme?«

Mein Gefährte lächelte geheimnisvoll.

»Das ist eine kleine Eigenheit von ihm«, erklärte er mir. »Schon viele Leute wollten wissen, wie er es anstellt, so vieles herauszufinden.«

»Oh, ein Geheimnis?« Ich rieb mir die Hände. »Das ist ja sehr pikant. Ich bin dir sehr dankbar, daß du uns zusammengebracht hast. Die Menschheit studiert man am besten am Menschen, weißt du.«

»Dann mußt du ihn eben studieren«, sagte Stamford, als er sich von mir verabschiedete. »Aber du wirst finden, daß er ein recht verzwicktes Problem ist. Ich wette, er erfährt viel mehr über dich als du über ihn. Leb wohl.«

»Leb wohl«, antwortete ich und schlenderte zu meinem Hotel. An meinem neuen Bekannten war ich äußerst interessiert.

2. Die Wissenschaft der Schlußfolgerung

Wir trafen uns, wie verabredet, am nächsten Tag und schauten uns die Räume in der Baker Street No. 221 an, von denen er am Tag vorher gesprochen hatte. Die Wohnung bestand aus ein paar behaglichen Schlafzimmern und einem großen, luftigen Wohnzimmer, freundlich möbliert und von zwei breiten Fenstern erhellt. So ansprechend in jeder Beziehung waren die Räume, so mäßig der Preis, wenn wir ihn zwischen uns aufteilten, daß wir uns auf der Stelle entschlossen und sofort davon Besitz ergriffen. Noch am gleichen Abend holte ich meine Sachen aus dem Hotel ab, und am nächsten Morgen folgte Sherlock Holmes mit etlichen Kisten und Reisesäcken. Ein paar Tage lang waren wir sehr eifrig mit Auspacken beschäftigt und mit der vorteilhaftesten Verteilung unserer Besitztümer. Als wir damit fertig waren, gewöhnten wir uns langsam an die neue Umgebung.

Holmes war sicherlich kein Mann, mit dem man nicht leben konnte. Auf seine Art war er sehr ruhig, und er hatte regelmäßige Gewohnheiten. Selten war er abends länger als bis zehn Uhr auf, und immer hatte er gefrühstückt und war weggegangen, wenn ich aufstand. Manchmal verbrachte er den Tag im chemischen Labor, manchmal im Seziersaal; gelegentlich machte er auch lange Spaziergänge, die ihn anscheinend in die niedrigsten Stadtviertel brachten. Überfiel ihn die Arbeitswut, so war seine Energie nicht zu übertreffen. Hin und wieder lag er jedoch auch tagelang auf dem Sofa im Wohnzimmer, redete kaum ein Wort und rührte vom Morgen bis zum Abend keinen Finger. Bei solchen Gelegenheiten bemerkte ich in seinen Augen einen so verträumten, leeren Ausdruck, daß ich auf den Gedanken hätte kommen können, er sei drogensüchtig, wenn nicht die Mäßigkeit und Sauberkeit seines Lebens eine solche Vermutung von vornherein ausgeschlossen hätte.

Ein paar Wochen vergingen, und mein Interesse an ihm vertiefte sich ebenso wie meine Neugier bezüglich seiner Ziele. Seiner Persönlichkeit und Erscheinung nach mußte er auch die Aufmerksamkeit der beiläufigsten Beobachter auf sich ziehen. Er war über sechs Fuß groß und so extrem mager, daß er noch viel größer erschien. Seine Augen blickten scharf und durchdringend, nur nicht in den Zeiten, wie ich sie oben erwähnte. Seine schmale Adlernase verlieh seinem Gesicht den Ausdruck äußerster Wachheit und Entschiedenheit. Auch sein Kinn war eckig und ausgeprägt und charakterisierte ihn als einen Mann von großer Bestimmtheit. Seine Hände wiesen immer Tintenflecke auf und waren von Chemikalien verfärbt, doch in der Berührung waren sie voll delikater Zartheit, wie ich oft beobachten konnte, wenn er an seinen empfindlichen Instrumenten arbeitete.

Mein verehrter Leser könnte mich nun als hoffnungslosen Wichtigmacher abtun, wenn ich bekenne, wie sehr dieser Mann meine Neugier reizte und wie sehr ich mich bemühte, seine Zurückhaltung zu durchbrechen, die er in allem, was ihn selbst anging, wahrte. Ehe Sie, verehrter Leser, jedoch urteilen, bitte ich zu berücksichtigen, wie ereignislos mein Leben war, wie wenig also meine Aufmerksamkeit fesselte. Meine Gesundheit verbot mir große Unternehmungen, wenn das Wetter nicht ausnehmend schön war, und Freunde, die mich besuchten und die Eintönigkeit meines Lebens unterbrachen, hatte ich nicht. Unter diesen Umständen begrüßte ich natürlich das kleine Geheimnis, das meinen Gefährten umgab, und ich verbrachte auch viel Zeit damit, es zu lüften.

Medizin studierte er jedenfalls nicht. Auf eine Frage hatte er Stamfords Meinung in dieser Beziehung bestätigt. Er schien auch sonst keine Vorlesungen belegt zu haben, die ihn zu einem wissenschaftlichen Grad führen konnten oder ihn sonstwie in die Welt der Gelehrten stellen würden. Trotzdem war sein Eifer für gewisse Studien bemerkenswert, und innerhalb weitgezogener Grenzen war sein Wissen so außerordentlich genau und umfassend, daß seine Bemerkungen mich oft überaus erstaunten. Sicher würde kein Mann so hart arbeiten wie er, um so genaue Informationen zu erhalten, hätte er nicht ein ganz bestimmtes Ziel. Flüchtige Leser sind nie bemerkenswert wegen der Genauigkeit ihres Wissens. Kein Mann belädt auch seinen Geist mit kleinen Dingen, wenn er nicht einen ausgezeichneten Grund dafür hat.

Sein Unwissen war ebenso bemerkenswert wie sein Wissen. Zeitgenössische Literatur, Philosophie und Politik schienen ihm so ziemlich unbekannt zu sein. Ich zitierte einmal Thomas Carlyle, und da fragte er mich recht naiv, wer das denn sei und was er getan habe. Meine Überraschung erreichte jedoch ihren Höhepunkt, als ich zufällig herausfand, daß er von der Theorie des Kopernikus und von der Anordnung des Sonnensystems keine Ahnung hatte. Daß irgendein zivilisiertes menschliches Wesen des neunzehnten Jahrhunderts keine Ahnung davon haben sollte, daß die Erde um die Sonne kreist, erschien mir so ausgefallen, daß ich es kaum zu glauben vermochte.

»Sie scheinen sehr erstaunt zu sein«, sagte er, als er meine verblüffte Miene bemerkte. »Jetzt, da ich das weiß, werde ich mein Bestes tun, es zu vergessen.«

»Es zu vergessen?«

»Sehen Sie«, erklärte er mir, »ich betrachte das Gehirn eines Menschen ursprünglich als einen leeren Dachboden, den man mit den Möbeln ausstatten muß, die man wählt. Ein Narr schiebt jeden Krempel dahin ab, der sich ihm in den Weg stellt, so daß nützliches Wissen ganz einfach hinausgedrängt oder bestenfalls mit lauter unnützem Kram

förderten, oder ob sie nur das Ergebnis einer Laune oder Phantasie waren, konnte ich nicht feststellen. Vielleicht hätte ich mich gegen diese aufreizenden Soli gewehrt, hätte er sie nicht gewöhnlich damit beschlossen, daß er eine ganze Reihe meiner Lieblingsmelodien spielte als Belohnung dafür, daß er meine Geduld auf eine so harte Probe gestellt hatte.

In der ersten Woche hatten wir überhaupt keine Besucher, und ich hatte mich schon an den Gedanken gewöhnt, mein Gefährte sei ebenso ohne Freunde wie ich. Später entdeckte ich jedoch, daß er viele Bekanntschaften hatte, und zwar in den verschiedensten gesellschaftlichen Schichten. Da war ein kleiner, bleich- und rattengesichtiger, dunkeläugiger Bursche, den er mir als Mr. Lestrade vorstellte; er kam in einer einzigen Woche drei- oder viermal. Eines Morgens erschien ein junges, sehr gut und modern gekleidetes Mädchen und blieb eine gute halbe Stunde. Am gleichen Nachmittag besuchte ihn noch ein grauköpfiger, schmuddeliger Mann, der wie ein jüdischer Bettler oder Hausierer aussah und sehr aufgeregt zu sein schien, und ihm folgte eine schlampige ältliche Frau. Bei einer anderen Gelegenheit hatte ein alter, weißhaariger Gentleman eine Besprechung mit meinem Gefährten, und dann wieder war es ein Gepäckträger von der Eisenbahn in seiner Manchesteruniform. Erschien einer von diesen sehr unterschiedlichen Leuten, so bat Sherlock Holmes, das Wohnzimmer allein benützen zu dürfen, und ich zog mich dann in mein Schlafzimmer zurück. Immer entschuldigte er sich bei mir für die Unbequemlichkeit, die er mir bereitete.

»Ich muß diesen Raum sozusagen als mein Geschäftslokal benützen«, sagte er, »und diese Leute sind meine Klienten.«

Wieder hatte ich eine Gelegenheit, ihm eine indiskrete Frage zu stellen, und wieder verbot mir dies mein Taktgefühl, einen anderen Mann zum Vertrauen zu mir zu zwingen. Ich stellte mir um diese Zeit schon vor, daß er gewichtige Gründe hatte, nicht darüber zu sprechen, doch er kam dann von sich aus darauf.

Ich habe gute Gründe, mich daran zu erinnern, daß es der 4. März war; ich stand etwas früher auf als sonst und fand, daß Sherlock Holmes noch nicht mit dem Frühstück fertig war. Die Hausfrau hatte sich so sehr an mein spätes Aufstehen gewöhnt, daß der Tisch noch nicht für mich gedeckt und auch der Kaffee noch nicht gekocht war. Wie unvernünftig und verdrießlich die Menschheit eben oft ist, ich läutete die Glocke und deutete ziemlich kurz an, daß ich bereit sei. Dann nahm ich eine Zeitung vom Tisch und vertrieb mir damit das Warten, während mein Gefährte schweigend seinen Toast kaute. Einer der Artikel trug mit Bleistift eine Bemerkung neben der Überschrift, und selbstverständlich las ich ihn.

Der etwas ehrgeizige Titel hieß »Das Buch des Lebens« und versuchte zu zeigen, was ein Mann, der zu beobachten verstand, alles erfahren konnte, wenn er genau und systematisch alles nachprüfte, was ihm unterkam. Ich meinte, das sei eine bemerkenswerte Mischung aus Schlauheit und Absurdität. Die Logik war sehr genau, aber die Schlußfolgerungen schienen mir viel zu weit hergeholt und übertrieben zu sein. Der Schreiber behauptete, aus einem momentanen Gesichtsausdruck, einem Muskelzucken, einem Blick eines Menschen innerste Gedanken ausloten zu können. Eine Täuschung war, seiner Meinung nach, eine Unmöglichkeit, wenn es sich um einen geschulten Beobachter und Analytiker handelte. Seine Schlüsse waren so unfehlbar wie viele des alten Euklid; auch so erstaunlich, daß seine Ergebnisse einem in dieser Beziehung Unwissenden als Nekromanie erscheinen konnten, bis er den Prozeß kennenlernte, der ihn dazu geführt hatte.

»Aus einem Wassertropfen«, erklärte der Schreiber, »könnte ein Logiker die Möglichkeit eines Atlantiks oder eines Niagara ableiten, ohne je den einen oder anderen gesehen zu haben. So ist das Leben eine lange Kette, deren Natur uns klar ist, sobald wir nur ein einziges Glied davon gesehen haben. Wie alle anderen Künste, so ist auch die Wissenschaft der Schlußfolgerung und Analyse eine, die nur durch lange und geduldige Studien erlernt werden kann, wenn auch das Leben nicht lange genug ist, um je einen zur höchsten Perfektion gelangen zu lassen.

Ehe man sich mit den moralischen und mentalen Aspekten dieser Sache befaßt, die größte Schwierigkeiten mit sich bringen, möge man mit der Meisterung elementarer Probleme beginnen. Begegnet man einem anderen Sterblichen, so lerne man, auf einen Blick dessen Geschichte zu bestimmen, seinen Beruf oder die Arbeit, die er ausführt, zu erraten. Das mag vielleicht kindisch erscheinen, doch es schärft die Beobachtungsgabe und lehrt einen, wohin und wonach man zu schauen habe. Eines Mannes Fingernägel, Jackenärmel, Stiefel, Hosenknie, die Schwielen an Zeigefinger und Daumen, seine Miene, seine Hemdmanschetten und alles übrige an ihm enthüllen ganz klar seinen Beruf. Daß all dies zusammengenommen einen tüchtigen Beobachter nicht erleuchten sollte, ist schlechthin undenkbar.«

»Welch kindisches Geschwätz!« rief ich und knallte die Zeitung auf den Tisch. »Noch nie habe ich solchen Unsinn gelesen.«

»Was ist es denn?« fragte Sherlock Holmes.

»Nun, dieser Artikel«, sagte ich und deutete mit meinem Eilöffel darauf, als ich mich an mein Frühstück machte. »Ich sehe, Sie haben ihn gelesen, da Sie ihn ja angemerkt haben. Ich leugne nicht, daß er geschickt geschrieben ist. Trotzdem stört er mich. Das scheint die Theorie eines Armstuhlphilosophen zu sein, der all diese hübschen paradoxen Sachen in der Abgeschlossenheit seines Arbeitszimmers entwickelt. In die Praxis läßt sich das nicht umsetzen. Den möchte ich in einem Dritterklassewagen der U-Bahn sehen, wenn er mir die Berufe seiner Mitreisenden verrät. Ich würde tausend zu eins gegen ihn wetten.«

»Da würden Sie Ihr Geld verlieren«, bemerkte Sherlock Holmes ruhig. »Und den Artikel habe ich geschrieben.«

»Sie?«

»Ja. Ich habe eine ganz besondere Ader für die Beobachtung und die Schlußfolgerungen daraus. Die Theorien, die ich dort ausführte und die Ihnen so sehr als Hirngespinste erscheinen, sind in Wirklichkeit überaus praktisch, so praktisch sogar, daß ich mich auf sie verlasse, denn sie verschaffen mir mein Brot und meinen Käse.«

»Und wie?« fragte ich unwillkürlich.

»Nun, ich habe einen ganz besonderen Beruf. Ich vermute, ich bin da der einzige auf dieser Welt. Ich bin nämlich beratender Detektiv, wenn Sie wissen, was das ist.

Hier in London haben wir viele Detektive der Regierung und sehr viele Privatdetektive. Wenn die sich einmal nicht mehr zurechtfinden, kommen sie zu mir, und ich schaffe es dann, sie auf die richtige Spur zu setzen. Sie legen mir alle ihre Beweise vor, und ich bin im allgemeinen in der Lage, mit Hilfe meines Wissens und der Geschichte des Verbrechens, ihnen den richtigen Weg zu weisen. Bei allen Untaten gibt es eine starke sogenannte Familienähnlichkeit, und wenn Sie alle Einzelheiten von tausend Fällen in ihren Fingerspitzen haben, wäre es seltsam, wenn Sie den Fall tausendundeins nicht klären könnten. Lestrade ist ein bekannter Detektiv. Kürzlich war ihm ein Fälschungsfall absolut nebelhaft, und deshalb kam er hierher.«

»Und diese anderen Leute?«

»Meistens werden sie geschickt von privaten Ermittlungsbüros. Das sind alles Leute, die irgendwie in Schwierigkeiten geraten sind und ein wenig Hilfe benötigen. Ich höre mir ihre Geschichte an, sie lauschen meinen Kommentaren, und ich schiebe dann mein Honorar ein.«

»Wollen Sie damit sagen«, warf ich ein, »daß Sie, ohne hier die Wohnung zu verlassen, Knoten entwirren können, mit denen andere Leute nichts anzufangen wissen, obwohl Sie doch alle Einzelheiten selbst gesehen haben?«

»Genau. Ich habe in dieser Beziehung eine Art Intuition. Ab und zu kommt auch ein Fall daher, der ein wenig komplizierter ist. Dann muß ich natürlich herumlaufen und verschiedene Dinge mit eigenen Augen sehen. Verstehen Sie, ich habe eine Menge Spezialwissen, das ich auf ein bestimmtes Problem anwenden kann und die Dinge auf wundervolle Art erleichtert. Diese Regeln der Schlußfolgerungen, die ich in dem Artikel, der Ihren Zorn erregte, niederlegte, sind in der praktischen Arbeit für mich unendlich wertvoll. Beobachtung ist meine zweite Natur. Sie schienen sehr erstaunt zu sein, als ich Ihnen bei unserer ersten Begegnung erklärte, Sie kämen aus Afghanistan.«

»Man hat es Ihnen zweifellos gesagt.«

»Nichts dergleichen. Ich wußte es nur, daß Sie aus Afghanistan kommen. Aus langer Gewohnheit lief der Zug meiner Gedanken so rasch durch meinen Geist, daß ich zu dieser Schlußfolgerung kam, ohne mir der einzelnen Schritte bewußt zu werden. Natürlich gab es solche Schritte. Die Überlegungen verliefen so: Hier ist ein Gentleman vom Typ Arzt, aber er hat auch etwas Militärisches an sich. Also ist er ein Militärarzt. Er kommt gerade aus den Tropen, denn sein Gesicht ist dunkel, und das ist nicht seine natürliche Hautfarbe, denn seine Handgelenke sind hell. Er hat viel Schweres und Krankheit hinter sich, weil sein hageres Gesicht dies deutlich verrät. Sein linker Arm war verwundet. Er hält ihn steif und unnatürlich. Wo in den Tropen könnte ein englischer Militärarzt soviel Schweres mitgemacht und sich eine Verwundung zugezogen haben? Ganz klar, doch nur in Afghanistan ... Dieser ganze Gedankengang nahm nicht einmal eine Sekunde in Anspruch. Ich bemerkte daher, daß Sie aus Afghanistan kämen, und Sie waren erstaunt.«

»So, wie Sie das erklären, erscheint es einfach«, sagte ich lächelnd. »Sie erinnern mich an Edgar Allan Poes Dupin. Ich hatte keine Ahnung, daß es auch außerhalb von Geschichten solche Persönlichkeiten gibt.«

Sherlock Holmes stand auf und zündete seine Pfeife an.

»Zweifellos sind Sie der Meinung, Sie machten mir ein Kompliment, wenn Sie mich mit Dupin vergleichen«, bemerkte er. »Nun, meiner Meinung nach war Dupin ein sehr ungeschickter Bursche. Dieser Trick, in den Gedankengang seines Freundes einzubrechen mit einer beiläufigen Bemerkung nach einem Schweigen von einer Viertelstunde, ist sehr oberflächlich und nur auf Wirkung bedacht. Sicher, er mag ein analytisches Genie gewesen sein, doch auf keinen Fall war er ein solches Phänomen, wie Poe es vielleicht glaubte.«

»Haben Sie je die Werke Gaboriaus gelesen?« fragte ich. »Kommt Lecop Ihren Ideen von einem Detektiven nahe?«

Sherlock Holmes schniefte verächtlich.

»Lecop war ein miserabler Stümper«, antwortete er zornig. »Er hatte nur eines, was ihn empfahl, seine Energie. Dieses Buch machte mich wirklich krank. Die Frage war, wie man einen unbekannten Gefangenen identifizieren könne. Das hätte ich in vierundzwanzig Stunden tun können. Lecop brauchte etwa sechs Monate dazu. Man hätte daraus ein Lehrbuch für Detektive machen können, um sie zu lehren, was sie vermeiden müssen.«

Ich ärgerte mich, daß zwei Helden, die ich bisher bewundert hatte, so abfällig beurteilt wurden. Ich ging zum Fenster und schaute auf die Straße hinab, auf der sehr viel Leben herrschte.

»Dieser Bursche«, sagte ich zu mir selbst, »mag sehr gerissen sein, aber er ist ganz gewiß überaus eingebildet.«

»Heutzutage gibt es keine Verbrechen und Verbrecher«, bemerkte er verdrossen. »Was nützt es schon, wenn man in unserem Beruf Hirn hat? Ich weiß recht gut, daß ich das Zeug in mir habe, meinen Namen berühmt zu machen. Kein Mann lebt oder hat je gelebt, der so viel natürliches Talent und so unendlich viele Studien mitbringt für die Aufklärung von Verbrechen wie ich. Und was ist das Ergebnis? Es gibt kein Verbrechen zu entdecken, oder, im Höchstfall, nur einen pfuschenden Schurken, dessen Motiv so durchsichtig ist, daß sogar ein Scotland Yard offiziell es durchschauen kann.«

Ich ärgerte mich noch immer über diese Art angeberischer Unterhaltung und hielt es für besser, das Thema zu wechseln.

»Ich möchte nur wissen, was dieser Bursche da unten sucht«, sagte ich und deutete auf einen strammen, einfach gekleideten Mann, der langsam die andere Straßenseite entlangging und nach den Hausnummern suchte. In der Hand trug er einen großen blauen Umschlag, also mußte er wohl eine Nachricht überbringen.

»Sie meinen diesen aus dem Dienst geschiedenen Sergeanten der Marine«, sagte Sherlock Holmes.

»Nichts als Angabe«, sagte ich zu mir selbst. »Er weiß genau, daß ich seine Vermutung nicht bestätigen oder widerlegen kann.«

Dieser Gedanke war mir kaum durch den Kopf gegangen, als der von uns beobachtete Mann unsere Hausnummer entdeckte und schnell über die Straße lief. Wir hörten lautes Klopfen, eine tiefe Stimme, dann schwere Schritte auf der Treppe.

»Für Mr. Sherlock Holmes«, sagte er, als er das Zimmer betrat und meinem Freund den Brief übergab.

Hier war nun eine Gelegenheit, ihm seine Angeberei zu

verleiden. Er hatte sich anscheinend nichts dabei gedacht, als er seine Vermutung anstellte.

»Darf ich fragen, mein Freund«, fragte ich geradeheraus, »was Ihr Beruf ist?«

»Dienstmann, Sir«, erwiderte er brummig. »Uniform weg, zur Reparatur.«

»Und Sie waren?« fragte ich weiter und warf meinem Gefährten einen mutwilligen Blick zu.

»Sergeant, Sir. Royal Marine, Leichte Infanterie, Sir. Keine Antwort, Sir? In Ordnung, Sir.«

Er knallte die Hacken aneinander, hob die Hand zu einem Salut und war gegangen.

3. Das Geheimnis der Lauriston-Gärten

Ich bekenne, ich war recht verblüfft über diesen neuen Beweis der praktischen Natur der Theorien meines Gefährten. Mein Respekt für seine analytischen Fähigkeiten wuchs geradezu wunderbar. Natürlich lauerte trotzdem noch immer ein gewisser Verdacht in meinem Geist, daß dies alles nur eine vorbereitete Episode gewesen sein könne, um mich in Erstaunen zu versetzen, wenn ich auch nicht begriff, was in aller Welt ihn dazu hätte bewegen können. Als ich ihn anschaute, hatte er gerade die Mitteilung gelesen, und seine Augen blickten so leer und wie lackiert wie immer dann, wenn er sich etwas sehr konzentriert überlegte.

»Wie in aller Welt kamen Sie auf diesen Schluß?« fragte ich ihn.

»Welchen Schluß?« fragte wiederum er ziemlich mürrisch.

»Nun, daß er ein ehemaliger Sergeant der Marine war.«

»Für Unwichtigkeiten habe ich jetzt keine Zeit«, erklärte er barsch, doch dann lächelte er. »Entschuldigen Sie meine Grobheit. Sie haben meinen Gedankenfluß unterbrochen, aber vielleicht ist das ganz gut. Sie waren also wirklich nicht in der Lage, selbst zu sehen, daß dieser Mann ein Marinesergeant war?«

»Nein, wirklich nicht.«

»Das war leichter zu sehen, als es zu erklären ist. Wenn man Sie bäte, den Beweis dafür anzutreten, daß zwei mal zwei vier ist, so hätten Sie auch einige Schwierigkeiten, doch der Tatsache sind Sie sich sicher. Selbst über die Straße hinweg sah ich einen großen blauen Anker, der auf dem Handrücken des Burschen tätowiert war. Das schmeckte doch nach See. Er hielt sich militärisch und trug den in der Marine üblichen Backenbart. Also Marine. Und er hatte das Benehmen eines wichtigen Mannes mit Befehlsgewalt. Sie haben doch sicher bemerkt, wie er seinen Kopf hielt und den Stock schwang. Ein ruhiger, respektabler Mann mittleren Alters, und wenn ich alle Tatsachen in Rechnung stellte, konnte ich nur glauben, daß er ein Sergeant gewesen war.«

»Wundervoll!« rief ich aus.

»Allgemeinplatz«, sagte Holmes, obwohl ich aus seiner Miene schloß, daß er über meine offensichtliche Bewunderung recht erfreut war. »Ich sagte doch eben erst, es gebe keine Verbrecher. Es scheint, ich habe nicht recht. Schauen Sie sich das an.« Er warf mir den Brief zu, den der Dienstmann gebracht hatte.

Ich überflog die Mitteilung. »Das ist ja schrecklich!« stellte ich fest.

»Es scheint etwas ungewöhnlich zu sein«, bemerkte er ruhig. »Würde es Ihnen etwas ausmachen, mir diesen Brief laut vorzulesen?«

Und dies ist der Brief, den ich ihm vorlas:

Mein lieber Mr. Sherlock Holmes,

in der Nacht ereignete sich im Haus Lauriston Gardens 3, Nähe Brixton Road, ein Vorfall. Unser Streifenmann sah dort gegen zwei Uhr morgens ein Licht, und da das Haus leer war, vermutete er, etwas sei hier nicht in Ordnung. Er fand die Tür offen, und im vorderen Raum, in dem kein Möbelstück steht, entdeckte er die Leiche eines Gentleman; er war gut gekleidet und hatte in seiner Tasche Karten mit dem Namen Enoch J. Drebber, Cleveland, Ohio, USA. Es lag kein Raub vor, auch gibt es keinen Beweis dafür, wie dieser Mann den Tod gefunden hat. Im Raum gibt es zwar einige Blutspuren, doch der Tote hat keine Wunde an seiner Person. Wir können uns nicht denken, wie er in das leere Haus kam. Die ganze Geschichte ist ziemlich rätselhaft. Wenn Sie irgendwann vor zwölf zum Haus kommen können, werden Sie mich dort finden. Ich habe alles im vorgefundenen Zustand gelassen, bis ich von Ihnen höre. Sollten Sie nicht kommen können, so erhalten Sie von mir alle weiteren Einzelheiten, und ich würde es für eine große Freundlichkeit halten, wenn Sie mir Ihre Meinung dazu mitteilen wollten.

Ihr sehr ergebener
TOBIAS GREGSON

»Gregson ist der gescheiteste Bursche von ganz Scotland Yard«, bemerkte mein Freund. »Er und Lestrade sind die absolute Spitze unter allen. Beide sind sehr schnell und energisch, leider aber erschütternd konventionell. Und einer sticht dem anderen das Messer in den Leib. Sie sind so eifersüchtig aufeinander wie zwei professionelle Schönheiten. Zu diesem Fall wird es allerhand Spaß geben, wenn sie beide auf die Spur gesetzt werden.«

Ich war erstaunt, wie ruhig er darüber sprach.

»Dann darf doch kein Augenblick verloren werden«, rief ich. »Soll ich gehen und einen Wagen heranholen?«

»Ich bin mir noch nicht recht sicher, ob ich gehen soll. Ich bin nämlich der unverbesserlichste faule Teufel, der je in Schuhen stand — das heißt, wenn mir gerade danach zumute ist; natürlich kann ich auch gelegentlich recht rege sein.«

»Aber das ist doch eine Chance, nach der Sie sich sehnten!«

»Mein Lieber, spielt das eine Rolle für mich? Angenommen, ich knüpfe diesen ganzen Knoten auf, dann ist es sicher, daß Gregson, Lestrade & Co. die ganze Ehre dafür einheimsen. Das kommt davon, wenn man eine nichtoffizielle Persönlichkeit ist.«

»Aber er bittet Sie doch, ihm zu helfen.«

»Ja. Er weiß, daß ich ihm überlegen bin, und das bestätigt er mir. Aber er würde sich lieber die Zunge herausschneiden lassen, ehe er dies auch Dritten gegenüber zugäbe. Wir können jedoch gehen und uns die Sache anschauen. Ich werde das für mich selbst herausarbeiten. Vielleicht kann ich sie dann wenigstens auslachen, wenn ich sonst schon nichts davon habe. Kommen Sie.«

Er schlüpfte in seinen Mantel und drängte so sehr, daß wohl ein Anfall von Energie den der Faulheit abgelöst haben mußte.

»Nehmen Sie doch Ihren Hut.«

»Soll ich denn mitkommen?«

»Ja, wenn Sie nichts Besseres zu tun haben.«

Eine Minute später waren wir beide in einem Hansom und fuhren schnell zur Brixton Road.

Es war ein nebliger, wolkiger Morgen, und über den Hausdächern hing ein gräulicher Schleier, der wie das Spiegelbild der schmutzigen Straße unten aussah. Mein Gefährte war in strahlender Laune und redete unentwegt über Cremona-Geigen und den Unterschied zwischen einer Stradivari und einer Amati. Ich schwieg, denn das trübe Wetter und das melancholische Geschäft, dem wir nachgingen, bedrückten mich.

»Sie scheinen wenig über diese Sache nachzudenken«, sagte ich schließlich und unterbrach damit seine musikalischen Ausführungen.

»Noch keine Daten«, erwiderte er kurz. »Es ist ein ganz großer Fehler, zu theoretisieren, ehe man alle Beweise hat. Das Urteil wird damit verzerrt.«

»Sie werden die Daten bald haben», bemerkte ich und deutete. »Das ist die Brixton Road, und dort ist das Haus, wenn ich nicht irre.«

»Ja, das ist richtig. Halt, Kutscher, halt!« Wir waren noch etwa hundert Yards entfernt, doch er bestand darauf, auszusteigen, so daß wir das letzte Stück zu Fuß zurücklegten.

Lauriston Gardens No. 3 war ein drohender, unheilverkündender Anblick. Es war eines von vier Gebäuden, die ein Stück von der Straße zurückgesetzt standen. Zwei waren bewohnt, zwei leer. Die letzteren schauten einen mit drei Reihen leeren, melancholischen Fenstern an, und an den verstaubten Scheiben klebte da und dort eine Karte ZU VERMIETEN. Ein kleiner Garten trennte jedes der vier Häuser von der Straße, und alle waren voll Unkraut und kränklichen Pflanzen. Ein schmaler Fußweg in einer gelblichen Mischung aus Erde und Kies führte quer durch. Während der Nacht hatte es geregnet, und so wirkte gerade der Garten ziemlich schlampig. Er war von einer drei Fuß hohen Ziegelmauer eingefaßt und hatte oben auf der Krone noch einen Rand aus Holzlatten. An dieser Wand lehnte ein untersetzter Polizeikonstabler, der von einer kleinen Menge Gaffer umgeben war. Die streckten die Hälse und rissen die Augen auf in der vergeblichen Hoffnung, wenigstens einen kurzen Blick auf die Vorgänge da drinnen tun zu können.

Ich hatte mir vorgestellt, Sherlock Holmes werde sofort in das Haus eilen und sich auf das Geheimnis stürzen. Nichts schien ihm jedoch ferner zu liegen. Voll Unbekümmertheit, die mir schon ein wenig affektiert erschien, schlenderte er den Gehweg auf und ab, schaute auf den Boden, in den Himmel hinauf, hinüber zu den Häusern gegenüber, musterte den Holzlattenrand. Als er mit seiner Besichtigung fertig war, ging er den Fußweg entlang, oder, genauer ausgedrückt, auf der Rasenkante, die den Fußweg einfaßte, und schaute immerzu auf den Boden. Zweimal blieb er stehen, einmal sah ich ihn lächeln und hörte ihn einen zufriedenen Ausruf tun. Auf dem nassen, ziemlich erdigen Boden gab es viele Schrittspuren, doch es waren viele Polizisten gekommen und gegangen, so daß ich mir nicht vorstellen konnte, wie mein Gefährte etwas aus ihnen erfahren könnte. Ich hatte jedoch schon einen Beweis geliefert bekommen von seiner Schnelligkeit und der Sicherheit seiner Wahrnehmungen und zweifelte daher nicht daran, daß er vieles sehen würde, was mir verborgen bleiben mußte.

An der Tür des Hauses wurden wir von einem großen, weißgesichtigen Mann mit Flachshaar und einem Notizbuch in der Hand erwartet. Er lief uns entgegen und schüttelte meinem Gefährten die Hand voll großer Begeisterung.

»Es ist wirklich außerordentlich freundlich von Ihnen, zu kommen«, sagte er. »Ich ließ alles unberührt.«

»Außer dem hier«, antwortete mein Freund und deutete auf den Fußweg. »Wäre hier eine Herde Büffel vorbeigezogen, könnte nicht größerer Schaden angerichtet worden sein. Kein Zweifel jedoch, Gregson, daß Sie Ihre eigenen Schlüsse gezogen hatten, ehe Sie dies zuließen.«

»Ich hatte im Haus soviel zu tun«, wich der Detektiv aus. »Mein Kollege, Mr. Lestrade, ist hier. Ich hatte mich auf ihn verlassen, daß er hier aufpaßt.«

Holmes schaute mich kurz an und hob sarkastisch eine Braue.

»Wenn zwei solche Männer wie Sie und Lestrade am

Schauplatz sind, wird ein Dritter wenig mehr herausfinden«, sagte er.

Gregson rieb sich selbstzufrieden die Hände.

»Ich denke, wir haben getan, was wir konnten«, antwortete er. »Es ist aber ein sehr sonderbarer Fall, und ich kenne doch Ihren Geschmack für solche Dinge.«

»Kamen Sie nicht in einem Wagen hierher?« fragte Sherlock Holmes.

»Nein, Sir.«

»Lestrade auch nicht?«

»Nein, Sir.«

»Dann wollen wir uns diesen Raum ansehen.«

Das war, fand ich, eine inkonsequente Bemerkung. Er ging, gefolgt von Gregson, ins Haus, dessen Miene Erstaunen ausdrückte.

Ein kurzer Gang mit nackten, staubigen Dielenbrettern führte zur Küche und zu den anderen Räumen. Zwei Türen öffneten sich nach rechts und links. Eine von diesen schien seit vielen Wochen geschlossen zu sein. Die andere gehörte zum Eßzimmer, in dem sich diese geheimnisvolle Affäre abgespielt hatte. Holmes ging hinein, und ich folgte ihm mit einem gedämpften Gefühl im Herzen, das vom Tod hervorgerufen wird.

Es war ein großer, fast quadratischer Raum, der noch viel größer wirkte, weil dort kein einziges Möbelstück stand. Die Wand war mit einer grellen, sehr billigen Tapete beklebt, die stellenweise Schimmelflecken aufwies. Da und dort hatte sich auch ein Streifen von der Wand gelöst und hing herab, so daß darunter gelblicher Mörtel zum Vorschein kam. Der Tür gegenüber war ein prächtiger Kamin mit einem Mantel aus imitiertem weißem Marmor. An einer Ecke des Aufsatzes stand eine rote Wachskerze. Das einzige Fenster war so schmutzig, daß das Licht sehr schwach und nebelhaft hereinfiel und allem eine trübgraue Farbe verlieh, die von der dicken Staubschicht auf allen ebenen Flächen noch unterstrichen wurde.

Alle diese Einzelheiten beobachtete ich später. Im Moment konzentrierte sich meine ganze Aufmerksamkeit auf die düstere, bewegungslose Gestalt, die auf den Dielenbrettern ausgestreckt war und mit leeren, blicklosen Augen zur fleckigen Decke hinaufstarrte. Es war ein

Mann von etwa drei- oder vierundvierzig Jahren, mittelgroß, breitschultrig, mit kräftigem, schwarzem Lockenhaar und einem kurzen stoppeligen Bart. Gekleidet war er in einen Frack aus schwerem Tuch mit Weste, hellfarbenen Hosen und makellos sauberem Kragen und ebenso reinen Manschetten. Neben ihm auf dem Boden lag ein gut gepflegter und gebürsterer Zylinderhut. Seine Hände waren zu Fäusten verkrampft, die Arme ausgebreitet, während die unteren Gliedmaßen umeinandergeschlungen waren, als sei der Todeskampf sehr schwer gewesen. Sein erstarrtes Gesicht trug eine Miene des Entsetzens und, wie mir schien, auch des Hasses, wie ich ihn so noch nie in einem menschlichen Antlitz gesehen habe. Diese böse und schreckliche Verzerrung verlieh dem Toten zusammen mit der niederen Stirn, der knolligen Nase und dem vorstehenden Unterkiefer ein einmalig affenähnliches Aussehen, das durch seine gewundene, unnatürliche Haltung noch verstärkt wurde. Ich habe den Tod in vielen Formen gesehen, doch nie war er mir in einer furchtbareren Form erschienen als in diesem dunkel verstaubten Raum, dessen Fenster auf eine der Hauptstraßen des Londoner Stadtrandes ging. Lestrade stand, mager und frettchengesichtig wie immer, neben der Tür und begrüßte meinen Gefährten und mich.

»Dieser Fall wird allerhand Aufsehen erregen, Sir«, bemerkte er. »Das übersteigt alles, was ich bisher gesehen habe, und ich bin schließlich kein kleines Huhn mehr.«

»Es gibt einfach keine Spur«, sagte Gregson.

»Überhaupt nicht«, pflichtete ihm Lestrade bei.

Sherlock Holmes trat zur Leiche, kniete nieder und prüfte sie sehr aufmerksam.

»Sind Sie sicher, daß keine Wunde da ist?« fragte er und deutete auf die zahlreichen Blutspritzer und Flecken, die rundherum zu sehen waren.

»Absolut sicher!« riefen beide wie aus einem Mund.

»Dann gehört das Blut selbstverständlich zu einer zweiten Person, vermutlich dem Mörder, wenn es ein Mord ist. Ich erinnere mich der Umstände beim Tod von Van Jansen in Utrecht im Jahr 1834. Gregson, erinnern Sie sich an diesen Fall?«

»Nein, Sir.«

»Lesen Sie ihn nach. Wirklich, das sollten Sie tun. Es gibt nichts Neues unter der Sonne. Alles wurde schon einmal getan.«

Während er sprach, flogen seine geschickten Finger hier- und dorthin, betasteten hier, drückten da, öffneten Knöpfe und prüften, prüften, prüften, und seine Augen hatten diesen abwesenden Ausdruck, den ich schon beschrieben habe. So flink nahm er diese Untersuchung vor, daß man nie vermutet hätte, mit welcher Genauigkeit und Sorgfalt sie ausgeführt wurde. Endlich schnupperte er an den Lippen des Toten, und dann besah er sich noch die Sohlen seiner Lackschuhe.

»Er wurde wirklich überhaupt nicht bewegt?« fragte er.

»Nicht mehr als nötig, nur für unsere Untersuchung.«

»Sie können ihn jetzt zum Leichenhaus bringen lassen«, sagte er. »Hier ist nichts mehr zu erfahren.«

Gregson hatte schon eine Bahre und vier Männer bereit. Er rief, und sie betraten den Raum. Der Fremde wurde aufgehoben und weggetragen. Als sie ihn vom Boden aufhoben, fiel klirrend ein Ring zu Boden und kollerte über die Dielenbretter. Lestrade hob ihn auf und starrte ihn verblüfft an.

»Da ist eine Frau hier gewesen!« rief er. »Es ist der Ehering einer Frau!«

Er hielt ihn auf seiner Handfläche. Wir versammelten uns um ihn und besahen den Ring. Es ließ sich nicht daran zweifeln, daß dieser schlichte Goldreif einmal den Finger einer Braut geschmückt hatte.

»Das kompliziert die Angelegenheit«, stellte Gregson fest. »Gott weiß, sie war vorher schon verwickelt genug!«

»Sind Sie nicht sicher, daß er die Sache nicht doch vereinfacht?« bemerkte Holmes. »Man erfährt nichts, wenn man den Ring nur anstarrt. Was fanden Sie in seinen Taschen?«

»Das ist alles hier«, antwortete Gregson und deutete auf eine Ansammlung von Gegenständen, die auf der untersten Treppenstufe lagen. »Eine goldene Uhr, Nr. 97,163 von Barraud, London, eine goldene Uhrkette, sehr schwer und massiv; ein goldener Ring mit Freimaureremblem; Goldnadel mit Bulldoggenkopf, dessen Augen Rubine sind; ein Kartenkästchen aus Juchtenleder mit Karten von

»Wirklich, ich bitte um Verzeihung«, sagte mein Gefährte, der die Laune des kleinen Mannes ernstlich gefährdet hatte, weil er in schallendes Gelächter ausbrach. »Ihnen kommt sicher die Ehre zu, dies als erster herausgefunden zu haben, und es ist so, wie Sie sagen, es sieht ganz so aus, als habe der andere Teilnehmer am Geheimnis der letzten Nacht dieses Wort geschrieben. Ich hatte bisher noch keine Zeit, den Raum gründlich zu mustern, doch das werde ich, mit Ihrer gütigen Erlaubnis selbstverständlich, jetzt sofort tun.«

Während er sprach, nahm er aus seiner Tasche ein Meßband und eine große Lupe. Mit diesen beiden Geräten trottete er lautlos im Raum herum. Manchmal blieb er stehen, dann und wann kniete er nieder, einmal lag er sogar platt auf dem Bauch. Unsere Anwesenheit schien er vergessen zu haben, so sehr war er in seine Beschäftigung vertieft. Die ganze Zeit hindurch redete er leise mit sich selbst, ließ ein Trommelfeuer von erstaunten Ausrufen, leisen Pfiffen, kleinen Schreien und schweren Stöhnens los, die immer wieder Ermutigung und Hoffnung ausdrückten.

Während ich ihn beobachtete, wurde ich immer wieder erinnert an einen reinblütigen, gut ausgebildeten Foxterrier, der vor Eifer jault, hin- und herläuft und unermüdlich die verlorene Spur sucht. Zwanzig Minuten oder länger führte er seine Suche fort, maß mit äußerster Sorgfalt die Entfernung zwischen Marken, die für mich absolut unsichtbar waren, und legte auch gelegentlich sein Maßband an die Wand, was ich überhaupt nicht verstand. An einer Stelle kratzte er überaus sorgsam ein Häufchen grauen Staubes vom Boden und verstaute es in einem Umschlag. Endlich untersuchte er auch mit der Lupe das Wort an der Wand und prüfte jeden einzelnen Buchstaben mit unbeschreiblicher Gründlichkeit nach. Dann endlich schien er zufrieden zu sein, denn er steckte Maßband und Lupe wieder ein.

»Man sagt, Genie sei eine unbegrenzte Fähigkeit, Mühen auf sich zu nehmen«, bemerkte er lächelnd. »Das ist eine schlechte Definition, doch auf die Detektivarbeit trifft sie zu.«

Gregson und Lestrade hatten ihrem Amateurgefährten

sehr neugierig und ziemlich verächtlich zugeschaut. Mir war allmählich klar geworden, ihnen jedoch noch nicht, daß Sherlock Holmes' Handlungen einem ganz bestimmten und sehr praktischen Ziel dienten.

»Was halten Sie davon, Sir?« fragten beide.

»Ich würde Sie der Ehre berauben, diesen Fall gelöst zu haben, wenn ich vorgeben würde, Ihnen zu helfen«, bemerkte mein Freund. »Sie kommen so gut voran, daß es jammerschade wäre, wollte jemand sich einmischen.« In diesen Worten lag eine ganze Welt von Sarkasmus. »Wenn Sie mich wissen lassen, wie Ihre Ermittlungen weitergehen, werde ich glücklich sein, Ihnen jede Hilfe zu geben, die mir möglich ist. Inzwischen würde ich gerne mit dem Konstabler sprechen, der die Leiche gefunden hat. Können Sie mir Namen und Adresse geben?«

Lestrade schaute in sein Notizbuch.

»John Rance. Er hat jetzt frei. Sie werden ihn finden in Audley Court 46, Kennington Park Gate.«

Holmes notierte die Adresse. »Kommen Sie mit, Doktor«, forderte er mich auf. »Wir besuchen ihn. Ich werde Ihnen etwas sagen, was Ihnen bei dem Fall helfen kann«, wandte er sich wieder an die beiden Detektive. »Hier geschah ein Mord, und der Mörder war ein Mann. Er war mehr als sechs Fuß groß, im allerbesten Alter, hatte für seine Größe sehr kleine Füße, trug grobe Stiefel mit viereckiger Zehenkappe und rauchte eine Trichinopoly-Zigarre. Er kam mit seinem Opfer in einem vierrädrigen Wagen an, der von einem Pferd mit drei alten Hufen und einem neuen am linken Vorderfuß gezogen wurde. Aller Wahrscheinlichkeit nach hatte der Mörder eine blühende Gesichtsfarbe, und die Fingernägel seiner rechten Hand waren bemerkenswert lang. Das sind nur ein paar Punkte, aber sie könnten Ihnen helfen.«

Lestrade und Gregson schauten einander an und lächelten ungläubig.

»Wenn dieser Mann ermordet wurde, wie geschah es dann?« wollte Lestrade wissen.

»Gift«, antwortete Sherlock Holmes kurz und wandte sich zum Gehen. »Noch etwas, Lestrade«, sagte er und drehte sich an der Tür zu ihm zurück. »,Rache' ist ein deutsches Wort für ‚revenge', also verlieren Sie besser wohl keine Zeit, nach einer Miß Rachel zu suchen.«

Nachdem er diesen Blattschuß angebracht hatte, ließ er die beiden Detektive mit vor Staunen offenen Mündern zurück.

4. Was John Rance zu erzählen hatte

Es war ein Uhr, als wir Lauriston Gardens No. 3 verließen. Sherlock Holmes führte mich zum nächsten Telegraphenbüro, wo er ein langes Telegramm aufgab. Dann winkte er einen Wagen heran und befahl dem Fahrer, uns zu der von Lestrade genannten Adresse zu fahren.

»Es gibt nichts Besseres als Beweise aus erster Hand«, bemerkte er; »ich bin überzeugt, den Fall geklärt zu haben, aber wir können uns trotzdem noch über alles unterrichten, was zu erfahren ist.«

»Holmes, Sie setzen mich in Erstaunen«, sagte ich. »Bestimmt sind Sie nicht über alle Einzelheiten, die Sie nannten, so absolut sicher, wie Sie sagten.«

»Es gibt gar keine Möglichkeit eines Irrtums«, antwortete er. »Was ich gleich nach unserer Ankunft bemerkte, war dies, daß ein Wagen zwei Rinnen mit den Rädern nahe dem Randstein stand. Bis zur vergangenen Nacht hatten wir seit einer Woche keinen Regen mehr, so daß diese Räder, die einen so tiefen Eindruck hinterließen, während der Nacht da gewesen sein mußten. Auch die Spuren von Pferdehufen waren da, und der Umriß des einen war sehr viel klarer als von den drei anderen, und dies kann also nur ein neuer Huf gewesen sein. Da der Wagen hier war, nachdem es zu regnen begonnen hatte, aber zu keiner Zeit am Morgen da war — dafür habe ich Gregsons Wort —, läßt sich daraus schließen, daß der Wagen nur während der Nacht da gewesen sein kann und darum auch, daß er zwei Personen zum Haus gebracht hatte.«

»Das scheint sehr einfach zu sein«, sagte ich, »aber das mit der Größe des anderen Mannes ...«

»Nun, in neun von zehn Fällen läßt sich die Größe eines Menschen aus seiner Schrittlänge schließen. Das ist eine sehr einfache Rechnung, wenn es auch keinen Nutzen bringt, Sie mit Zahlen zu langweilen. Ich hatte den Schritt dieses Burschen, sowohl draußen auf dem nassen

Erdboden, als auch drinnen im Staub. Dann hatte ich auch noch eine Möglichkeit, meine Rechnung zu prüfen. Wenn ein Mann an eine Wand schreibt, so bringt ihn sein Instinkt dazu, in Augenhöhe zu schreiben. Diese Schrift befand sich nun etwas über sechs Fuß vom Boden entfernt. Das ist ein Kinderspiel.«

»Und sein Alter?« wollte ich wissen.

»Nun, wenn ein Mann einen Schritt von viereinhalb Fuß ohne Anstrengung tun kann, so muß er in der Blüte seiner Jugend sein. Das war nämlich die Breite einer Pfütze auf dem Gartenweg, über die er offensichtlich weggegangen war. Die Lacklederstiefel waren rundherum gegangen, und die mit den eckigen Kappen hatten einen Hüpfer getan. Daran ist gar nichts Geheimnisvolles. Ich wende nur ein paar Wahrnehmungen und Schlußfolgerungen auf das praktische Leben an, wie ich es in diesem Artikel beschrieben hatte. Ist Ihnen noch etwas unklar?«

»Die Fingernägel und die Zigarre der Marke Trichinopoly«, sagte ich.

»Die Schrift an der Wand wurde mit einem in Blut getauchten Zeigefinger geschrieben. Meine Lupe gestattete mir die Feststellung, daß der Verputz dabei ganz leicht angekratzt wurde, und das wäre nicht der Fall gewesen, hätte der Mann seine Fingernägel kurz zugeschnitten gehabt. Ich sammelte auch etwas Asche vom Boden. Sie war von der Farbe her dunkel, ihrer Beschaffenheit nach flockig, und so wird sie nur von einer Trichinopoly erzeugt. Ich habe Zigarrenaschen besonders gründlich studiert, sogar einen Artikel darüber geschrieben. Ich schmeichle mir, auf den ersten Blick die Asche einer jeden bekannten Marke von Zigarren oder Tabak bestimmen zu können. Solche Kleinigkeiten unterscheiden einen geschickten Detektiv von den Gregsons und Lestrades.«

»Und die blühende Gesichtsfarbe?«

»Ah, das war vielleicht die gewagteste Behauptung, wenn ich auch nicht den geringsten Zweifel daran habe, daß sie stimmt. Dies sollten Sie mich beim jetzigen Stand der Angelegenheit nicht fragen.«

Ich strich mir mit der Hand über die Stirn.

»Mein Kopf wirbelt«, sagte ich. »Je mehr ich darüber nachdenke, desto mysteriöser wird für mich die Sache.

Wie kamen diese beiden Männer — wenn es zwei waren — in das leere Haus? Was wurde aus dem Kutscher, der sie fuhr? Wie konnte ein Mann einen anderen zwingen, Gift zu nehmen? Woher kam das Blut? Was war der Grund zu diesem Mord, da doch Raubmord auszuschließen ist? Wie kam der Frauenring dorthin? Und vor allem, warum schrieb der zweite Mann das deutsche Wort RACHE an die Wand, ehe er verschwand? Ich bekenne, daß ich keine Möglichkeit sehe, diese Tatsachen festzulegen.«

Mein Gefährte lächelte zustimmend.

»Sie summieren die Schwierigkeiten der Lage recht genau und gut«, meinte er. »Es gibt vieles, das noch nicht klar ist, obwohl ich über die hauptsächlichsten Tatsachen eine eindeutige Meinung habe. Und die Entdeckung des armen Lestrade war praktisch nur eine Falle, um die Polizei mit der Andeutung von Sozialismus und Geheimgesellschaften auf eine falsche Fährte zu lenken. Das war kein Deutscher. Das A war, falls Sie es bemerkten, an die deutsche Schreibart angeglichen. Aber ein richtiger Deutscher schreibt mit lateinischen Druckbuchstaben, so daß wir mit Sicherheit sagen können, daß diese Schrift nicht von einem Deutschen, sondern von einem ungeschickten Imitator stammt, der seine Rolle übertrieb. Das war nur eine List, um die Nachforschungen auf einen Irrweg zu leiten.

Aber ich werde Ihnen nicht viel mehr über diesen Fall erzählen, Doktor. Sie wissen, ein Zauberkünstler hat nichts davon, erklärt er erst einmal seinen Trick, und wenn ich Ihnen zuviel von meiner Arbeitsmethode erkläre, werden Sie zu dem Schluß kommen, daß ich schließlich doch ein recht durchschnittlicher Bursche bin.«

»Das werde ich nie tun«, versicherte ich ihm. »Sie haben die Ermittlung ja einer exakten Wissenschaft so nahe gebracht, wie dies auf dieser Erde überhaupt möglich ist.«

Mein Gefährte errötete vor Freude über meine Worte und den Ernst, mit dem ich sie gesprochen hatte. Es war mir nicht entgangen, daß er für Schmeichelei empfänglich war, wenn es um seine Kunst ging, genau wie ein Mädchen, das man seiner Schönheit wegen bewundert.

»Etwas werde ich Ihnen noch sagen«, fuhr er fort. »Lackschuhe und eckige Kappen kamen im gleichen Wagen, und sie gingen den Fußweg entlang so freundlich, wie man sich's nur vorstellen kann — Arm in Arm, würde ich sagen. Als sie dann im Haus waren, gingen sie auf und ab, oder besser, die Lacklederschuhe standen still, während die eckigen Kappen auf und ab gingen. Das alles konnte ich im Staub lesen, und auch dies, daß er beim Herumlaufen immer erregter wurde. Das läßt sich beweisen mit den immer länger werdenden Schritten. Er sprach auch ununterbrochen und steigerte sich zweifellos in große Wut hinein. Dann kam es zur Tragödie. Ich habe Ihnen alles gesagt, was ich selbst weiß, und der Rest ist Annahme und Schlußfolgerung. Wir haben aber eine gute Arbeitsgrundlage, und damit können wir beginnen. Nun müssen wir uns wohl beeilen, denn ich möchte am Nachmittag noch ins Konzert gehen, um Norman Neruda zu hören.«

Diese Unterhaltung fand statt, während sich unser Wagen durch viele schäbige Straßen und noch schäbigere Gäßchen bewegte. Im schmutzigsten und schäbigsten blieb der Kutscher plötzlich stehen.

»Das hier ist Audley Court«, sagte er und deutete auf einen schmalen Schlitz in der Reihe blaßfarbener Ziegelmauern. »Sie finden mich hier, wenn Sie zurückkommen.«

Audley Court war keine sehr hübsche Örtlichkeit. Ein ganz schmales Gäßchen brachte uns in ein mit groben Steinen gepflastertes Viereck, das von trübseligen Behausungen umgeben war. Zwischen schmutzigen Kindern und grauem Leinenzeug drängten wir uns durch zur No. 46, deren Tür mit einem schmalen Messingschild geschmückt war, das den eingravierten Namen RANCE trug. Wir erfuhren, daß der Konstabler im Bett war, und wurden in einen kleinen Salon an der Straßenseite geführt, wo wir auf ihn warten sollten.

Bald erschien er auch und schaute ziemlich gereizt drein, weil wir ihn im Schlaf gestört hatten.

»Ich hab' schon einen Bericht auf der Station abgegeben«, sagte er.

Holmes nahm einen halben Sovereign aus der Tasche und spielte nachdenklich damit.

»Wir dachten, wir würden besser alles von Ihnen selbst hören«, sagte er.

»Selbstverständlich bin ich nur zu gerne bereit, Ihnen alles zu sagen, was ich kann«, antwortete der Konstabler, und seine Augen ließen das goldene Scheibchen nicht los.

»Erzählen Sie mir nur alles auf Ihre Art, wie es geschah.«

Rance setzte sich auf das Roßhaarsofa, runzelte die Brauen und schien entschlossen zu sein, nichts auszulassen von dem, was er wußte.

»Ich erzähl's Ihnen ganz von Anfang an«, sagte er. »Ich hab' Dienst von zehn Uhr nachts bis sechs Uhr morgens. Um elf haben ein paar im White Hart gerauft; aber sonst war alles ruhig auf meiner Streife. Um ein Uhr hat's dann zu regnen angefangen, und da traf ich Harry Murcher, der die Streife am Holland Grove geht, und da haben wir uns an der Ecke Henrietta Street ein bißchen unterhalten. Später, es kann zwei Uhr oder ein wenig später gewesen sein, dacht' ich mir, ich sollt' mich mal ein bißchen umschauen, ob's in der Brixton Road auch schön ruhig war. Es war ziemlich dreckig und einsam. Keine Seele hab' ich auf dem Weg dorthin getroffen, nur ein Wagen oder zwei kamen an mir vorbei. Ich lief so dahin und dachte für mich, wie gut mir jetzt ein heißer Grog mit Gin täte, aber da bemerkte ich plötzlich einen Lichtschimmer in dem Haus. Ich hab' aber gewußt, daß die zwei Häuser in Lauriston Gardens leer sind, weil der Besitzer die Abflüsse nicht saubermachen lassen wollte. Der letzte Mieter ist nämlich an einem Typhusfieber gestorben. Ich war richtig erstaunt, als ich das Licht im Fenster sah, und da dacht' ich mir doch gleich, daß da was nicht ganz richtig sein kann. Als ich dann an der Tür ankam . . .«

»Sie blieben stehen, dann gingen Sie zur Gartentür zurück«, unterbrach ihn mein Gefährte. »Weshalb taten Sie das?«

»Ja, richtig, Sir, das ist wahr. Aber woher wissen Sie das? Sehen Sie, als ich da so zur Tür kam, war es so still und einsam, daß ich dachte, wär' gar kein Schaden, wenn ich noch einen bei mir hätte. Wissen Sie, auf der Seite vom Grab hab' ich vor nichts und keinem Angst, aber ich hab' mir gedacht, der da seinerzeit am Typhusfieber gestorben ist, könnt' gekommen sein und die Abflüsse nachschauen, was ihn umgebracht hat. Da hat's mir doch ein wenig den Magen zusammengezogen, und ich bin zur Tür zurückgegangen, um nachzuschauen, ob ich da Murchers Laterne sehe, aber er war nicht mehr da und sonst auch keiner.«

»Niemand war auf der Straße?«

»Keine lebende Seele, Sir, nicht mal ein Hund. Dann hab' ich mich zusammengerissen, bin zurückgegangen und hab' die Tür aufgestoßen. Innen war alles ruhig. Ich ging also hinein, und da hat das Licht gebrannt. Auf dem Kaminaufsatz hat die Kerze geflackert, eine rote Wachskerze, und da sah ich dann ...«

»Ja, ich weiß, was Sie sahen. Sie gingen ein paarmal im Raum herum, dann knieten Sie neben der Leiche nieder, anschließend gingen Sie weiter zur Küchentür und schließlich ...«

John Rance sprang auf. Er sah sehr furchtsam und auch mißtrauisch drein.

»Waren Sie da versteckt und haben Sie alles gesehen?« rief er. »Mir scheint, Sie wissen viel mehr, als Sie wissen sollten, Sir.«

Holmes lachte und warf seine Karte vor dem Konstabler auf den Tisch.

»Verhaften Sie mich jetzt nur nicht gleich wegen Mordes«, sagte er. »Ich bin einer der Hunde, nicht der Wolf. Mr. Gregson und Mr. Lestrade werden dies bestätigen. Aber sprechen Sie nur weiter. Was taten Sie dann?«

Rance setzte sich wieder, doch er schaute immer noch recht verblüfft drein.

»Ich bin also zurück zur Gartentür gegangen und hab' auf meiner Dienstpfeife gepfiffen. Da kam Murcher heran, dann auch noch zwei andere.«

»War um die Zeit die Straße auch noch leer?«

»Ja, nun, so weit man das sagen kann.«

»Was meinen Sie damit?«

Der Konstabler lachte breit.

»Je nun, ich hab' mein Leben lang eine Menge Betrunkener gesehen, aber keinen so wie den. Der war voll wie eine Haubitze. Als ich den Gartenweg entlang kam, hat er am Zaun gelehnt und hat aus voller Kehle gesungen von Columbines neuer Fahne oder sowas. Der hat nicht mal stehen können, helfen schon gleich gar nicht.«

»Wie sah der Mann aus?« wollte Sherlock Holmes wissen.

John Rance schien wegen dieser Abschweifung etwas gereizt zu sein.

»Herrje, das war ein ganz komischer Betrunkener, Sir. Der wär' auf der Station gelandet, wenn wir nicht alle Hände voll zu tun gehabt hätten.«

»Sein Gesicht, seine Kleidung — haben Sie sich da nichts gemerkt?« fragte Holmes ungeduldig.

»Sicher hab' ich was bemerken müssen, weil ja ich und Murcher ihn auf die Beine gestellt haben. War ein langer Kerl mit einem roten Gesicht, und der untere Teil vermummt ...«

»Das ist gut!« rief Holmes. »Was wurde aus ihm?«

»Für uns gab's auch ohne den Trunkenbold so viel zu tun, daß wir nicht nach ihm schauen konnten«, antwortete er bekümmert. »Ich wette, der hat allein heimgefunden.«

»Wie war er gekleidet?«

»Er hat einen braunen Mantel angehabt.«

»Hatte er eine Peitsche in der Hand?«

»Eine Peitsche? Nein.«

»Dann muß er sie zurückgelassen haben«, murmelte mein Gefährte. »Haben Sie nicht zufällig danach einen Wagen gesehen oder gehört?«

»Nein.«

»Hier ist ein halber Sovereign für Sie«, sagte mein Gefährte, stand auf und nahm seinen Hut. »Ich fürchte, Rance, Sie werden bei der Polizei nie vorankommen. Ihren Kopf könnten Sie ebenso gut als Schmuckstück verwenden. Vergangene Nacht hätten Sie sich leicht die Sergeantenstreifen verdienen können. Der Mann, den Sie aufhoben und an den Zaun lehnten, ist der Schlüssel zu unserem Geheimnis, und den suchen wir. Jetzt hat es keinen Sinn, darüber zu philosophieren. Ich sage Ihnen, es ist so. Doktor, kommen Sie mit.«

Wir gingen miteinander zum Wagen und ließen unseren Informanten voll Unglauben und noch mehr Unbehagen zurück.

»Dieser ungeschickte Narr!« rief Holmes erbittert, als wir zu unserer Wohnung zurückfuhren. »Wenn man darüber nachdenkt, daß er so unglaublich viel Glück hatte und es nicht ausnützte!«

»Ich sehe immer noch nicht klar. Ist es wahr, daß die Beschreibung dieses Mannes mit Ihrer Auffassung vom zweiten Mann bei diesem Geheimnis übereinstimmt? Aber warum sollte er zum Haus zurückkommen, nachdem er es verlassen hatte? Verbrecher tun das doch sonst nicht.«

»Der Ring, Mann, der Ring! Deshalb kam er zurück. Wenn wir keine andere Möglichkeit haben, ihn zu finden, können wir immer noch den Ring als Köder benützen. Ich werde ihn haben, Doktor. Ich wette zwei zu eins, daß ich ihn bald haben werde. Aber ich muß Ihnen danken. Vermutlich nur Ihretwegen bin ich gegangen, und ich hätte die feinste Studie vermißt, die mir je unterkam. Wollen wir sie eine ‚Studie in Scharlachrot' nennen? Warum sollten wir uns nicht auch eines bestimmten Jargons bedienen? Durch die farblose Kette des Lebens laufen die scharlachroten Fäden des Mordes, und unsere Pflicht ist es, das Gewebe aufzutrennen, den Faden zu isolieren und jeden Zoll davon herauszustellen. Und jetzt zum Lunch, danach zu Norman Neruda. Ah, wie sie Dinge angeht, und wie sie sich verbeugt! Wie herrlich spielt sie das kleine Stück von Chopin, dieses Trala-la-la-lira-lira-lay.«

Er lehnte sich zurück, sein Amateurbluthund war plötzlich von einer Lerche verjagt, und ich meditierte über die Vielseitigkeit des menschlichen Geistes.

5. Unsere Zeitungsanzeige bringt uns einen Besucher

Unser Morgenabenteuer war etwas zuviel gewesen für meine schwache Gesundheit, und am Nachmittag war ich erschöpft. Nachdem Holmes zum Konzert gegangen war, legte ich mich auf das Sofa und versuchte ein paar Stunden Schlaf zu finden. Es war ein vergeblicher Versuch. Mein Geist war von all dem, was vorgefallen war, so erregt, daß die merkwürdigsten Phantasien und die tollkühnsten Vermutungen hineindrängen konnten. Immer, wenn ich meine Augen schloß, sah ich vor mir das verzerrte, affenähnliche Gesicht des Ermordeten. So düster war der Eindruck, den dieses Gesicht auf mich gemacht hatte, daß ich nichts als nur Dankbarkeit dafür empfinden konnte, weil er sich aus dieser Welt entfernt hatte, oder besser: Dankbarkeit für den, der ihn der Welt entzogen hatte.

Wenn je menschliche Züge von den bösartigsten Lastern sprach, so waren es die von Enoch J. Drebber, Cleveland. Jedoch war ich mir darüber klar, daß Gerechtigkeit sein mußte, und die Verworfenheit des Opfers war in den Augen des Gesetzes keine Entschuldigung.

Je mehr ich über die Hypothesen meines Gefährten nachdachte, desto außerordentlicher erschienen sie mir: daß dieser Mann vergiftet worden war. Mir fiel ein, wie er an den Lippen des Toten geschnuppert hatte, und sicher hatte er da etwas entdeckt, das seine Idee stützte. Und wenn es kein Gift war — was hatte dann den Tod dieses Mannes herbeigeführt, da keine Wunde und kein Strangulationsmal zu finden war? Wessen Blut war es, das so freigebig über den Boden gespritzt war? Es gab kein Anzeichen für einen Kampf, und das Opfer hatte keine Waffe bei sich gehabt, womit der Gegner etwa verwundet hätte werden können. Solange all diese Fragen nicht beantwortet waren, ließ sich wohl an Schlaf nicht denken, weder für Holmes noch für mich. Seine ruhige, selbstsichere Art überzeugte mich, daß er schon eine Theorie hatte, mit der sich alle Tatsachen erklären ließen, doch vorstellen konnte ich mir sie nicht.

Er kam sehr spät zurück, so spät, daß ihn nicht das Konzert so lange hatte zurückhalten können. Das Abendessen stand schon auf dem Tisch, ehe er kam.

»Großartig war es«, erzählte er, als er sich setzte. »Erinnern Sie sich, was Darwin über die Musik sagt? Er behauptet, die Fähigkeit, sie zu erzeugen und zu genießen, habe es bei der Menschheit längst gegeben, ehe sie sprechen lernte. Vielleicht werden wir deshalb so nachhaltig von ihr beeinflußt. In unseren Seelen sind vage Erinnerungen an jene nebelhaften Jahrhunderte, da unsere Welt ihre Kindheit erlebte.«

»Das ist aber eine sehr breit angelegte Idee«, bemerkte ich.

»Man muß die Ideen so breit anlegen, wie die Natur ist, wenn wir damit die Natur richtig auslegen wollen«, antwortete er. »Was ist los? Sie sehen gar nicht so drein wie sonst. Diese Geschichte von der Brixton Road hat Sie aufgeregt.«

»Um die Wahrheit zu sagen — ja. Nach meinen afghanischen Erlebnissen müßte ich eigentlich besser abgehärtet sein. Ich sah, wie meine Kameraden in Maiwand in Stücke gehackt wurden, und durfte darüber nicht die Nerven verlieren.«

»Das verstehe ich. Diese Sache hat ein Geheimnis an sich, das mich anregt, mich und meine Vorstellungskraft. Und wo es keine gibt, ist auch kein Entsetzen. Haben Sie die Abendzeitung gelesen?«

»Nein.«

»Sie bringt eine recht ordentliche Schilderung der Angelegenheit. Erwähnt ist jedoch nicht die Tatsache, daß der Ehering einer Frau zu Boden fiel, als die Leiche aufgehoben wurde. Das ist ganz gut so.«

»Warum?«

»Schauen Sie sich dieses Inserat an«, antwortete er. »Ich ließ eines heute vormittag sofort an alle Zeitungen gehen.«

Er schob mir das Abendblatt zu, und ich las das bezeichnete Inserat. In der Spalte GEFUNDEN war es das erste.

In der Brixton Road wurde ein glatter goldener Ehering auf dem Weg zwischen White Hart Taverne und Holland Grove gefunden. Bitte melden bei Dr. Watson, 221B Baker Street, zwischen acht und neun Uhr heute abend.

»Entschuldigen Sie, daß ich mich Ihres Namens bediente«, sagte er. »Hätte ich den meinen angegeben, würde ihn einer dieser Wichtigmacher entdecken und sich einmischen.«

»Das ist schon in Ordnung«, antwortete ich. »Aber angenommen, es meldet sich jemand: ich habe doch keinen Ring.«

»Oh, den haben Sie schon«, antwortete er und gab mir einen. »Der tut es schon. Er ist fast ein Faksimile.«

»Und wer wird Ihrer Meinung nach auf dieses Inserat kommen?«

»Nun, der Mann im braunen Mantel, unser blühend aussehender Freund mit den viereckigen Schuhkappen. Kommt er nicht selbst, dann schickt er einen Komplizen.«

»Müßte er das nicht für zu gefährlich halten?«

»Absolut nicht. Wenn meine Ansicht zu diesem Fall richtig ist, und ich habe allen Grund, dies zu glauben, dann würde dieser Mann lieber alles riskieren, als diesen Ring zu verlieren. Nach meinen Wahrnehmungen ließ er ihn fallen, während er sich über Drebbers Leiche bückte, und er vermißte ihn auch nicht sofort. Nachdem er das Haus verlassen hatte, entdeckte er seinen Verlust; er eilte zurück, sah, daß die Polizei schon angekommen war, und das deshalb, weil er die Dummheit begangen hatte, die Kerze brennen zu lassen. Er mußte also den Betrunkenen spielen, um nur ja den Verdacht zu zerstreuen, den sein Erscheinen an der Gartentür erwecken mußte. Versetzen Sie sich einmal an die Stelle des Mannes. Als er über die Sache nachdachte, muß es ihm eingefallen sein, daß er den Ring auf der Straße verloren haben könnte, nachdem er das Haus verließ. Was konnte er dann tun? Er würde das ganze Abendblatt durchsehen in der Hoffnung, daß jemand den Ring gefunden hatte. Er wäre über alle Maßen froh darüber. Warum sollte er eine Falle befürchten? In seinen Augen gab es keinen Grund, weshalb der Fund des Ringes mit dem Mord in Verbindung gebracht werden sollte. Er würde also kommen. Und er wird es auch tun. Sie werden ihn innerhalb einer Stunde zu sehen bekommen.«

»Und dann?« fragte ich.

»Oh, Sie können es mir überlassen, mit ihm fertig zu werden. Haben Sie irgendwelche Waffen?«

»Meinen alten Dienstrevolver und etwas Munition.«

»Dann reinigen und laden Sie ihn. Er wird ein sehr verzweifelter Mann sein, und Sie müssen sich daher auf alles gefaßt machen, obwohl ich ihn ganz überraschend packe.«

Ich ging in mein Schlafzimmer und folgte seinem Rat. Als ich mit dem Revolver zurückkam, war der Tisch abgeräumt, und Holmes ging seiner Lieblingsbeschäftigung nach — er geigte und zupfte am Instrument herum.

»Die Sache nimmt allmählich Form an«, berichtete er, als ich eintrat. »Eben habe ich die Antwort auf mein Telegramm nach Amerika bekommen. Meine Meinung über diesen Fall ist richtig.«

»Und die ist?« fragte ich interessiert.

»Meine Geige wäre viel besser, hätte sie neue Saiten«, sagte er. »Stecken Sie Ihren Revolver ein. Wenn der Bursche kommt, reden Sie ganz normal mit ihm. Den Rest überlassen Sie mir. Erschrecken Sie ihn nicht, indem Sie ihn zu hart ansehen.«

»Jetzt ist es acht Uhr«, bemerkte ich und schaute auf die Uhr.

»Ja. In ein paar Minuten wird er wohl hier sein. Öffnen Sie die Tür ein wenig. So. Ja, das genügt. Und den Schlüssel stecken Sie innen an. Danke. Das ist ein seltsames Buch, das ich gestern an einem Stand fand. ‚De Jure inter Gentes', herausgegeben in lateinischer Sprache in Liège, Niederlande, 1642. Charles' Kopf saß da noch fest auf seinen Schultern, als dieser kleine Band mit dem braunen Rücken herauskam.«

»Wer hat ihn gedruckt?«

»Philippe de Croy, wer dies auch gewesen sein mag. Auf dem Vorsatzblatt steht in sehr blasser Tintenschrift: ‚Ex libris Gulielmi Whyte'. Wer wird dieser William Whyte gewesen sein? Vielleicht irgendein Rechtsanwalt aus dem siebzehnten Jahrhundert. Seine Handschrift hat den Schwung der Rechtswissenschaftler. Und ich glaube, unser Mann kommt jetzt.«

Während er noch sprach, klingelte es kräftig an der Tür. Sherlock Holmes stand leise auf und trug seinen Stuhl ein Stück näher zur Tür. Wir hörten das Dienstmädchen die Halle entlanggehen, dann das scharfe Klicken des Schlosses, als sie die Tür aufmachte.

»Wohnt hier Dr. Watson?« fragte eine klare, aber ziemlich barsche Stimme. Die Antwort des Mädchens konnten wir nicht hören, aber die Tür wurde geschlossen, und jemand kam die Treppe herauf. Der Schritt war etwas unsicher und schlurfend. Mein Freund schaute überrascht drein, als er dies hörte. Langsam kam er den Korridor entlang, dann wurde leise an die Tür geklopft.

»Ja, herein!« rief ich.

Statt des gewalttätigen Mannes, den wir erwarteten, hoppelte eine sehr alte, verhutzelte Frau herein. Sie schien vom hellen Licht geblendet zu sein, denn sie blinzelte uns mit ihren etwas verschwollenen Augen an, als sie knickste. Mit nervösen, zitternden Fingern kramte sie in ihrer Tasche. Ich schaute meinen Gefährten an. Seine Miene war so trostlos, daß ich alle Mühe hatte, gleichmütig zu bleiben. Die alte Vettel zog eine Abendzeitung heraus und deutete auf unser Inserat.

»Das hat mich hergebracht, gute Gentlemen«, sagte sie und knickste wieder. »Ein goldener Ehering in der Brixton Road. Er gehört meinem Mädchen Sally, die jetzt erst zwölf Monate verheiratet ist. Ihr Mann ist ein Steward auf einem Schiff der Union, und was tät der wohl sagen, wenn er heimkäm und sie ohne den Ring fände? Herrje, herrje, das mag ich mir gar nicht ausdenken. Ist er schon kurz angebunden, wenn er bei bester Laune ist, aber wenn er getrunken hat, o weh! Bitte sehr, sie ist gestern abend in den Zirkus gegangen mit ...«

»Ist das ihr Ring?« fragte ich.

»Dem Himmel sei Dank!« rief die alte Frau. »Sally wird recht froh sein. Das ist ihr Ring.«

»Und wie ist Ihre Adresse?« fragte ich und nahm einen Bleistift zur Hand.

»Duncan Street 13, Houndsditch. Ein weites Stück Weg von hier.«

»Die Brixton Road liegt aber nicht zwischen irgendeinem Zirkus und Houndsditch«, warf Sherlock Holmes scharf ein.

Die alte Frau drehte sich zu ihm um und schaute ihn aus ihren rotgeränderten Augen schlau an.

»Der Gentleman hat mich nach meiner Adresse gefragt«, sagte sie. »Sally hat eine Wohnung am Mayfield Place 3, Peckham.«

»Und Ihr Name ist?«

»Ich heiße Sawyer. Der ihre ist Dennis. Ein Tom Dennis hat sie geheiratet, und er ist ein gescheiter, sauberer Bursche, so lang wie er auch auf See ist. Kein Steward in der Firma ist besser angesehen als er. Aber wenn er an Land ist und die Weiber und Schnapsläden ...«

»Hier ist Ihr Ring, Mrs. Sawyer«, unterbrach ich sie auf ein Zeichen meines Gefährten hin. »Er gehört ganz offensichtlich Ihrer Tochter, und ich freue mich, ihn der rechtmäßigen Besitzerin zurückgeben zu können.«

Sie murmelte eine Menge Segenswünsche und Dankesworte, dann packte sie ihn sorgfältig in ihre Tasche und schlurfte die Treppe hinab. Sherlock Holmes sprang auf, als sie gegangen war, und lief in sein Zimmer. Ein paar Sekunden später hatte er eine Krawatte umgebunden und kam in einem Ulster heraus.

»Ich folge ihr«, erklärte er eilig. »Sie muß eine Komplizin sein, und sicher führt sie mich zu ihm. Warten Sie auf mich.«

Die Hallentür war kaum hinter unserer Besucherin ins Schloß gefallen, als Holmes auch schon die Treppe hinabging. Ich schaute durch das Fenster und sah sie ziemlich mühsam auf der anderen Straßenseite dahinhumpeln, während ihr Verfolger in einiger Entfernung hinter ihr blieb.

»Entweder ist die ganze Geschichte doch nicht richtig«, überlegte ich laut, »oder er wird nun zum Kern des Geheimnisses geführt.«

Er hätte es gar nicht erwähnen zu brauchen, daß ich auf ihn warten solle, denn ich hätte ja doch nicht schlafen können, bis ich den Bericht seines Abenteuers hörte.

Es war kurz vor neun, als er wegging. Ich hatte keine Ahnung, wie lange es dauern könnte, aber ich blieb stur sitzen, rauchte meine Pfeife und blätterte Henri Murgers *Vie de Bohème* durch. Es wurde zehn Uhr und ich hörte die Schritte der Dienstmädchen, als sie zu Bett gingen. Elf Uhr, und die Hausfrau stapfte an meiner Tür vorbei, um schlafen zu gehen. Es war kurz vor zwölf, als ich seinen Schlüssel hörte. An seiner Miene sah ich sofort, daß er keinen Erfolg gehabt hatte. Vergnügen und Kummer schienen um die Vorherrschaft zu kämpfen, bis endlich das Vergnügen die Oberhand behielt und er in ein schallendes Gelächter ausbrach.

»Das dürfen die von Scotland Yard nicht um die Welt erfahren!« rief er und ließ sich in einen Sessel fallen. »Ich habe sie so geneckt, daß sie mich nie das Ende der Geschichte wissen ließen. Ich kann mir's leisten, zu lachen, weil ich weiß, daß ich, auf lange Sicht, mit ihnen schon wieder gleichziehe.«

»Und was war?« fragte ich.

»Ah, es macht mir gar nichts aus, Ihnen die Geschichte selbst zu erzählen. Das alte Weib war erst ein kurzes Stück gegangen, als sie zu hinken begann und sehr schlecht zu Fuß zu sein schien. Sie blieb dann sogar stehen und winkte einen vierrädrigen Wagen heran, der eben vorbeifuhr. Ich war nahe genug und hörte die Adresse. Ich hätte die Ohren gar nicht zu spitzen brauchen, denn sie sang sie laut genug aus, um auf der anderen Straßenseite gehört zu werden: ‚Fahren Sie zur Duncan Street 13, Houndsditch!' schrie sie. Ich dachte, das sieht ja so aus, als wäre sie echt, und als ich sie sicher drinnen wußte, hockte ich mich selbst hintenauf. Das ist eine Kunst, die jeder Detektiv meisterhaft beherrschen sollte. Wir ratterten jedenfalls davon und geradewegs zur fraglichen Straße. Ich hüpfte ab, ehe wir zur Tür kamen, und schlenderte gemütlich die Straße entlang. Ich sah, wie der Wagen hielt. Der Kutscher sprang ab, ich sah, wie er die Tür öffnete und erwartungsvoll dreinschaute. Aber es kam nichts dabei heraus. Als ich ihn erreichte, suchte er eifrigst den leeren Wagen ab und gab das feinste Sortiment von kräftigen Flüchen von sich, das ich je gehört habe. Ich hörte ihm zu. Von seinem Fahrgast war keine Spur zu sehen, und ich fürchte, es wird einige Zeit dauern, bis er sein Fahrgeld bekommt. Ich fragte nach der No. 13 und erfuhr, das Haus gehöre einem respektablen Tapezierer namens Keswick, und niemand des Namens Sawyer oder Dennis habe je hier gewohnt.«

»Sie wollen doch nicht sagen, daß diese humpelnde, schwache alte Frau während der Fahrt aus dem Wagen springen konnte, ohne daß Sie oder der Fahrer etwas bemerkten?«

»Alte Frau, sie soll der Teufel holen!« rief Sherlock Holmes. »Die alten Weiber waren wir, weil wir uns so ausschmieren ließen. Es muß ein junger, sehr lebendiger und beweglicher Mann gewesen sein, ein ausgezeichneter Schauspieler überdies. Die Darbietung war unvergleichlich. Er sah, daß ihm jemand folgte, und bediente sich seiner Mittel, mich abzuhängen. Es zeigt, daß der Mann, hinter dem wir her sind, gar nicht so einsam war, wie ich mir vorstellte, sondern Freunde hat, die bereit sind, einiges für ihn zu riskieren. Na, Doktor, jetzt sehen Sie aber richtig belämmert drein. Nehmen Sie meinen Rat an und gehen Sie zu Bett.«

Ich fühlte mich auch sehr müde und folgte seinem Vorschlag. Holmes saß noch vor dem glimmenden Feuer, und noch sehr lange hörte ich das leise, melancholische Jammern seiner Geige. Ich wußte, daß er noch lange über das merkwürdige Problem nachdachte, das er zu lösen sich vorgenommen hatte.

6. Tobias Gregson zeigt, was er kann

Am nächsten Tag waren alle Zeitungen voll mit Berichten über das »Geheimnis von Brixton«. In jeder stand ein langer Artikel, manche brachten darüber sogar Leitartikel. Es gab darin einige Informationen, die mir neu waren. Ich habe noch immer in meinem Tagebuch zahlreiche Zeitungsausschnitte und Auszüge von diesem Fall. Hier ist eine gekürzte Auswahl:

Der *Daily Telegraph* bemerkte, in der Geschichte des Verbrechens habe es selten eine Tragödie mit eigenartigeren Umständen gegeben. Der deutsche Name des Opfers, das Fehlen von Motiven, die düstere Schrift an der Wand, das alles deute auf eine Verbindung mit politischen Flüchtlingen und Revolutionären. In Amerika hätten die Sozialisten viele Stützpunkte, und zweifellos habe der Tote deren ungeschriebene Gesetze übertreten und sei nun von ihnen gestellt worden. Man bezog sich hochtrabend auf Feme, aqua tofana, Carbonari, die Marquise de Brinvilliers, sogar auf Darwins Theorien, die Grundsätze von Malthus, die Morde vom Ratcliff Highway. Der Artikel schloß mit einer Mahnung an die Regierung, sie möge künftig Ausländer in England etwas schärfer überwachen.

Der *Standard* kommentierte dahin gehend, daß es Übergriffe der Gesetzesverächter dieser Sorte üblicherweise unter den Liberalen gebe. Sie stammten aus den labilen Geistern der Massen, und daraus ergebe sich eine Schwächung jeder Autorität. Der Tote sei ein amerikanischer Gentleman gewesen, der seit einigen Wochen in der Metropole wohnte. Er hatte sich bei Mme Charpentier, Torquay Terrace, Camberwell einquartiert gehabt und sei in Begleitung seines Privatsekretärs gewesen, eines Mr. Joseph Stangerson. Die beiden verabschiedeten sich bei ihrer Pensionswirtin am Dienstag, dem 4. des Monats, und fuhren zur Station Euston in der Absicht, den Liverpool-Expreß zu nehmen. Danach wurden sie noch einmal auf dem Bahnsteig gesehen. Von hier ab ist nichts mehr über sie bekannt, bis Mr. Drebbers Leiche, wie berichtet, in einem leeren Haus in der Brixton Road gefunden wurde, die viele Meilen von Euston entfernt ist. Wie er dorthin kam, oder wie ihn das Schicksal traf, sind Fragen, die noch ein Geheimnis sind. Von Stangersons Verbleib ist nichts bekannt. »Wir freuen uns, zu erfahren, daß Mr. Lestrade und Mr. Gregson von Scotland Yard beide an diesem Fall arbeiten, und man rechnet zuversichtlich damit, daß diese bekannten Beamten sehr bald Licht in diese Sache bringen.«

Die *Daily News* schrieb, es gebe gar keinen Zweifel, daß es sich um ein politisches Verbrechen handle. Despotismus und Haß des Liberalismus der kontinentalen Regierungen »hat sich so ausgewirkt, daß zahlreiche Männer an unsere Küsten getrieben wurden, die überall gute Bürger abgegeben hätten, wären sie nicht durch die Erinnerung an alles Erlittene verfolgt worden. Bei diesen Leuten gibt es einen Ehrenkodex, und ein Verstoß dagegen wird mit dem Tod bestraft.« Man solle wirklich jede Anstrengung unternehmen, den Sekretär Stangerson zu finden, um die besonderen Gewohnheiten des Toten kennenzulernen. »Ein großer Schritt wurde getan, als man die Adresse des Hauses entdeckte, in dem er gewohnt hatte — und zu verdanken war dies der Wachheit und Energie von Mr. Gregson, Scotland Yard.«

Sherlock Holmes und ich lasen diese Notizen beim Frühstück, und sie schienen ihn sehr zu amüsieren.

»Ich sagte Ihnen ja, Lestrade und Gregson würden den ganzen Erfolg für sich beanspruchen.«

»Das hängt doch vom Ausgang der Sache ab.«

»Oh, das spielt überhaupt keine Rolle. Fängt man den Mann, dann *dank* Ihrer Bemühungen. Entkommt er, dann *trotz* aller Anstrengungen. Das ist immer so. Sie können tun, was sie wollen, sie haben immer ihre Anhänger. *Un sot trouve toujours un plus sot qui l'admire.*«*

»Was, in aller Welt, soll das sein?« rief ich, denn in diesem Moment waren in der Halle und auf der Treppe viele Schritte zu hören, begleitet von angewiderten Bemerkungen unserer Hausfrau.

* Ein Dummkopf findet immer einen noch größeren Dummkopf, der ihn bewundert.

»Das ist die Abteilung Baker Street der Polizei«, sagte mein Freund ernst. Und während er noch sprach, drängte ein halbes Dutzend Männer der schmutzigsten und zerlumptesten Straßenaraber herein, die ich je gesehen hatte.

»'tung!« schrie Holmes sehr scharf, und die sechs dreckigen Schurken standen in einer Reihe wie sehr mitgenommene Statuen. »In Zukunft schickt ihr Wiggins allein zum Bericht herauf, und der Rest wartet auf der Straße. Wiggins, habt ihr's gefunden?«

»Nein, Sir, hamm wa nicht«, sagte einer der Jugendlichen.

»Habe ich auch kaum erwartet. Aber ihr müßt euch dranhalten, bis ihr's habt. Hier ist euer Lohn.« Er reichte jedem einen Shilling. »Und jetzt verschwindet. Ihr kommt erst wieder zurück, wenn ihr mir einen besseren Bericht bringen könnt.«

Er winkte verabschiedend, und sie rumpelten die Treppe hinab wie übergroße Ratten, und im nächsten Moment hörten wir ihre schrillen Stimmen auf der Straße.

»Aus den kleinen Bettlern kriegt man bessere Arbeit heraus als aus einem Dutzend von der Polizei«, bemerkte Holmes. »Der bloße Anblick einer offiziell dreinsehenden Person versiegelt den Leuten die Lippen. Diese Jungens aber sind überall und sehen und hören alles. Und scharf sind sie wie Rasiermesser. Sie müssen nur organisiert werden.«

»Beschäftigen Sie die im Fall Brixton?« fragte ich.

»Ja. Es gibt da nämlich einen Punkt, den ich geklärt haben möchte. Es ist nur eine Zeitfrage. Hallooo! Wir werden nun bald einige Nachrichten mit etwas Tücke serviert bekommen. Gregson kommt eben die Straße entlang, und sein Gesicht ist ein einziges strahlendes Wohlwollen. Ich weiß, er kommt zu uns. Ja ... Er bleibt stehen. Und hier ist er auch schon.«

Es wurde lange und kräftig auf die Klingel gedrückt, und ein paar Sekunden später kam der blondhaarige Detektiv die Treppe herauf. Er nahm immer drei Stufen auf einmal und stürmte zu uns herein.

»Mein Lieber!« schrie er und schüttelte Holmes' Hand, als wolle er sie ausreißen. »Gratulieren Sie mir! Ich habe die ganze Sache so klar bekommen wie einen hellen Sonnentag!«

Mein Gefährte schien ein wenig besorgt dreinzusehen.

»Meinen Sie, daß Sie auf der richtigen Spur sind?« fragte er.

»Richtige Spur? Mann, Sir, wir haben ihn hinter Schloß und Riegel!«

»Wie heißt er?«

»Arthur Charpentier, Unterlieutenant in Her Majesty's Navy«, rief Gregson, rieb sich wohlgefällig seine fetten Hände und blies die Brust auf.

Sherlock Holmes tat einen Seufzer der Erleichterung und entspannte seine ausdrucksvollen Züge zu einem Lächeln.

»Nehmen Sie doch einen Stuhl und versuchen Sie eine von diesen Zigarren«, forderte er ihn auf. »Wir können es gar nicht erwarten, zu hören, wie Ihnen das gelungen ist. Wollen Sie einen Schluck Whisky und Wasser?«

»Könnte nicht schaden«, meinte der Detektiv. »Die ungeheuren Anstrengungen der letzten paar Tage haben mich völlig erschöpft. Verstehen Sie, nicht so sehr die körperliche Anstrengung, wie die geistige und seelische. Sie können das würdigen, Mr. Sherlock Holmes, denn wir sind beide Kopfarbeiter.«

»Sie erweisen mir zuviel Ehre«, sagte Holmes ernst. »Lassen Sie uns hören, wie Sie zu diesem außerordentlich wichtigen Ergebnis kamen.«

Der Detektiv setzte sich umständlich in einen Armsessel und paffte genießerisch seine Zigarre. Plötzlich schlug er sich in einem Anfall von Vergnügen auf den Schenkel.

»Der Spaß daran ist der, daß dieser Narr Lestrade, der sich für so ungeheuer klug hält, auf einer ganz falschen Spur weiterging. Er ist hinter dem Sekretär drein, diesem Stangerson, der mit dem Verbrechen so wenig zu tun hat wie ein neugeborenes Baby. Ich zweifle nicht daran, daß er ihn jetzt schon eingefangen hat.«

Dieser Gedanke belustigte Gregson dermaßen, daß er lachte, bis er keine Luft mehr bekam.

»Und wie kamen Sie zu Ihrer Spur?«

»Ah, das erzähle ich Ihnen schon noch. Natürlich, Dr. Watson, ist das absolut vertraulich und muß unter uns bleiben. Die erste Schwierigkeit, die zu überwinden war — wir mußten ja sein amerikanisches Vorleben feststellen. Es gibt Leute, die hätten gewartet, bis man ihre Zeitungsinserate beantwortet, oder bis jemand von sich aus kam und freiwillige Informationen beisteuerte. Das ist nicht die Art von Tobias Gregson. Sie erinnern sich doch an den Hut neben dem Toten?«

»Ja«, antwortete Holmes. »John Underwood & Son, 229 Camberwell Road.«

Gregson war sichtlich verblüfft.

»Ich hatte keine Ahnung, daß Sie das bemerkt haben. Waren Sie denn dort?«

»Nein.«

»Ha!« rief Gregson erleichtert. »Man soll nie eine Chance auslassen, und mag sie auch noch so gering sein.«

»Für einen großen Geist gibt es keine Kleinigkeiten«, bemerkte Holmes schulmeisterisch.

»Na, schön. Ich ging also zu Underwood und fragte ihn, ob er einen Hut von dieser und jener Größe und Beschreibung verkauft habe. Er schaute in seinen Büchern nach und fand ihn sofort. Er hatte diesen Hut an einen Mr. Drebber geschickt, der in Charpentiers Pension wohnte, Torquay Terrace. So bekam ich seine Adresse.«

»Geschickt, wirklich, sehr geschickt«, murmelte Sherlock Holmes.

»Dann ging ich zu Madame Charpentier«, fuhr der Detektiv fort. »Ich fand sie sehr blaß und betrübt vor. Ihre Tochter war auch anwesend, ein ungewöhnlich schönes Mädchen. Ihre Augen waren rot, und ihre Lippen zitterten, als ich mit ihr sprach. Das entging mir nicht, und da roch ich eine Ratte. Sie kennen ja das Gefühl, Mr. Sherlock Holmes, wenn man den richtigen Spurengeruch in die Nase kriegt, ah, das ist eine Spannung in den Nerven! ‚Haben Sie vom geheimnisvollen Tod Ihres früheren Pensionsgastes, des Mr. Enoch J. Drebber, Cleveland, gehört?' fragte ich.

Die Mutter nickte. Sie schien kein Wort herauszubringen. Die Tochter brach in Tränen aus. Ich fühlte, daß diese Leute von der Sache einiges wußten.

‚Um welche Zeit verließ Mr. Drebber Ihr Haus, um zum Zug zu gehen?' fragte ich.

‚Um acht Uhr', antwortete sie und schluckte heftig, um ihre Erregung zu meistern. ‚Sein Sekretär, Mr. Stangerson, sagte, es gebe zwei Züge, einen um 9.15 und einen um 11 Uhr. Er wollte den ersten erreichen.'

‚Und wann sahen Sie ihn zuletzt?'

Als ich diese Frage stellte, überkam das Gesicht der Frau eine erschreckende Veränderung. Sie wurde ganz grau. Es dauerte Sekunden, bis sie das einzige Wort ‚ja' herausbrachte, und das war dann in einem ganz unnatürlichen, heiseren Ton.

Einen Augenblick lang herrschte Schweigen, und dann sprach die Tochter mit ruhiger, klarer Stimme.

‚Mutter, aus Falschheit kommt nie etwas Gutes. Wir wollen mit diesem Gentleman ganz offen sein. Wir haben Mr. Drebber noch einmal gesehen.'

‚Gott verzeih dir!' rief Madame Charpentier, warf die Hände hoch und sank auf ihren Stuhl zurück. ‚Du hast deinen Bruder ermordet!'

‚Arthur ist es lieber, wenn wir die Wahrheit sagen', antwortete das Mädchen entschieden.

‚Dann werden Sie wohl jetzt alles erzählen', forderte ich sie auf. ‚Halbes Vertrauen ist schlechter als gar keines. Außerdem wissen Sie ja gar nicht, wieviel wir darüber wissen.'

‚Alice, auf dein Haupt komme es!' rief die Mutter, dann wandte sie sich an mich: ‚Sir, ich will Ihnen alles erzählen. Glauben Sie nur ja nicht, daß meine Aufregung wegen meines Sohnes aus einer Angst stammt, er könne die Hand in diesem schrecklichen Verbrechen haben. Er ist daran völlig unschuldig. Aber meine Angst ist die, daß er in Ihren Augen und in denen anderer Menschen kompromittiert sein könnte. Das ist jedoch völlig ausgeschlossen. Sein großer Charakter, sein Beruf, sein ganzes Vorleben — alles würde dies ausschließen.'

‚Dann wird es wohl am besten sein, Sie machen reinen Tisch', riet ich ihr. ‚Verlassen Sie sich darauf, wenn Ihr Sohn unschuldig ist, wird er nicht schlechter dastehen.'

‚Vielleicht, Alice, läßt du uns jetzt besser allein', sagte sie, und die Tochter zog sich zurück. ‚Nun, Sir, ich hatte nicht die Absicht, Ihnen all dies zu erzählen, doch da meine arme Tochter nicht schweigen konnte, bleibt mir nichts anderes übrig. Und da ich entschlossen bin, alles zu sagen, werde ich es auch tun und nichts auslassen.'

‚Das ist wohl das Klügste, was Sie tun können', sagte ich.

‚Mr. Drebber hat nahezu drei Wochen bei uns gewohnt. Er und sein Sekretär, Mr. Stangerson, reisten auf dem Kontinent. Ich bemerkte auf allen Koffern Hotelaufkleber aus Kopenhagen, also müssen sie dort zuletzt gewesen sein. Stangerson war ein ruhiger, sehr zurückhaltender Mann, doch sein Arbeitgeber, und es tut mir leid, dies sagen zu müssen, war ganz anders. In seinen Gewohnheiten war er grob, ja brutal. Schon am Abend seiner Ankunft betrank er sich, und ich muß sagen, daß er nach zwölf Uhr mittags schon niemals mehr richtig nüchtern war. Seine Manieren gegenüber den Dienstmädchen waren abstoßend frei und vertraulich. Und was am schlimmsten war, er benahm sich auch bald meiner Tochter gegenüber so. Öfter als einmal gebrauchte er Redensarten bei Alice, die sie zum Glück in ihrer Unschuld nicht verstehen konnte. Bei einer Gelegenheit riß er sie sogar in die Arme und drückte sie an sich, eine Tat, die ihm sogar die Vorwürfe seines Sekretärs eintrug, weil er sich wirklich nicht wie ein Mann benahm.'

‚Aber warum haben Sie sich das alles gefallen lassen?' fragte ich sie. ‚Ich dachte doch, Sie können Ihre Pensionsgäste loswerden, sobald Sie das wollen.'

Madame Charpentier wurde rot bei meiner geschickten Frage.

‚Bei Gott, ich wollte, ich hätte ihn schon am ersten Tag hinausgeworfen!' rief sie. ‚Aber es war eine große Versuchung. Sie bezahlten pro Person und Tag je ein Pfund, und das sind vierzehn Pfund die Woche in einer toten Saison. Ich bin Witwe, und mein Junge in der Marine hat mich sehr viel gekostet. Es tat mir leid um das Geld. Ich hielt es so für am besten. Aber das zuletzt, das war einfach zuviel, und deshalb bat ich ihn, mein Haus zu verlassen. Das war auch der Grund für seine Abreise.'

‚Nun, und?'

‚Mein Herz wurde leicht, als ich ihn wegfahren sah. Mein Sohn hat gerade Urlaub, doch ich erzählte ihm nichts, denn er hat ein hitziges Temperament, und er hängt auch leidenschaftlich an seiner Schwester. Als ich die Tür hinter ihm schloß, fiel mir ein Stein vom Herzen. Ah! Und kaum eine Stunde später läutete es, und ich erfuhr, Mr. Drebber sei zurückgekommen. Er war sehr erregt und offensichtlich recht betrunken. Er erzwang sich den Zugang zu dem Raum, in dem ich mit meiner Tochter saß, und machte einige unzusammenhängende Bemerkungen darüber, daß er seinen Zug versäumt habe. Dann wandte er sich an Alice, und vor meinen Augen und Ohren mutete er ihr zu, sie solle mit ihm fliehen. Sie sei doch alt genug, sagte er, und es gebe kein Gesetz, sie aufzuhalten. Er habe Geld genug und etwas darüber. Auf das alte Mädchen da — damit meinte er mich — brauche sie ja nicht aufzupassen, sie solle nur einfach mit ihm kommen, und sie werde wie eine Prinzessin leben. Die arme Alice war so entsetzt, daß sie vor ihm zurückwich, doch er fing ihr Handgelenk ein und zerrte sie mit sich zur Tür. Ich schrie, und in diesem Moment kam mein Sohn Arthur herein. Was dann geschah, weiß ich nicht. Ich hörte Flüche, wirre Laute und das Geräusch eines Kampfes. Ich hatte solche Angst, daß ich nicht einmal den Kopf zu heben wagte. Als ich dann doch einmal aufschaute, sah ich Arthur unter der Tür stehen. Er lachte und hatte einen Stock in der Hand. Er sagte, er glaube nicht, daß uns dieser feine Kerl noch einmal belästige, und er wolle ihm nur nachgehen und sehen, was er tue. Damit nahm er seine Mütze und ging zur Straße. Am nächsten Morgen hörten wir von Mr. Drebbers geheimnisvollem Tod.'

Natürlich kam diese Aussage von Mrs. Charpentier mit vielen Pausen und Seufzern. Manchmal sprach sie so leise, daß ich die Worte kaum verstehen konnte. Ich machte jedoch von allem, was sie sagte, stenographische Notizen, so daß keine Möglichkeit eines Irrtums besteht.«

»Das ist aber aufregend«, sagte Sherlock Holmes und gähnte. »Was ist danach passiert?«

»Als Mrs. Charpentier eine Pause einlegte, sah ich, daß der ganze Fall an einem einzigen Punkt hing. Ich schaute sie scharf an, weil ich das bei Frauen immer sehr wirksam fand, und fragte sie, um welche Zeit ihr Sohn zurückgekehrt sei.

,Das weiß ich nicht', antwortete sie.

‚Nein? Sie wissen das nicht?'

‚Nein. Er hat einen Hausschlüssel und kann selbst herein.'

‚Nachdem Sie zu Bett gegangen waren?'

‚Ja.'

‚Wann gingen Sie zu Bett?'

‚Gegen elf Uhr.'

‚Ihr Sohn war also mindestens zwei Stunden abwesend?'

‚Ja.'

‚Vielleicht auch vier oder fünf?'

‚Ja.'

‚Was tat er in dieser Zeit?'

‚Das weiß ich doch nicht', erwiderte sie und wurde bis in die Lippen blaß.

Natürlich war danach nichts mehr zu tun. Ich fand heraus, wo sich Lieutenant Charpentier aufhielt, nahm zwei Beamte mit und verhaftete ihn. Als ich ihm auf die Schulter tippte und ihm riet, ruhig mit uns zu kommen, antwortete er keck wie noch was: ‚Ich nehme an, Sie verhaften mich, weil Sie glauben, ich stecke mit in der Sache um den Tod dieses Schurken Drebber.' Wir haben aber gar nichts davon gesagt, so daß also seine Erwähnung dieser Angelegenheit zu jedem Verdacht berechtigt.«

»Sehr sogar«, antwortete Holmes.

»Er hatte immer noch den dicken Stock bei sich, den seine Mutter beschrieben hatte; den nahm er mit, als er Drebber folgte. Es war ein richtig kräftiger Eichenprügel.«

»Und welche Theorie haben Sie?«

»Nun ja, ich denke, er folgte Drebber bis zur Brixton Road. Dort muß es dann zwischen ihnen zu einem neuen Streit gekommen sein, und Drebber wird wohl einen Schlag mit diesem Prügel bezogen haben. Vielleicht in den Magen, und das hätte ihn getötet, ohne eine Spur zu hinterlassen. Die Nacht war so feucht, daß kein Mensch unterwegs war, und so zerrte Charpentier die Leiche seines Opfers in das leere Haus. Die Kerze, das Blut, die Schrift an der Wand und der Ring, all das kann ein Trick sein, um die Polizei auf die falsche Fährte zu locken.«

»Gut!« sagte Holmes ermutigend. »Wirklich, Gregson,

Sie kommen voran. Wir werden noch etwas aus Ihnen machen.«

»Ich schmeichle mir selbst, daß ich recht schön vorangekommen bin«, erwiderte der Detektiv stolz. »Der junge Mann wollte freiwillig aussagen, und darin behauptete er, daß er Drebber eine Weile gefolgt sei, aber das habe der andere bemerkt und eine Droschke genommen, um ihm zu entkommen. Unterwegs habe er dann einen alten Kameraden vom Schiff getroffen und sei mit ihm lange spazierengegangen. Als er gefragt wurde, wo dieser Kamerad wohne, konnte er keine zufriedenstellende Antwort geben. Ich denke, der ganze Fall paßt nun nahtlos ineinander. Mich amüsiert, daß Lestrade einer ganz falschen Spur nachgegangen ist, und ich fürchte, viel wird er da nicht herausholen. Ha, bei Gott, da ist der Mann ja selbst!«

Wirklich, es war Lestrade, der eben, während wir sprachen, die Treppe heraufgekommen war und nun den Raum betrat. Die Sicherheit und Keckheit, die ihn gewöhnlich in Haltung und Kleidung auszeichneten, fehlten. Sein Gesicht sah besorgt aus, seine Kleidung war beschmutzt und unordentlich. Offensichtlich war er in der Absicht gekommen, sich bei Sherlock Holmes Rat zu holen, denn als er seinen Kollegen hier fand, war er verlegen. Er stand mitten im Raum, fummelte nervös an seinem Hut herum und wußte nicht recht, was er tun sollte.

Schließlich sagte er: »Das ist ein ungewöhnlicher Fall, eine ganz unverständliche Sache.«

»Ah, das finden Sie, Mr. Lestrade!« rief Gregson triumphierend. »Ich dachte, Sie würden zu diesem Schluß kommen. Ist es Ihnen denn gelungen, Mr. Joseph Stangerson, den Sekretär, zu finden?«

»Der Sekretär, Mr. Joseph Stangerson«, sagte Lestrade voll Ernst, »wurde gegen sechs Uhr heute früh im Halliday Privathotel ermordet.«

7. Licht in der Dunkelheit

Die Nachricht, mit der uns Lestrade überfiel, war ein so unerwarteter Schlag, daß wir alle drei ziemlich perplex waren. Gregson sprang auf und schüttete dabei seinen Whisky und das Wasser um. Ich schaute Sherlock Holmes an und sagte nichts; seine Lippen waren zusammengepreßt, seine Brauen sahen geradezu verknotet aus.

»Auch Stangerson«, murmelte er. »Die Geschichte verdichtet sich immer mehr.«

»Die war schon vorher dick genug«, brummte Lestrade und nahm einen Stuhl. »Ich scheine in eine Art Kriegsrat hineingeplatzt zu sein...«

»Sie sind... absolut sicher bezüglich dieser Nachricht?« fragte Gregson stotternd.

»Ich komme eben aus seinem Zimmer«, antwortete Lestrade. »Ich entdeckte als erster, was da geschehen war.«

»Wir haben eben Gregsons Bericht und Ansichten gehört«, bemerkte Holmes. »Würde es Ihnen etwas ausmachen, uns wissen zu lassen, was Sie gesehen und getan haben?«

»Nein, ich habe nichts dagegen«, erwiderte Lestrade und setzte sich. »Ich bekenne offen, daß ich der Meinung war, Stangerson habe beim Tod von Drebber die Hand im Spiel gehabt. Diese neue Entwicklung hat mir jedoch bewiesen, daß ich absolut unrecht hatte. In Verfolgung meiner Idee machte ich mich auf, um zu sehen, was aus dem Sekretär geworden war. Man hatte sie am 3. dieses Monats gegen halb neun Uhr abends am Bahnhof Euston gesehen, um zwei Uhr morgens wurde Drebber tot in der Brixton Road gefunden. Die Frage, die sich mir nun stellte, war die, womit Stangerson zwischen 8.30 und der Zeit des Verbrechens beschäftigt gewesen war und was danach aus ihm wurde.

Ich telegraphierte nach Liverpool, gab eine Beschreibung des Mannes und bat, man möge ein Auge auf die amerikanischen Schiffe haben. Dann machte ich mich daran, alle Hotels und Pensionen in der Nähe des Euston Bahnhofes aufzusuchen. Verstehen Sie, ich stellte mir vor, wenn Drebber und sein Begleiter getrennt wurden, wäre für den Letzteren die natürlichste Sache die, daß er sich irgendwo in der Nähe eine Bleibe für die Nacht suchte, um dann am nächsten Morgen am Bahnhof herumzuhängen.«

»Eher hätten sie doch vorher einen Treffpunkt ausgemacht«, warf Holmes ein.

»So stellte es sich auch heraus. Ich verbrachte den ganzen gestrigen Abend mit Ermittlungen, alle umsonst. Diesen Morgen begann ich schon sehr früh. Um acht Uhr erreichte ich Halliday's Private Hotel in der Little George Street. Auf meine Anfrage hin, ob ein Mr. Stangerson hier wohne, bejahten sie dies sofort.

‚Kein Zweifel, Sie sind der Gentleman, den er erwartet', sagten sie. ‚Seit zwei Tagen wartet er schon auf ihn.'

‚Wo ist er jetzt?' fragte ich.

‚Oben im Bett. Er wollte um neun Uhr geweckt werden.'

Ich dachte, mein plötzliches Erscheinen könnte ihn vielleicht aus der Fassung bringen, so daß er etwas Unüberlegtes sagte. Der Schuhputzer bot mir an, mich zu seinem Zimmer zu führen. Es war im zweiten Stock, und ein schmaler Korridor führte dorthin. Der Schuhputzer zeigte mir die Tür und wollte eben wieder nach unten gehen, als ich etwas sah, das mir trotz meiner zwanzig Jahre Erfahrung die Haare aufstellte. Unter der Tür ringelte sich ein dünnes rotes Blutband heraus, das über den Gang gelaufen war und an der Bodenleiste gegenüber eine kleine Pfütze gebildet hatte. Ich tat einen Schrei, und der Schuhputzer kam zurück. Er wurde fast ohnmächtig, als er das sah. Die Tür war innen abgesperrt, aber wir stemmten uns mit der Schulter daran und drückten sie ein. Das Fenster stand offen, und neben dem Fenster lag zusammengekauert die Leiche eines Mannes in seinem Nachthemd. Er war tot, und das schon seit einiger Zeit, denn seine Gliedmaßen waren kalt und starr. Als wir ihn umdrehten, erkannte ihn der Schuhputzer sofort als den Gentleman, der den Raum unter dem Namen Joseph Stangerson gemietet hatte. Die Ursache seines Todes war ein tiefer Stich in seine linke Seite, die das Herz durchbohrt haben mußte. Und jetzt kommt die merkwürdige Seite der Affäre. Was, meinen Sie, war über dem Ermordeten?«

Mir lief eine Gänsehaut auf in der Vorahnung eines gräßlichen Entsetzens, noch bevor Sherlock Holmes antwortete:

»Das Wort RACHE mit Blut geschrieben«, sagte er.

»Ja, genau das war es«, antwortete Lestrade fast ehrfürchtig, und wir alle schwiegen eine ganze Weile.

An den Taten dieses unbekannten Mörders war etwas

so Methodisches und Unverständliches, daß diese Verbrechen besonders grauenhaft erschienen. Beim Kampf waren meine Nerven immer sehr ruhig gewesen, aber jetzt, als ich daran dachte, klirrten sie direkt.

»Der Mann wurde gesehen«, fuhr Lestrade fort. »Ein Milchjunge, der auf seinem Weg zur Molkerei vorbeikam, ging zufällig den Weg entlang, der von den Mews zum Hinterausgang des Hotels führt. Er bemerkte, daß eine Leiter, die gewöhnlich hier lag, an einem der Fenster im zweiten Stock lehnte, und das Fenster war weit offen. Als er daran vorbei war, schaute er zurück und sah einen Mann die Leiter herabsteigen. Er kam so offen und ruhig herab, daß der Junge meinte, er sei vielleicht ein Zimmermann oder Klempner, der im Hotel zu arbeiten hatte. Er gab deshalb auch gar nicht besonders auf ihn acht und dachte nur, daß der Mann aber sehr früh zu arbeiten begonnen habe. Sein Eindruck von diesem Mann war der: groß, rötliches Gesicht, langer, bräunlicher Mantel. Er mußte noch einige Zeit nach dem Mord im Zimmer geblieben sein, denn wir fanden blutiges Wasser im Waschbecken, in dem er sich die Hände gewaschen, und auch Spuren an den Laken, wo er sein Messer abgewischt hatte.

Als ich die Beschreibung dieses Mörders hörte, die so genau mit seiner eigenen überstimmte, schaute ich Holmes an.

»Haben Sie nichts in dem Zimmer gefunden, das als Schlüssel zu diesem Verbrechen dienen könnte?« fragte er.

»Nichts. Stangerson hatte Drebbers Geldbeutel in seiner Tasche, doch das schien üblich gewesen zu sein, da er ja alle Zahlungen leistete. Es waren etwas mehr als acht Pfund drinnen, aber nichts fehlte. Was auch immer die Motive dieses ungewöhnlichen Verbrechens gewesen sein mögen, ein Raubmord scheidet sicherlich aus. Papiere oder Notizen befanden sich nicht in den Taschen des Ermordeten, nur ein Telegramm aus Cleveland, aufgegeben vor etwa einem Monat. Es enthielt die Worte: ‚J.H. ist in Europa'. Einen Namen trug es nicht.«

»Sonst war nichts da?« bohrte Holmes weiter.

»Nichts von Wichtigkeit. Der Roman, mit dem sich der Mann in den Schlaf gelesen hatte, lag auf dem Bett, seine

Pfeife auf dem Stuhl daneben. Auf dem Tisch stand ein Glas mit Wasser, und auf dem Fensterbrett fand ich eine kleine Dose mit ein paar Pillen.«

Mit einem Ausruf des Entzückens sprang Sherlock Holmes auf.

»Das letzte Glied!« rief er überschwenglich. »Mein Fall ist komplett.«

Die beiden Detektive starrten ihn verblüfft an.

»Ich habe nun in meiner Hand», fuhr er fort, »alle Fäden, die diese Wirrnis verursachten. Natürlich fehlen noch einige Einzelheiten, doch der hauptsächlichen Tatsachen bin ich mir gewiß, von der Zeit an, da Drebber und Stangerson sich auf dem Bahnhof trennten, bis zur Entdeckung der Leiche des Sekretärs. Ich meine, es mit eigenen Augen gesehen zu haben. Ich werde Ihnen einen Beweis meines Wissens geben. Könnten Sie diese Pillen in die Hand bekommen?«

»Die habe ich«, antwortete Lestrade und nahm eine kleine weiße Dose aus der Tasche. »Die nahm ich mit, auch den Geldbeutel und das Telegramm, da ich sie an einem sicheren Ort der Polizeistation hinterlegen wollte. Es war reiner Zufall, daß ich diese Pillen mitnahm, denn ich messe ihnen keine Wichtigkeit zu.«

»Geben Sie mir diese Pillen«, sagte Holmes. »Nun, Doktor«, wandte er sich an mich, »sind das normale Pillen?«

Das waren sie ganz gewiß nicht. Ihre Farbe war perlig grau, sie waren klein, rund und gegen das Licht fast durchscheinend.

»Aus ihrer Leichtigkeit und Transparenz schließe ich, daß sie in Wasser löslich sein müßten«, bemerkte ich.

»Genau«, pflichtete mir Holmes bei. »Würde es Ihnen etwas ausmachen, hinunterzugehen und den kleinen Teufel von einem Terrier zu holen, der schon so lange krank ist? Gestern wollte die Hausfrau, ich solle ihn von seinen Schmerzen erlösen.«

Ich ging nach unten und trug das Hündchen in meinen Armen nach oben. Es atmete sehr schwer, und die sich verschleiernden Augen bewiesen, daß er dem Ende nicht mehr fern war. Das Schnäuzchen war schneeweiß, und man konnte sagen, er habe seine Hundeseele schon ausgehaucht. Ich legte es auf ein Kissen auf den Boden.

»Jetzt werde ich eine dieser Pillen teilen«, kündigte Holmes an und schnitt sie auch schon mit dem Federmesser auseinander. »Eine Hälfte legen wir in die Dose zur weiteren Verwendung zurück. Die andere Hälfte geben wir in dieses Weinglas, in dem ein Teelöffel Wasser ist. Sie sehen, unser Freund, der Doktor, hatte recht, und die Pille hat sich bereits aufgelöst.«

»Das mag ja sehr interessant sein«, meinte Lestrade so gekränkt wie einer, der ausgelacht zu werden fürchtet. »Ich sehe nicht ein, was dies mit dem Tod von Mr. Joseph Stangerson zu tun hat.«

»Geduld, mein Freund, Geduld! Sie werden rechtzeitig herausfinden, was dies damit zu tun hat. Ich werde jetzt ein wenig Milch dazugeben, damit diese Mischung nicht so schlecht schmeckt, und wenn ich es dann dem Hund gebe, werden Sie sehen, daß er es sofort schlabbert.«

Während er noch sprach, goß er den Inhalt des Weinglases in eine Untertasse und stellte die vor den Terrier, der sofort alles aufleckte. Sherlock Holmes' Ernst hatte uns soweit überzeugt, daß wir gespannt dasaßen und das Tierchen beobachteten, weil wir eine verblüffende Wirkung erwarteten. Nichts passierte. Der Hund lag auf dem Kissen, atmete noch immer sehr schwer und war wohl weder besser noch schlechter dran als vorher.

Holmes hatte seine Uhr herausgenommen, und als eine Minute nach der anderen verging, ohne daß etwas geschah, nahm sein Gesicht einen bekümmerten und enttäuschten Ausdruck an. Er kaute an seiner Unterlippe, trommelte mit den Fingern auf der Tischplatte und zeigte alle Symptome akuter Ungeduld. Das war so überaus deutlich, daß er mir leid tat, denn die beiden Detektive lächelten überlegen und schienen sehr erfreut zu sein, daß dieses Experiment offensichtlich fehlschlug.

»Das kann kein Zufall sein!« rief er schließlich, sprang auf und lief ärgerlich auf und ab. »Es ist unmöglich, daß dies ein Zufall ist! Diese Pillen, die ich schon im Fall Drebber vermutete, werden nun nach Stangersons Tod auch wirklich gefunden. Und doch sind sie wirkungslos? Was hat das zu bedeuten? Aber meine ganze Kette an Überlegungen kann doch nicht falsch sein! Unmöglich. Und doch ist dieses Hündchen nicht übler dran als vorher. Ah, ich habe es, ich habe es!« Mit einem kleinen Schrei des Entzückens lief er zur Dose, teilte eine andere Pille, löste sie auf und fügte etwas Milch hinzu, und diese Lösung stellte er wieder vor den Terrier. Das arme Tierchen schien die Zunge noch nicht richtig daran befeuchtet zu haben, als es an allen Gliedern heftig zuckte und dann starr und leblos dalag, als sei es vom Blitz getroffen worden.

Sherlock Holmes holte tief Atem und wischte sich den Schweiß von der Stirn.

»Ich hätte wirklich mehr Glauben haben sollen«, sagte er. »Ich müßte doch allmählich wissen, wenn eine Tatsache allen übrigen Schlußfolgerungen entgegenzustehen scheint, dann erweist sie sich immer als Träger einer anderen Erklärung. Von den zwei Pillen in der Dose war eine das tödlichste Gift, die andere aber harmlos. Das hätte ich wissen müssen, ehe ich die Dose auch nur sah.«

Diese letzte Feststellung erschien mir als so verblüffend, daß ich kaum an seine nüchterne Vernunft glauben konnte. Hier war aber der tote Hund, und der war der Beweis, daß seine Schlußfolgerung richtig war. Mir schien, der Nebel in meinem eigenen Kopf verzog sich allmählich, und die Wahrheit zeichnete sich, wenn auch vorerst noch vage, doch ein wenig ab.

»Ich weiß, das muß Ihnen alles sonderbar vorkommen«, fuhr Holmes fort, »denn von Anfang an erfaßten Sie nicht die Wichtigkeit des einzigen wirklichen Schlüssels, der Ihnen vorlag. Ich hatte das Glück, ihn zu packen, und alles, was sich seither ereignet hatte, diente der Bestätigung meiner ursprünglichen Vermutung und war die logische Folge davon. Dinge, die Sie unverständlich fanden und den Fall noch undurchsichtiger erscheinen ließen, erleuchteten mich und bestärkten mich in meinen Schlußfolgerungen. Es ist ein Fehler, Seltsamkeit mit Geheimnis gleichzusetzen. Das gewöhnlichste Verbrechen ist oft das geheimnisvollste, weil es keine neuen oder ausgeprägten Züge hat, aus denen etwas abzuleiten wäre. Dieser Mord wäre unendlich viel schwieriger zu klären gewesen, wenn man die Leiche des Opfers ganz einfach auf der Straße gefunden hätte ohne ungewöhnliche und sensationelle Begleitumstände, die das Verbrechen bemerkenswert gemacht hätten. Diese sonderbaren Einzelheiten machen den Fall keineswegs schwieriger, ganz im Gegenteil: sie vereinfachen ihn.«

Mr. Gregson, der ziemlich ungeduldig zugehört hatte, konnte sich nun nicht länger mehr zurückhalten.

»Schauen Sie, Mr. Sherlock Holmes«, sagte er, »wir sind ja bereit, zuzugeben, daß Sie ein kluger Mann sind und Ihre eigenen Arbeitsmethoden haben. Aber wir wollen etwas mehr als reine Theorie und Predigten. Wir müssen vor allem diesen Mann finden. Ich habe meine Stellungnahme erklärt, und es scheint, ich habe nicht recht gehabt. Der junge Charpentier konnte an dieser zweiten Affäre nicht beteiligt sein. Lestrade suchte diesen Mann Stangerson, und auch er scheint nicht recht gehabt zu haben. Sie haben hier- und dorthin Andeutungen geworfen und scheinen mehr zu wissen als wir, aber jetzt ist die Zeit gekommen, da wir ein Recht darauf haben, zu erfahren, was Sie in dieser Sache alles wissen. Können Sie den Mann benennen, der es getan hat?«

»Sir, ich kann mir nicht helfen, aber ich meine, Gregson hat recht«, bemerkte Lestrade. »Wir haben es beide versucht, beide hatten wir keinen Erfolg. Sie haben öfter als einmal erklärt, seit ich in diesem Raum bin, daß Sie alle Beweise haben, die Sie benötigen. Die werden Sie uns wohl nicht länger mehr vorenthalten wollen.«

»Jede Verzögerung bei der Verhaftung des Mörders könnte ihm die Zeit und Gelegenheit verschaffen, eine neue Ungeheuerlichkeit zu begehen«, sagte ich.

Holmes wies, von allen Seiten gedrängt, Zeichen von Unentschlossenheit auf. Er ging immer noch auf und ab, das Kinn auf der Brust, die Brauen gerunzelt, wie es immer seine Gewohnheit war, wenn er angestrengt nachdenkte.

»Es wird keinen weiteren Mord mehr geben«, antwortete er endlich und blieb stehen. »Diese Überlegung können Sie streichen. Sie fragten mich, ob ich den Namen des Mörders nennen könne. Ja. Ich kann es. Es ist jedoch eine Kleinigkeit, den Namen zu kennen, verglichen mit der Schwierigkeit, auch die Hand auf ihn zu legen. Das werde ich sehr bald tun können. Ich habe alle Hoffnung, daß mir dies auf meine Art gelingt. Aber die Sache muß mit aller Delikatesse behandelt werden, denn wir haben es mit einem schlauen und verzweifelten Mann zu tun, der noch dazu von einem anderen gestützt wird, wie ich beweisen werde, und der ist auch nicht weniger schlau. Solange dieser Mann nicht ahnt, daß jemand einen Schlüssel zu diesen Verbrechen haben könnte, besteht eine gewisse Möglichkeit, ihn festzunehmen. Hätte er jedoch auch nur andeutungsweise einen Verdacht, würde er seinen Namen ändern und unter den vier Millionen Einwohnern dieser Weltstadt verschwinden. Ich möchte wahrlich Ihre Gefühle nicht verletzen, aber ich muß feststellen, daß ich diese Leute der Polizei für überlegen halte, und das ist der Grund, weshalb ich nicht um Ihre Hilfe bat. Habe ich keinen Erfolg, so werde ich selbstverständlich die Schuld dafür voll auf mich nehmen, doch darauf bin ich ja vorbereitet. Im Moment kann ich versprechen, daß ich mich mit Ihnen in Verbindung setzen werde, wenn ich das tun kann, ohne seine eigenen Kombinationen zu gefährden.«

Gregson und Lestrade schien mit dieser Versicherung alles andere als zufrieden zu sein, und wahrscheinlich kränkte sie auch die wenig vorteilhafte Beurteilung der offiziellen Polizei. Gregson war bis an die Wurzeln seiner flachsblonden Haare rot geworden, und die Knopfaugen des anderen glitzerten vor Neugier und Gekränktheit. Keiner von beiden fand jedoch die Zeit, etwas zu sagen, denn es klopfte an der Tür, und der Sprecher der Straßenaraber, der junge Wiggins, dieser unscheinbare, schäbige Bursche, kam herein.

»Bitte, Sir«, sagte er und berührte seine Stirn, »ich hab' unten eine Droschke.«

»Guter Junge«, lobte ihn Holmes. »Warum führten Sie bei Scotland Yard nicht dieses Muster ein?« fuhr er fort und nahm aus einer Schublade stählerne Handschellen. »Schauen Sie doch nur, wie glatt diese Feder arbeitet. Sie schnappt in einem Moment ein.«

»Unser altes Muster ist gut genug«, bemerkte Lestrade brummig, »wenn wir den Mann finden, dem wir's anlegen können.«

»Sehr gut, ausgezeichnet«, bestätigte Holmes lächelnd. »Der Kutscher könnte mir ja bei meinen Sachen helfen. Wiggins, sag ihm doch, er soll heraufkommen.«

Ich war erstaunt, als mein Gefährte so sprach, denn er

hatte zu mir kein Wort gesagt, daß er eine Reise machen wolle. Im Zimmer stand ein kleiner Mantelsack, und den nahm er heraus und machte die Riemen fest. Er war noch damit beschäftigt, als der Kutscher ankam.

»Kutscher, helfen Sie mir hier bei dieser Schließe«, bat er, kniete über dem Gepäckstück und schaute überhaupt nicht auf. Der Mann kam ein wenig mürrisch dazu und streckte die Hand aus, um zu helfen. In diesem Moment gab es ein scharfes Klicken, das Klirren von Metall, und Sherlock Holmes sprang auf die Füße.

»Gentlemen«, rief er mit blitzenden Augen, »lassen Sie sich bekanntmachen mit Mr. Jefferson Hope, dem Mörder von Enoch Drebber und Joseph Stangerson.«

Das alles spielte sich in einem einzigen Moment ab, so schnell, daß ich gar nicht begriff, was da geschah. Ich kann mich äußerst genau daran erinnern, vor allem an Holmes' triumphierende Miene, den Klang seiner Stimme, an das wilde, entgeisterte Gesicht des Kutschers, der die glitzernden Handschellen anstarrte, die sich wie durch einen Zauber um seine Handgelenke gelegt hatten. Für ein paar Sekunden hätten wir recht gut eine Gruppe von Statuen sein können. Dann entwand sich der Gefangene mit einem Wutschrei Holmes' Griff und warf sich aus dem Fenster. Holz und Glas gaben zwar nach, aber ehe er ganz durch war, sprangen ihn Gregson, Lestrade und Holmes an wie eine Meute Bluthunde. Er wurde in das Zimmer zurückgeschleppt, und dann begann eine schreckliche Rauferei. Der Kampf ging hin und her, und immer wieder wurden wir vier von ihm zurückgeschlagen. Er schien die unbeschreibliche Kraft eines Menschen bei einem epileptischen Anfall zu haben. Gesicht und Hände waren furchtbar mitgenommen von seinem versuchten Fenstersturz, aber der Blutverlust schien seinen Widerstand ganz und gar nicht zu beeinträchtigen. Lestrade gelang es schließlich, eine Hand in seinen Schal zu bringen, und da erwürgte er ihn fast; endlich sah er ein, daß ihm sein ganzer Kampf doch nichts nützte. Sicher fühlten wir uns jedoch erst dann, als wir ihm Hände und Füße gefesselt hatten. Als dies geschehen war, standen wir auf und keuchten.

»Wir haben sein Fahrzeug«, sagte Sherlock Holmes. »Es

kann gleich dazu dienen, ihn zu Scotland Yard zu bringen. Und jetzt, Gentlemen«, fuhr er lächelnd fort, »haben wir das Ende unserer geheimnisvollen Geschichte erreicht. Sie können mir jetzt jede gewünschte Frage stellen, und es besteht keine Gefahr, daß ich sie nicht beantworten werde.«

8. Auf den weiten Alkaliebenen

Im mittleren Teil des großen nordamerikanischen Kontinents liegt eine wenig ansprechende, dürre Wüste, die viele Jahre lang nichts war als eine Barriere gegen das Vordringen der Zivilisation. Von der Sierra Nevada bis Nebraska und vom Yellowstone River im Norden bis zum Colorado im Süden ist sie eine Region desolater Stille. Aber auch in diesem grimmigen Bezirk ist die Natur nicht immer gleicher Laune. Es gibt hier hohe, schneebedeckte Berge und dunkle, düstere Täler, auch raschfließende Flüsse, die durch zerklüftete Schluchten stürzen, und riesige Ebenen, im Winter weiß vom Schnee, im Sommer grau vom Salzstaub. Und alles trägt zum Eindruck des Unwirtlichen, des Elends, der Unfruchtbarkeit bei.

In diesem Land der Verzweiflung wohnt kein Mensch. Eine Räuber- oder Schmugglerbande mag gelegentlich einmal durchziehen, um zu anderen Jagdgründen zu gelangen, aber selbst die härtesten unter diesen Hartgesottenen sind froh, wenn sie diese fürchterlichen Ebenen hinter sich haben und sich der Prärien erfreuen können. Der Koyote lauert hinter mageren Büschen, der Bussard flappt schwer durch die Luft, und durch dunkle Schluchten tappt ab und zu ein Grizzlybär, um das Wenige zu suchen, das sich zwischen den Felsen finden läßt. Das sind die einzigen Bewohner dieser Wildnis.

Einen trübseligeren Anblick als diesen gibt es auf der ganzen Welt nicht mehr als den von den Nordhängen der Sierra Blanca. So weit das Auge reicht, erstreckt sich diese riesige, nackte Ebene, die überall mit großen Flecken Alkali bestäubt ist. Da und dort ist ein Gebüsch aus verkümmerten Chaparralbüschen zu sehen. Am äußersten Horizont liegt eine lange Bergkette mit zerklüfteten Gipfeln, auf denen auch im Sommer meistens Schnee liegt. Hier gibt es kein Leben, auch nichts, das Leben erhalten oder unterstützen könnte. Am stahlblauen Himmel ist kein Vogel zu sehen, auf der trübfarbenen grauen Erde keine Bewegung zu erkennen, und über allem liegt tiefste Stille. In dieser grandiosen Wildnis gibt es kein Geräusch, wie sehr man auch lauschen mag; nichts als Stille, vollständige, herzbeklemmende Stille.

Es wurde vorher gesagt, auf der großen Ebene gebe es nichts, das Leben erhalten oder unterstützen könne. Ganz wahr ist das nicht. Schaut man von der Sierra Blanca hinab, sieht man quer über die Wüste einen Pfad laufen, der sich um Steinblöcke windet und am Horizont verliert. Räderspuren zerfurchten ihn, und die Schritte vieler Abenteurer haben ihn zertrampelt. Hier und dort liegen weiße Gegenstände, die in der Sonne glitzern und sich hell vor dem grauen Alkali abheben. Nun, nähern Sie sich, um sie zu untersuchen! Es sind Knochen, einige groß und grob, andere kleiner und zarter. Erstere gehörten Ochsen, letztere Menschen. Fünfzehnhundert Meilen weit kann man diesen gräßlichen Karawanenweg an den verstreuten Überresten jener verfolgen, die am Weg umkamen.

Am 4. Mai 1847 schaute ein einsamer Reisender hinab auf diese Szene. Seiner Erscheinung nach hätte er der gute oder böse Geist dieses Gebietes sein können. Ein Beobachter hätte es wohl schwierig gefunden, zu sagen, ob er vierzig oder eher sechzig Jahre alt war. Sein Gesicht war mager, ja sogar hager, und die braune, pergamenttrockene Haut spannte sich straff über die vorstehenden Knochen. Sein langes, braunes Haar und der Bart waren mit Weiß durchsetzt, die Augen lagen ihm tief in den Höhlen und brannten in einem unnatürlichen Feuer, während die Hände, die seine Büchse hielten, kaum fleischiger waren als die eines Skeletts. Als er so dastand, lehnte er sich auf seine Waffe, aber seine hohe Gestalt und die kräftigen Knochen ließen eine drahtige und äußerst widerstandsfähige Konstitution erraten. Was ihm das ältliche, fast hinfällige Aussehen verlieh, war sein hageres Gesicht nicht weniger als seine Kleidung, die an seinen mageren Gliedern hing wie Lumpenwerk an einer Vogelscheuche. Der Mann war im Sterben an Hunger und Durst.

Er hatte sich mühsam eine Schlucht entlanggekämpft und hinauf zu dieser kleinen Anhöhe in der vergeblichen

Hoffnung, Wasser zu finden. Nun hatte er nur die unermeßliche Salzebene vor den Augen, dahinter die fernen, wilden Berge; nirgends war eine Pflanze zu sehen oder ein Baum, der etwas Feuchtigkeit verraten konnte. Diese unendliche Landschaft verhieß keine Hoffnung. Nach Norden, Osten und Westen schaute er mit wilden, fragenden Augen, und dann wurde ihm klar, daß er am Ende seiner Wanderung angelangt war, daß er auf diesem dürren Felsen sterben werde.

»Warum nicht hier, statt in einem Federbett vor zwanzig Jahren?« murmelte er, als er sich im Schatten eines Felsblockes niederließ.

Zuvor hatte er seine nutzlose Büchse auf den Boden gelegt, auch noch ein großes, in einen grauen Schal gewickeltes Bündel, das er über der rechten Schulter getragen hatte. Es war wohl viel zu schwer für seinen körperlichen Zustand, und er ließ es auch mehr oder weniger fallen. Sofort ertönte aus dem grauen Paket ein jammerndes Weinen. Ein kleines, geängstigtes Gesicht erschien mit hellen, braunen Augen, dann folgten zwei schmutzige Grübchenfäustchen.

»Du hast mir weh getan«, sagte das Kind vorwurfsvoll.

»Wirklich?« fragte der Mann schuldbewußt. »Es war keine Absicht.«

Während er noch sprach, wickelte er den grauen Schal auf. Ein hübsches kleines, etwa fünfjähriges Mädchen kam zum Vorschein, dessen zierliche Schuhe, das hübsche rosa Kleidchen mit dem Leinenschürzchen darüber von der liebenden Sorge einer Mutter sprachen. Das Kind sah blaß und schwach aus, aber die gesunden Ärmchen und Beinchen bewiesen, daß es weniger glitten hatte als ihr erwachsener Gefährte.

»Wie ist es jetzt?« fragte er besorgt, denn sie rieb sich noch immer die goldenen Wuschellöckchen, die den Hinterkopf der Kleinen bedeckten.

»Gib einen Kuß darauf, dann ist's wieder gut«, sagte sie ernsthaft und zeigte ihm die schmerzende Stelle. »Das hat Mutter immer getan. Wo ist Mutter?«

»Mutter ist dahingegangen. Ich denke, du wirst sie bald wiedersehen.«

»Gegangen, eh!« sagte das kleine Mädchen. »Komisch,

sie hat nicht Lebewohl gesagt. Das hat sie doch sonst immer getan, wenn sie zu einer Tante zum Tee ging, und jetzt ist sie schon seit drei Tagen nicht mehr da. Sag mal, das ist furchtbar trocken, nicht wahr? Gibt es denn hier kein Wasser und nichts zu essen?«

»Nein, nichts, Lieberchen. Du mußt nur noch eine Weile Geduld haben, dann ist alles gut. Lehn dein Köpfchen an mich, dann geht es dir besser. Ist nicht leicht, mit ganz trockenen Lippen zu reden, was? Aber es ist wohl am besten, du weißt, wie die Karten liegen. Was hast du bekommen?«

»Hübsche und feine Dinge!« rief das Mädchen begeistert und hielt zwei glitzernde Glimmerstückchen in die Höhe. »Die gebe ich Bruder Bob, wenn wir nach Hause kommen.«

»Bald siehst du viel schönere Sachen«, sagte er Mann zuversichtlich. »Warte nur ein wenig. Ich wollte dir nur sagen ... Erinnerst du dich, als wir den Fluß verließen?«

»Oh, ja.«

»Siehst du, wir haben damit gerechnet, sehr bald wieder ein anderes Wasser zu finden. Aber das war falsch. Kompaß oder Landkarte oder was sonst — jedenfalls kam keines. Das Wasser ist weg. Nur noch ein Tröpfchen für so jemanden wie dich und ...«

»Und du kannst dich nicht mal waschen«, unterbrach ihn die Kleine und schaute ihm ins schmutzige, verschwitzte Gesicht.

»Nein, nichts zu trinken. Und Mr. Bender ging zuerst, dann Indianer Pete, dann Mrs. McGregor, Johnny Hones, und danach, Lieberchen, deine Mutter.«

»Dann ist Mutter also auch tot«, rief das kleine Mädchen, drückte ihr Gesicht in das Schürzchen und weinte bitterlich.

»Ja. Alle sind tot, außer dir und mir. Dann dachte ich, in dieser Richtung könnte es vielleicht Wasser geben. Ich hob dich auf meine Schultern, und so marschierten wir weiter. Aber mir scheint, besser ist unsere Lage nicht geworden. Wir haben jetzt nur noch eine ganz allmächtig kleine Chance.«

»Meinst du damit, daß wir auch sterben werden?« fragte das Kind und versuchte sein Schluchzen zu unterdrücken.

»Ja, Kind, ich meine, so ungefähr könnte man es nennen.«

»Warum hast du mir das nicht schon vorher gesagt?« fragte sie und lachte fröhlich. »Du hast mir Angst gemacht. Nun, wenn wir sterben, sind wir doch wieder bei Mutter.«

»Ja, Lieberchen, das wirst du sein.«

»Und du auch. Ich sag ihr schon, wie schrecklich lieb du zu mir gewesen bist. Und ich wette, sie wartet am Himmelstor schon auf uns mit einem großen Krug Wasser und mit vielen heißen Buchweizenkuchen, die auf beiden Seiten schön braun sind, wie Bob und ich es immer gern hatten. Wie lange wird es noch dauern?«

»Das weiß ich nicht, Kleines. Nicht mehr lange.«

Des Mannes Augen hingen am nördlichen Horizont. Im blauen Himmelsgewölbe erschienen drei kleine Punkte, die schnell größer wurden, so schnell, wie sie sich näherten. Es waren drei ungeheuer große braune Vögel, die über den Köpfen der zwei Wanderer kreisten und sich dann auf einigen Felsen über ihnen niederließen. Es waren Bussarde, die Geier des Weges, die Vorboten des Todes.

»Gockel und Hennen!« rief das kleine Mädchen fröhlich und deutete auf die mißverstandenen Vögel. Sie klatschte in die Hände, um sie auffliegen zu lassen. »Sag mal, hat Gott dieses Land gemacht?«

»Ja, das hat er«, sagte der alte Mann. Diese Frage hatte ihn recht verblüfft.

»ER hat das Land unten in Illinois gemacht, und auch den Missouri«, fuhr das kleine Mädchen fort. »Ich glaube, es war wer anderer, der dieses Land gemacht hat. Es ist lange nicht so gut geworden. Sie haben das Wasser und die Bäume vergessen.«

»Was würdest du von einem kleinen Gebet halten?« schlug der Mann vor.

»Es ist doch noch nicht Abend.«

»Macht doch nichts. Dem lieben Gott wird das nichts ausmachen, so ein kleines Gebet außer der Reihe. Du sagst das, was du jeden Abend im Wagen gesagt hast, als wir noch auf den Ebenen waren.«

»Warum sagst du nicht selbst ein Gebet?« fragte das Kind verwundert.

»Ah, weißt du, die hab' ich alle vergessen«, antwortete er. »Hab' keines mehr gesagt, seit ich halb so hoch war wie die Büchse da. Aber vielleicht ist's nie zu spät. Du sagst also dein Gebet, und ich mach' den Chor dazu.«

»Dann mußt du aber niederknien, und ich auch.« Sie legte zu diesem Zweck den Schal aus. »Und deine Hände mußt du so zusammenlegen. Dann fühlst du dich viel besser.«

Es war ein seltsamer Anblick, und niemand war da, es zu sehen, nur die Bussarde beobachteten es. Nebeneinander auf dem Schal knieten die beiden Wanderer, das kleine Mädchen und der abgehärtete Abenteurer. Ihr rundes und sein hageres, eckiges Gesicht waren zum wolkenlosen Himmel gewandt in einem herzergreifenden Flehen zum Großen Wesen, dem sie bald gegenüberstehen sollten. Eine kleine, klare und eine tiefe, barsche Stimme baten um Barmherzigkeit und Vergebung. Als sie ihr Gebet beendet hatten, setzten sie sich wieder in den Schatten des Felsblockes, bis das Kind sich an die breite Brust ihres Beschützers kuschelte und einschlief. Für eine Weile bewachte er den Schlummer der Kleinen, bis die Müdigkeit ihn überwältigte. Seit drei Tagen und Nächten hatte er sich keine Ruhe erlaubt. Langsam fielen ihm die Lider über die müden Augen, sein Kopf sank immer tiefer auf die Brust, und der graugesprenkelte Bart des Mannes mischte sich mit den goldenen Locken des Kindes. Beide schliefen tief und traumlos.

Wäre der Wanderer nur noch eine halbe Stunde länger wach geblieben, so hätte sich ihm ein merkwürdiger Anblick geboten. Weit weg, ganz am Rande der Alkaliebene, erhob sich ein Staubwölkchen, das kaum vom Dunst der Ferne zu unterscheiden war, aber doch ziemlich rasch höher und breiter wurde, bis eine dichte, klar umrissene Wolke zu erkennen war. Diese Wolke nahm immer mehr an Größe zu, bis sich feststellen ließ, daß sie von einer großen Menge sich bewegender Kreaturen herrührte. In einem fruchtbaren Land hätte der Beobachter zum Schluß kommen können, eine der riesigen Bisonherden, die gewöhnlich auf den Prärien grasen, nähere sich. Das war aber in dieser kahlen Wüste ausgeschlossen. Als der Staubwirbel näher herankam und den Hügel erreichte, wo unsere zwei verlorenen Wanderer schliefen, ließen sich durch den Staub Planenwagen und bewaffnete Reiter erkennen. Die Erscheinung stellte sich als langer Wagenzug auf der Reise nach dem Westen heraus.

Aber welch eine Karawane war dies! Als die Spitze am Fuß des Berges ankam, war das Ende am Horizont noch nicht zu erkennen! Quer über diese ganze enorme Ebene zog sich der Wurm aus Wagen und Karren, Reitern und Männern zu Fuß. Unzählige Frauen taumelten unter schweren Lasten, und Kinder liefen neben den Wagen her und spähten unter den Planen heraus. Ein Wagenzug normaler Auswanderer war dies ganz gewiß nicht; es schienen Nomaden zu sein, die durch irgendwelche widrigen Umstände gezwungen waren, sich ein neues Land zu suchen. Aus dieser großen Masse an Menschlichkeit stieg ein ewiges Klirren und Klappern auf, Räder ächzten und Pferde wieherten. Es war laut, jedoch noch immer nicht laut genug, die zwei müden Wanderer aufzuwecken.

Ungefähr zwanzig ernste, eisengesichtige Männer in nüchterner Kleidung aus selbstgesponnener Wolle und mit Gewehren bewaffnet ritten an der Spitze des Zuges. Als sie den Fuß des Hügels erreichten, blieben sie stehen und hielten eine kurze Besprechung.

»Die Quellen und Brunnen sind rechts, mein Bruder«, sagte der eine, ein hartlippiger, sauber rasierter Mann mit grauem Haar.

»Rechts von der Sierra Blanca, also werden wir zum Rio Grande kommen«, sagte ein anderer.

»Keine Angst um Wasser!« rief ein dritter Mann. »Er, der aus Felsen Wasser schlägt, wird uns, sein auserwähltes Volk, nicht im Stich lassen.«

»Amen! Amen!« antwortete die ganze Gruppe.

Sie wollten gerade wieder weiterreiten, als einer der jüngsten Männer, der besonders scharfäugig war, zu dem Felsbuckel hinaufdeutete. Oben flatterte ein kleines, rosa Fähnchen, das sich strahlend vom grauen Fels dahinter abhob. Alle Männer zügelten sofort wieder die Pferde, und die Gewehre wurden von der Schulter genommen. Frische Reiter kamen herangaloppiert, um die Vorhut zu verstärken. Das Wort »Rothäute« war auf aller Lippen.

»Hier kann es doch gar nicht viele Injuns geben«, sagte

der ältere Mann, der offensichtlich das Kommando hatte. »Wir kamen an den Pawnees vorbei, und hier gibt es keine anderen Stämme, ehe wir über den großen Bergen sind.«

»Soll ich nachschauen, Bruder Stangerson?« fragte einer der Gruppe.

»Ich auch! Ich auch!« riefen mehr als ein Dutzend Stimmen.

»Laßt eure Pferde unten, und wir warten hier«, bestimmte der Mann. Einen Moment später waren die jungen Männer von ihren Pferden gesprungen, hatten sie angebunden und stiegen den steilen Hang hinauf, der zu dem Gegenstand ihrer Neugier führte. Sie kamen sehr schnell und geräuschlos voran mit der Sicherheit geübter Pfadfinder. Die Beobachter unten konnten sehen, wie sie von einer Felsdeckung zur anderen huschten, bis ihre Gestalten klar vor dem Himmel zu sehen waren. Der junge Mann, der sie darauf hingewiesen hatte, führte sie an. Plötzlich sahen sie, wie er die Arme hochwarf, als sei er über alle Maßen erstaunt, und als sie neben ihn traten, ging es ihnen wegen des Anblicks, der sich ihnen bot, um kein Haar anders.

Auf dem kleinen Plateau oben auf dem nackten Hügel stand ein großer, einzelner Felsblock, und an dem lehnte ein großer, langbärtiger, überaus magerer Mann mit scharfen Zügen; seine ruhige Miene und der regelmäßige Atem bewiesen, daß er fest schlief. Neben ihm lag ein kleines Kind, das die runden weißen Ärmchen um seinen braunen, sehnigen Hals geschlungen hatte, und ihr goldenes Lockenköpfchen ruhte an seiner Manchesterjacke. Die rosigen Lippen waren ein wenig geöffnet und zeigten regelmäßige, schneeweiße Zähnchen, und auf dem kindlichen Gesicht lag ein verspieltes Lächeln. Ihre kurzen weißen Beinchen steckten in weißen Socken und hübschen Schuhen mit glänzenden Schnallen, und das war ein fast grotesker Kontrast zu den langen, verhutzelten Beinen ihres Gefährten. Oben auf dem Fels über dem sonderbaren Paar standen drei düstere Bussarde, die beim Anblick der Neuankömmlinge enttäuscht krächzten und mißmutig davonflappten.

Die Schreie der Raubvögel weckte die beiden Schläfer auf, die sich erschreckt umsahen. Der Mann kam taumelnd auf die Füße und schaute auf die Ebene hinab, die so trostlos leer gewesen war, als der Schlaf ihn überkommen hatte, und auf der sich nun dieser endlose Zug von Wagen, Tieren und Menschen bewegte. Er schaute ziemlich ungläubig drein und strich sich zweifelnd über die Augen.

»Ich glaube, das heißt man Delirium«, murmelte er. Das Kind stand neben ihm, hielt sich an seiner Jacke fest und sagte nichts, sondern schaute sich nur mit kindlich fragenden Blicken um.

Die jungen Leute konnten die beiden Wanderer schnell davon überzeugen, daß sie echt und kein Trugbild waren. Einer hob das kleine Mädchen auf und setzte es auf seine Schulter, während zwei andere den hageren Mann stützten, als sie ihn zu den Wagen führten.

»Ich heiße John Ferrier«, erklärte der Mann. »Ich und das kleine Mädchen sind alles, was von einem Zug aus einundzwanzig Leuten noch übrig ist. Alle anderen sind tot, weiter unten im Süden an Hunger und Durst gestorben.«

»Ist das Ihr Kind?« fragte einer.

»Ich meine, jetzt schon. Sie gehört mir, weil ich sie gerettet habe. Keiner wird sie mir wegnehmen. Von diesem Tag an ist sie Lucie Ferrier. Und übrigens, wer seid ihr?« Neugierig schaute er seine stämmigen, sonnenverbrannten Retter an. »Ihr scheint aber eine ganze Menge zu sein.«

»Fast zehntausend«, sagte einer der jungen Männer. »Wir sind verfolgte Kinder Gottes, die vom Engel Merona Auserwählten.«

»Von euch hab' ich noch nie gehört«, sagte der Wanderer. »Da scheint aber der Engel ziemlich viele ausgewählt zu haben.«

»Du, mach keine Scherze über das, was uns heilig ist«, sagte einer streng. »Wir gehören zu denen, die an die heiligen Schriften glauben; sie sind geschrieben in ägyptischen Lettern auf Platten aus purem, gehämmertem Gold, die bis zum heiligen Joseph Smith in Palmyra weitergegeben wurden. Wir sind aus Nauvoo im Staat Illinois, wo wir unseren Tempel gegründet haben. Wir suchen jetzt eine Zuflucht vor der gewalttätigen, gottlosen Menschheit, und wenn wir sie inmitten der Wüste finden.«

Der Name der Stadt Nauvoo schien Erinnerungen in John Ferrier zu wecken.

»Ah«, sagte er, »ihr seid also die Mormonen.«

»Ja, wir sind die Mormonen«, antworteten seine Gefährten mit einer Stimme.

»Und wohin wollt ihr gehen?«

»Das wissen wir nicht. Gottes Hand führt uns in der Person unseres Propheten. Ihr müßt vor ihn kommen. Er wird bestimmen, was mit euch zu geschehen hat.«

Sie waren nun schon am Fuß des Hügels angelangt und von einer Menge Pilger umgeben; es waren blaßgesichtige, bescheiden dreinsehende Frauen, kräftige, lachende Kinder und besorgte, ernstäugige Männer. Viele schrien vor Mitleid und Staunen über diese Fremden und darüber, daß die anderen den Tod gefunden hatten. Aber das Geleit der beiden Wanderer hielt noch nicht an; viele zogen mit ihnen weiter, bis sie einen Wagen erreichten, der viel größer war als die anderen und auch durch die Eleganz der Aufmachung auffiel. Sechs Pferde zogen ihn, während vor die anderen Wagen zwei oder höchstens vier geschirrt waren. Neben dem Kutscher saß ein Mann, der nicht älter als dreißig Jahre sein konnte, doch sein massiver Kopf und die energische Miene kennzeichneten ihn als Führer. Er las in einem Band mit braunem Rücken, doch als die Menge erschien, legte er ihn weg und hörte sich aufmerksam deren Bericht an. Dann wandte er sich an die beiden ungleichen Wanderer.

»Wenn wir euch mitnehmen«, sagte er gemessen, »dann kann dies nur als Anhänger unseres Glaubens geschehen. Wir können uns keine Wölfe in der Herde leisten. Besser, eure Gebeine würden in der Wildnis bleichen, als daß ihr ein Fleck der Fäulnis seid, der die ganze Frucht mit der Zeit verdirbt. Wollt ihr unter diesen Bedingungen mit uns kommen?«

»Ich glaub', wir kommen unter jeder Bedingung mit«, antwortete Ferrier mit solchem Nachdruck, daß die ernsten älteren Männer ein Lächeln nicht unterdrücken konnten. Nur der Führer behielt seine strenge Miene.

»Bruder Stangerson, nimm ihn mit. Gib ihm zu essen und zu trinken, natürlich auch dem Kind. Es soll deine Aufgabe sein, ihn den heiligen Glauben zu lehren. Wir haben uns jetzt lange genug aufgehalten. Vorwärts! Auf nach Zion!«

»Auf nach Zion!« riefen die Mormonen, und das Wort lief die ganze Karawane entlang, von einem Mund zum anderen, bis es schließlich weit in der Ferne zu einem dumpfen Murmeln wurde. Peitschen knallten, Räder knarrten, und die Wagen setzten sich in Bewegung. Bald kroch die ganze Karawane wieder wie ein riesiger Lindwurm durch die Wüste. Der Mann, dem die beiden Findlinge anvertraut worden waren, führte sie zu seinem Wagen, wo schon eine Mahlzeit auf sie wartete.

»Ihr bleibt hier«, sagte er. »In ein paar Tagen habt ihr euch von eurer Müdigkeit erholt. Inzwischen dürft ihr nicht vergessen, daß ihr für immer und ewig unserer Religion angehört. Brigham Young hat das gesagt, und er hat mit der Stimme des Joseph Smith gesprochen, der die Stimme Gottes ist.«

9. Die Blume von Utah

Hier ist nicht der richtige Ort, über die Leiden und Prüfungen der auswandernden Mormonen zu berichten, die sie zu erdulden hatten, ehe sie in ihr Himmelreich kamen. Von den Ufern des Mississippi hatten sie sich mit einer Zähigkeit bis zu den Rocky Mountains durchgekämpft, die in der Geschicht nicht ihresgleichen hat. Der wilde Mensch und das wilde Tier, Hunger, Durst, Müdigkeit und Krankheit — alles überfiel sie, was die Natur ihnen in den Weg stellen konnte, und alles wurde überwunden mit dem Gleichmut der Angelsachsen. Aber die lange Reise und die zahllosen Widrigkeiten hatten die Herzen selbst der stärksten Männer erschüttert. Keinen gab es unter ihnen, der nicht aus vollem Herzen betend auf die Knie sank, als sie das im hellen Sonnenschein badende Tal von Utah unter sich liegen sahen. Von den Lippen ihres Führers erfuhren sie, daß dies ihr gelobtes Land sei, und diese jungfräuliche Erde gehöre nun ihnen für immer und ewig.

Young erwies sich sehr schnell als geschickter Verwalter und als energischer Chef. Landkarten wurden gezeichnet und Pläne vorbereitet, auf denen die künftige Stadt skizziert wurde. Rundherum wurden Farmen errichtet und je nach den Bedürfnissen der einzelnen Familien oder Personen abgeteilt. Der Handwerker machte sich an sein

Handwerk, der Künstler an seine Berufung. Wie durch einen Zauber entstanden die Straße und Plätze der Stadt. Auf dem Land wurden Hecken gepflanzt und Wassergräben gezogen, gerodet und kultiviert, gepflügt und gesät, bis im nächsten Sommer das Land golden war von den reifen Weizenfeldern. Die fremde Siedlung blühte und gedieh. Und über allem wuchs der große Tempel in der Mitte der Stadt immer höher. Vom ersten Morgengrauen an bis zum Einbruch der Nacht klopften Hämmer und sangen die Sägen an dem Monument, das die Emigranten für IHN errichteten, der sie sich durch so viele Gefahren geführt hatte.

Die zwei Findlinge, John Ferrier und das kleine Mädchen, das seine Abenteuer und sein Glück geteilt hatte und nun als seine Tochter von ihm adoptiert worden war, begleiteten die Mormonen bis zum Ziel ihrer großen Pilgerfahrt. Die kleine Lucy Ferrier reiste angenehm im Wagen des Ältesten Stangerson zusammen mit den drei Frauen des Mormonen und seinem Sohn, einem aufrichtigen, etwas dickköpfigen zwölfjährigen Jungen.

Mit der seelischen Beweglichkeit von Kindern hatte sich Lucy rasch vom Tod ihrer Mutter erholt und wurde zum Liebling der Frauen. Sie gewöhnte sich schnell an das neue Leben in dem beweglichen, planenbedeckten Heim. Ferrier erwies sich, nachdem er sich von der Hungerzeit erholt hatte, als nützlicher Führer und erfolgreicher Jäger. Seine neuen Gefährten lernten ihn bald sehr schätzen, und als sie das Ziel ihrer Wanderung erreicht hatten, kam man einstimmig überein, daß er ein ebenso großes und fruchtbares Stück Land wie jeder andere Siedler bekommen sollte. Nur Young selbst, Stangerson, Kimball, Johnston und Drebber, die vier Letzteren Ältesten der Siedlung, bildeten eine Ausnahme.

Auf der so erhaltenen Farm baute John Ferrier für sich ein recht ansehnliches Blockhaus, das in den folgenden Jahren mit verschiedenen Anbauten und Erweiterungen versehen wurde, bis es zu einer geräumigen Villa wurde. Er war ein sehr praktisch veranlagter Mann, geschickt in seinen Verhandlungen und mit den Händen. Seine eiserne Konstitution ermöglichte es ihm, vom frühesten Morgen bis zum spätesten Abend zu arbeiten, um sein Land zu bestellen und zu verbessern. Deshalb blühte und gedieh sowohl die Farm als auch sein übriges Hab und Gut ungewöhnlich gut. In drei Jahren stand er besser da als seine Nachbarn, in sechsen war er wohlhabend, nach neun Jahren reich, nach zwölfen gab es in Salt Lake City kein halbes Dutzend Männer, die sich mit ihm hätten vergleichen können. Von dem großen Inlandsee bis zu den fernen Wasatch Bergen wurde kein Name bekannter als der von John Ferrier.

Nur in einer Beziehung kränkte er seine Glaubensgenossen ganz beträchtlich. Man versuchte ihn immer zu überreden, aber keinem gelang es, ihn zu veranlassen, daß er sich nach dem Muster der anderen einige Frauen zulegte. Einen Grund für diese Weigerung gab er niemals an, doch er blieb bei seinem Entschluß. Es gab einige, die ihn lauwarm bei der Ausübung ihrer Religion schalten, und andere behaupteten, er sei zu habgierig und zu sehr auf seinen Reichtum bedacht, als daß er gewisse Ausgaben auf sich nehmen möchte. Wieder andere sprachen von einer früheren Liebesgeschichte mit einem blondhaarigen Mädchen, das sich an die Küsten des Atlantik gesehnt hatte. Was immer auch der Grund für Ferrier sein mochte, er blieb Junggeselle und lebte zölibatär. In jeder anderen Beziehung übte er die Religion der Siedlung aus und erwarb sich den Ruf eines rechtgläubigen und aufrechten Mannes.

Lucy Ferrier wuchs im Blockhaus auf und half ihrem Adoptivvater bald bei all seinen Unternehmungen. Die klare Luft der Berge und die balsamischen Düfte der Nadelwälder nahmen allmählich den Platz der Kinderfrau und der Mutter ein. Ein Jahr nach dem anderen verging, sie wurde größer und kräftiger, ihre Wangen wurden runder und röter, ihr Gang war elastisch. Viele Reisende, die sie von der an John Ferriers Blockhaus vorbeiführenden Landstraße aus beobachteten, wenn sie durch die Felder ging, oder sie auf ihres Vaters Mustang reiten sahen, schauten ihrer mädchenhaften Gestalt sehnsüchtig nach, denn sie bewegte sich mit der Leichtigkeit und Anmut eines echten Kindes des Westens.

So also erblühte die Knospe zur Blume, und in dem Jahr, da ihr Vater der reichste der Farmer wurde, war sie so schön wie irgendein Mädchen an den zum Pazifik abfallenden Hängen.

Aber es war nicht der Vater, der als erster entdeckte, daß das Mädchen zur Frau erblüht war. Das ist übrigens selten der Fall. Diese geheimnisvolle Verwandlung ist zu fein und unmeßbar und läßt sich nicht in Daten festhalten. Nicht einmal das Mädchen selbst weiß dies, bis der Klang einer Stimme oder die Berührung einer Hand ihr Herz erbeben läßt. In einer Mischung aus Stolz und Angst erfährt sie dann, daß in ihr eine neue, viel größere Natur erwacht ist. Es gibt nur wenige, die sich eines solchen Tages nicht erinnern, und es ist meistens nur ein winziger, ganz unbedeutender Vorfall, der die Dämmerung eines neuen Lebens ankündigt. Bei Lucy Ferrier war der Anlaß in sich selbst ernst genug, ganz abgesehen vom künftigen Einfluß auf ihr Schicksal und das vieler anderer.

Es war an einem Junimorgen. Die Heiligen der Letzten Tage waren geschäftig wie die Bienen, deren Stöcke sie zu ihrem Emblem gemacht hatten. Auf den Feldern und in den Straßen summte es vor menschlicher Betriebsamkeit. Auf den staubigen Landstraßen zogen lange Reihen schwerbeladener Mulis vorüber, alle nach Westen, denn in Kalifornien war das Goldfieber ausgebrochen, und die Überlandstraße führte durch die Stadt der Erwählten. Von den außenliegenden Weiden kamen kleine Herden von Schafen und Ochsen herein, dazu ganze Züge müder Reisender, die von der beschwerlichen Reise ebenso erschöpft waren wie ihre Pferde.

Durch diese gemischte und bunte Ansammlung von Mensch und Tier galoppierte mit der Geschicklichkeit einer geübten Reiterin Lucy Ferrier. Ihr hübsches Gesicht glühte, und ihr langes, kastanienbraunes Haar flog im Wind. Sie hatten einen Auftrag ihres Vaters in der Stadt auszuführen, und sie ritt herein, wie sie das immer tat, ganz wie eine furchtlose junge Person, die nur an ihre Aufgabe dachte und wie sie auszuführen war. Die von der Reise mitgenommenen Abenteurer schauten ihr erstaunt nach, und selbst die kein Gefühl zeigenden Indianer, die mit ihren Fellen heranritten, dachten über die Schönheit des blaßgesichtigen Mädchens nach.

Sie hatte den Straßenrand erreicht, als sie bemerkte,

daß die Straße von einer großen Rinderherde unpassierbar war. Ein halbes Dutzend wildblickender Hirten hatten sie aus den Ebenen hergetrieben. In ihrer Ungeduld versuchte sie, ihr Pferd in eine Lücke zu schieben. Das gelang ihr zwar, aber sofort schloß sich hinter ihr wieder die Herde, und nun befand sie sich mitten unter den langhörnigen Ochsen mit ihren wilden Augen. Natürlich konnte sie mit dem Vieh umgehen und hatte daher auch keine Angst, sondern nahm jeden Vorteil wahr, der sich ihr bot, um ihr Pferd durch die Herde zu bringen.

Unglücklicherweise streifte einer der Ochsen zufällig oder um sich zu wehren die Flanke des Pferdes und reizte es über alle Maßen. Wutschnaubend stieg es auf die Hinterbeine und schlug mit den Vorderfüßen aus und tänzelte so herum, daß ein weniger geschickter Reiter mit Sicherheit abgeworfen worden wäre. Es war eine überaus gefährliche Situation. Immer wieder kam das aufgeregte Pferd mit den Hörnern in Berührung, und das stachelte es zu neuer Wut an. Das Mädchen hatte zu tun, um im Sattel zu bleiben, denn anders hätte es ihren sicheren Tod bedeutet, sie wäre zertrampelt worden unter den Hufen der verängstigten, eingekeilten Tiere.

Sie hatte so etwas noch nie erlebt, und ihr Kopf begann zu schwimmen, ihr Griff am Zaumzeug wurde schwächer. Die aufgewirbelten dichten Staubwolken erstickten sie fast, die kämpfenden Tiere dampften, und vielleicht hätte sie die große Anstrengung, sich im Sattel und damit am Leben zu halten, aufgegeben, wenn sie nicht neben sich eine freundliche Stimme gehört hätte, die ihr Hilfe versprach. In diesem Moment griff eine sehnige braune Hand nach dem Zaumzeug des Pferdes; der Mann erzwang sich einen Weg durch die Mauer der Tierleiber und brachte sie an den Rand der Herde.

»Ich hoffe, Miß, Sie sind nicht verletzt«, sagte ihr Retter respektvoll.

Sie schaute ihm in das dunkle, wilde Gesicht und lachte.

»Ich hatte schreckliche Angst«, gab sie naiv zu. »Wer hätte gedacht, daß Poncho von ein paar Kühen so geängstigt wird?«

»Gott sei Dank, daß Sie sich im Sattel halten konnten«, sagte der Mann ernst. Er war groß, jung, hatte ein wildes

Gesicht und saß auf einem riesigen Rotschimmel, trug die groben Kleider eines Jägers und hatte ein langes Gewehr über die Schulter geschlungen. »Sie sind wohl die Tochter von John Ferrier«, bemerkte er. »Ich sah Sie von seinem Haus wegreiten. Wenn Sie ihn sehen, dann fragen Sie ihn doch, ob er sich der Jefferson Hopes von St. Louis erinnert. Wenn er dieser Ferrier ist, den ich meine, dann waren mein Vater und er sehr befreundet.«

»Würden Sie nicht besser mitkommen und ihn selbst fragen?« schlug sie vor.

Der junge Mann schien daran Gefallen zu finden, denn seine dunklen Augen funkelten vor Vergnügen.

»Oh, das will ich gerne tun«, antwortete er. »Seit mehr als zwei Monaten waren wir in den Bergen und sind nicht in einem Zustand, in dem man gewöhnlich Besuche macht. Er muß uns dann schon so nehmen, wie wir sind.«

»Er hat Ihnen sehr zu danken, und ich auch«, erwiderte sie. »Und er hat mich furchtbar gern. Er wäre niemals drüber weggekommen, wenn diese Kühe mich zertrampelt hätten.«

»Ich auch nicht«, sagte der junge Mann.

»Sie? Nun, ich glaube nicht, daß Ihnen das so sehr viel ausgemacht hätte. Sie sind ja nicht einmal einer unserer Freunde.«

Das dunkle Gesicht des jungen Jägers wurde ob dieser Bemerkung so düster, daß Lucy laut lachte.

»So meinte ich es natürlich nicht«, versicherte sie ihm. »Jetzt sind Sie natürlich ein Freund. Sie müssen uns besuchen. Jetzt muß ich mich aber beeilen, sonst vertraut mir Vater kein Geschäft mehr an. Leben Sie wohl.«

»Auf Wiedersehen«, antwortete er, hob seinen breiten Sombrero und beugte sich über ihre kleine Hand. Sie wendete ihren Mustang, ließ einmal die Peitsche zischen und galoppierte auf der breiten Straße in einer Staubwolke davon.

Der junge Jefferson Hope ritt mit seinen Kameraden weiter, blieb aber schweigsam und in Gedanken versunken. Er und die anderen hatten in den Bergen von Nevada nach Silber gesucht und kehrten nun nach Salt Lake City zurück in der Hoffnung, genug Geld aufzutreiben, um einige Stollen auszubeuten, die sie entdeckt hatten. Er hatte sich, genau wie die anderen, auf dieses Geschäft gefreut, bis dieser Zwischenfall seine Gedanken in eine ganz andere Richtung gelenkt hatte. Der Anblick dieses hübschen, jungen Mädchens, das so offen und bekömmlich war wie der leise Wind der Sierra, hatte sein vulkanisches, ungezähmtes Herz aufgerührt bis in die geheimsten Tiefen. Als sie seinen Blicken entschwunden war, wurde ihm klar, daß eine Krise in sein Leben gekommen war und daß keine Silberspekulation oder sonstige Geschäfte so wichtig für ihn wären wie dieses neue, ihn ganz beanspruchende Gefühl. Die Liebe, die so plötzlich in ihm erwachte, war nicht die wankelmütige Phantasie eines Knaben, sondern die stürmische Leidenschaft eines Mannes von starkem Willen und befehlendem Temperament. In allem, was er bisher unternommen hatte, war er erfolgreich gewesen. In seinem Herzen schwor er, daß er auch hier alles tun wollte, was menschenmöglich war, um ebenso erfolgreich zu sein.

Am Abend besuchte er John Ferrier, dann sehr oft wieder, bis sein Gesicht im Farmhaus ganz bekannt war. John war meistens im Tal und vergrub sich ganz in seine Arbeit; er hatte daher kaum Gelegenheit, etwas von dem zu hören, was in den letzten zwölf Jahren draußen in der Welt vorgegangen war. All dies konnte ihm Jefferson Hope erzählen und in einem Stil, der Lucy genauso fesselte wie ihren Vater. Er war einer der Pioniere in Kalifornien gewesen und wußte viele Geschichten zu erzählen von Vermögen, die in diesen wilden, halcyonischen Tagen erworben und wieder verloren wurden. Er war auch Pfadfinder und Trapper gewesen, hatte nach Silber geschürft und auf einer Ranch gearbeitet. Wo immer es nach Abenteuer roch, war Jefferson Hope dagewesen. Er suchte es. Bald wurde er mit dem alten Farmer dick Freund, und der lobte ihn in den höchsten Tönen. Bei solchen Gelegenheiten schwieg Lucy meistens, aber ihre roten Wangen und ihre strahlenden, glücklichen Augen sagten nur zu deutlich, daß ihr junges Herz ihr längst nicht mehr gehörte. Ihr ehrlicher Vater beobachtete vielleicht diese Symptome nicht, doch an den jungen Mann, der ihre Zuneigung gewonnen hatte, waren sie sicherlich nicht verschwendet.

An einem Sommerabend galoppierte er die Straße entlang und hielt am Gartentor. Sie stand an der Tür und kam herbei, ihn zu begrüßen. Er warf den Zügel über den Zaun und ging den Gartenpfad entlang.

»Lucy, ich bin schon weg«, sagte er und nahm ihre beiden Hände in die seinen. Er musterte zärtlich ihr Gesicht. »Ich will dich jetzt nicht bitten, mit mir zu kommen, aber wirst du bereit sein, wenn ich zurück bin?«

»Und wann wirst du zurückkommen?« fragte sie und errötete lachend.

»In ein paar Monaten. Dann komme ich und verlange dich, mein Liebling. Zwischen uns kann nichts und niemand stehen.«

»Und was ist mit Vater?« fragte sie.

»Er hat seine Erlaubnis gegeben, unter der Voraussetzung, daß wir diese Mine wirklich ausbeuten können. In dieser Beziehung habe ich nicht die geringste Sorge.«

»Oh, natürlich! Wenn du dich mit Vater schon arrangiert hast, dann ist darüber nichts mehr zu sagen«, flüsterte sie und lehnte ihre Wange an seine breite Brust.

»Gott sei Dank«, sagte er heiser, bückte sich hinab und küßte sie. »Dann ist es also abgemacht. Je länger ich jetzt bleibe, desto schwerer fällt mir dann das Gehen. Sie warten schon am Canyon auf mich. Leb wohl, mein liebes Mädchen, leb wohl. In zwei Monaten bin ich wieder da.«

Er riß sich von ihr los, schwang sich auf sein Pferd und galoppierte davon. Er schaute nicht zurück, als fürchte er, seine Entschlossenheit könne ins Wanken geraten, sähe er noch einmal, was er verlasse. Sie stand am Tor, schaute ihm nach, bis sie ihn aus den Augen verlor; dann kehrte sie ins Haus zurück und war das glücklichste Mädchen von ganz Utah.

10. John Ferrier spricht mit dem Propheten

Drei Wochen waren vergangen, seit Jefferson Hope mit seinen Kameraden von Salt Lake City weggeritten war. John Ferriers Herz war schwer, wenn er an die Rückkehr des jungen Mannes dachte, weil er dann sein Adoptivkind verlieren würde. Doch ihr strahlendes, glückliches Gesicht versöhnte ihn wieder, und mit einem Streit wäre das nie möglich gewesen. In seinem energischen Herzen war er immer entschlossen gewesen, seine Tochter niemals einem Mormonen zur Frau zu geben. Eine solche Ehe betrachtete er als keine, sondern als Würdelosigkeit und Schande. Egal, was er auch sonst vom Glauben der Mormonen hielt, in dieser Beziehung blieb er unerbittlich. Er mußte natürlich darüber den Mund halten, denn es war gefährlich, eine unorthodoxe Meinung auszudrücken, gefährlich in jenen Tagen sogar im Land der Heiligen.

Ja, eine gefährliche Sache, so gefährlich, daß sogar die Heiligsten ihre religiösen Meinungen nur zu wispern wagten vor Angst, ein Wort könne von ihren Lippen fallen, das falsch ausgelegt werden könnte, so daß sie eine schnelle Strafe träfe. Die Opfer der Verfolgung waren nun selbst Verfolger geworden, Verfolger der schlimmsten Art. Nicht die Inquisition von Spanien oder das deutsche Femegericht des Mittelalters oder die Geheimgesellschaften Italiens konnten je eine solche Maschinerie in Bewegung setzen wie jene, die ihre Schatten auf das Territorium von Utah warf.

Die geheimnisvolle Unsichtbarkeit machte die Organisation doppelt schrecklich. Sie schien allgegenwärtig und allmächtig zu sein, und doch war sie nicht zu sehen und zu hören. Der Mann, der sich gegen die Kirche stellte, verschwand, und keiner erfuhr je, wohin er gegangen oder was ihm widerfahren war. Seine Frau und die Kinder erwarteten ihn zu Hause, aber kein Vater kehrte je zurück, um zu berichten, wie es ihm in den Händen seiner geheimen Richter ergangen war. Ein barsches Wort oder eine übereilte Tat hatten oft die Vernichtung zur Folge, und keiner kannte die schreckliche Macht, die drohend über ihnen hing. Kein Wunder, daß die Männer in Furcht und Zittern herumgingen und daß sie nicht einmal in der Wildnis die Zweifel wispern durften, die sie plagten.

Anfangs wurde diese unberechenbare und allgegenwärtige Macht nur an den Widerspenstigen geübt, die den Glauben der Mormonen angenommen hatten, später aber wünschten, ihn zu verändern oder ihn aufzugeben. Bald erweiterte sich aber der Kreis der Betroffenen. Es gab nicht mehr genug erwachsene Frauen, und eine Polygamie ohne ausreichende weibliche Bevölkerung war eine unfruchtbare Doktrin. Seltsame Gerüchte gingen um von ermordeten Einwanderern und überfallenen Lagern in

Gegenden, wo niemals Indianer gesichtet worden waren. In den Harems der Ältesten erschienen neue Frauen, die aber weinten und sich wehrten, und ihre Gesichter wiesen alle Anzeichen größten Entsetzens auf. Verspätete Bergwanderer erzählten von Banden Bewaffneter, die maskiert, heimlich und lautlos in der Dunkelheit an ihnen vorbeihuschten. Diese Geschichten und Gerüchte nahmen allmählich Form und Substanz an und wurden immer öfter und genauer bestätigt, bis ein endgültiger Name genannt wurde. Bis heute sind in den unendlichen Weiten des Westens die Danite Bande oder die Avenging Angels* düstere, unheilverkündende Namen.

Wußte man mehr von der Organisation, die solchen Schrecken verbreitete, so wuchs das Entsetzen noch, statt daß es abnahm. Niemand wußte, wer dieser erbarmungslosen Gesellschaft angehörte. Die Namen der Teilnehmer an blutigen Gewalttaten, die im Namen der Religion verübt wurden, hielt man äußerst geheim. Der Freund, dem du deine Unzufriedenheit mit dem Propheten und seiner Mission anvertrautest, konnte in der Nacht mit Feuer und Schwert kommen, um Rache zu üben. Daher fürchtete jedert seinen Nachbarn, und keiner sprach von jenen Dingen, die ihm am Herzen lagen.

An einem schönen Morgen wollte John Ferrier gerade zu seinen Weizenfeldern aufbrechen, als er die Tür klicken hörte. Er schaute durch das Fenster und sah einen stämmigen, sandhaarigen Mann mittleren Alters den Gartenweg herankommen. Das Herz sprang ihm in den Mund, denn dies war kein anderer als der große Brigham Young persönlich. Er wußte, dieser Besuch brachte nichts Gutes, und Ferrier lief zur Tür, um den Mormonenchef zu begrüßen. Letzterer erwiderte den Gruß recht kalt und folgte ihm mit strenger Miene in das Wohnzimmer.

»Bruder Ferrier«, sagte er, setzte sich und musterte den Farmer unter gesenkten, sandfarbenen Wimpern, »die wahren Gläubigen waren dir gute Freunde. Wir nahmen dich auf, als ihr in der Wüste am Verhungern wart, wir teilten unser Brot mit euch und führten euch sicher in das Tal des Gelobten Landes, gaben euch ein gutes Stück Land

* Racheengel

und erlaubten euch, unter unserem Schutz reich zu werden. Das ist doch so?«

»Es ist so«, antwortete John Ferrier.

»Und dafür verlangten wir nur eines: Ihr solltet den wahren Glauben umarmen und euch in jeder Beziehung an seine Gewohnheiten halten. Das hast du zu tun versprochen, und wenn das wahr ist, was berichtet wird, dann hast du dein Versprechen vernachlässigt.«

»Und wie soll ich es vernachlässigt haben?« fragte Ferrier und hob beschwörend die Hände. »Habe ich nicht in den großen Topf der Gemeinde gezahlt? Habe ich nicht regelmäßig den Tempel besucht? Habe ich nicht . . .«

»Wo sind deine Frauen?« fragte Young und schaute sich um. »Ruf sie doch, damit ich sie begrüßen kann.«

»Es ist wahr, daß ich nicht geheiratet habe«, antwortete Ferrier. »Aber es gab sowieso zuwenig Frauen und viele Männer, die eher Anspruch hatten auf sie als ich. Und ich war ja nicht einsam. Ich hatte meine Tochter, die sich um meine Bedürfnisse kümmerte.«

»Wegen dieser Tochter will ich ja mit dir sprechen«, sagte der Chef der Mormonen. »Sie ist zur Blume von Utah herangewachsen und fand Wohlgefallen bei vielen, die viel gelten im Land.«

Innerlich stöhnte John Ferrier.

»Es gibt Geschichten über sie, die ich lieber nicht glaube. Sie sei mit einem Heiden einig. Das kann aber nur das Geschwätz müßiger Zungen sein. Wie lautet das dreizehnte Gebot unseres heiligen Joseph Smith? ‚Laßt jedes Mädchen des wahren Glaubens einen der Erwählten heiraten, denn wenn sie einen Heiden heiratet, begeht sie eine schwere Sünde.' Da dies so ist, wird es dir unmöglich sein, deiner Tochter zu erlauben, dieses Gebot zu mißachten — falls du wirklich zu unserem heiligen Glauben stehst.«

John Ferrier antwortete nichts, sondern spielte nervös mit seiner Reitpeitsche.

»An diesem Punkt wird dein Glaube geprüft, so wurde es entschieden im Heiligen Rat der Vier. Das Mädchen ist jung, und wir wollen nicht, daß sie graue Haare bekommt, ehe sie heiratet, aber wir wollen ihr auch eine Wahlmöglichkeit lassen. Wir Ältesten haben viele Weiber*, aber wir müssen auch für unsere Kinder sorgen. Stangerson hat einen Sohn, und Drebber hat einen Sohn, und beide würden deine Tochter in ihrem Haus willkommen heißen. Sie soll doch zwischen diesen beiden wählen. Sie sind jung und reich und vom wahren Glauben. Was meinst du dazu?«

Ferrier schwieg eine ganze Weile, runzelte die Brauen und dachte nach.

»Ihr werdet uns Zeit lassen«, sagte er endlich. »Meine Tochter ist noch sehr jung und kaum im heiratsfähigen Alter.«

»Sie hat einen Monat, um zu wählen«, sagte Young und stand auf. »Am Ende dieser Zeit wird sie ihre Antwort geben.«

Unter der Tür drehte er sich noch einmal um. Sein Gesicht war gerötet, seine Augen blitzten.

»Für dich, John Ferrier, wäre es besser«, donnerte er, »wenn ihr beide nun als gebleichte Skelette in der Sierra Blanca liegen würdet, statt deinen schwachen Willen gegen die Befehle der Heiligen Vier zu stellen!«

Mit einer drohenden Geste ging er durch die Tür, und Ferrier hörte seine schweren Schritte auf dem Kiespfad knirschen.

Er saß noch immer da, die Ellbogen auf die Knie gestützt, und überlegte, wie er diese Sache seiner Tochter beibringen solle, als sich eine weiche Hand auf die seine legte. Er schaute auf und sah, daß sie neben ihm stand. Ihr blasses, ängstliches Gesicht bewies ihm, daß sie alles gehört hatte.

»Ich mußte es ja hören«, sagte sie, »denn seine Stimme hallte durch das ganze Haus. Oh, Vater, Vater! Was wollen wir tun?«

»Hab keine Angst«, antwortete er und zog sie an sich. Mit seiner breiten, schwieligen Hand strich er ihr zärtlich über das kastanienfarbene Haar. »Irgendwie richten wir das schon. Du kannst doch nicht sagen, daß deine Zuneigung für den Burschen nachgelassen hätte, oder?«

Sie schluchzte nur und drückte als Antwort seine Hand.

»Nein, natürlich nicht. Ich würd's auch gar nicht gerne

* Heber C. Kimball bezieht sich in einer seiner Predigten so auf seine hundert Weiber.

hören. Er ist ein Bursche, den man gernhaben muß, und er ist ein Christ. Das ist mehr als das, was diese Leute sind, und wenn sie auch noch soviel beten und predigen. Morgen reist eine Gesellschaft nach Nevada ab, und ich werde ihm eine Nachricht zukommen lassen, damit er weiß, in welcher Klemme wir stecken. Wenn ich den jungen Mann kenne, wird er in einem solchen Tempo hier sein, das selbst einen Elektrotelegraphen schlägt.«

Lucy lachte durch Tränen über die Beschreibung ihres Liebsten.

»Und wenn er kommt, wird er uns raten, was am besten ist. Ich fürchte nur um dich, mein lieber Vater. Man hört so schreckliche Geschichten über jene, die sich dem Propheten widersetzen. Ihnen ist immer etwas ganz Schreckliches zugestoßen.«

»Aber wir haben uns ihm ja noch gar nicht widersetzt«, antwortete ihr Vater. »Es wird Zeit sein, nach einem Sturm auszuschauen, wenn er heranzieht. Wir haben vor uns einen ganzen Monat. An seinem Ende ist es wohl am besten, wenn wir aus Utah verschwinden.«

»Utah verlassen?«

»Das ist es ungefähr.«

»Aber die Farm?«

»Wir werden soviel Geld wie möglich aufbringen und den Rest zurücklassen. Lucy, um die Wahrheit zu sagen, das mache ich nicht zum erstenmal. Ich mag nicht vor einem solchen Mann katzbuckeln, wie es diese Leute vor ihrem verdammten Propheten tun. Ich bin ein freigeborener Amerikaner, und das hier ist alles neu für mich. Ich bin jetzt zu alt, um noch einmal zu lernen, glaube ich. Wenn er auf diese Farm kommt, ist es durchaus möglich, daß er in eine Schrotladung läuft, die in seine Richtung geht.«

»Aber die lassen uns doch nicht weg«, wandte seine Tochter ein.

»Warte nur, bis Jefferson kommt, dann kriegen wir das schon hin. Inzwischen zerbrich dir nicht das Köpfchen, mein Lieberchen. Und wein dir nicht die Augen wund, sonst geht er auf mich los, wenn er dich sieht. Du hast nichts zu fürchten, und eine Gefahr besteht nicht.«

John Ferrier sprach diese Trostworte sehr zuversichtlich, aber es entging ihm natürlich nicht, daß er abends die

Türen alle besonders sorgfältig versperrte und verriegelte und seine alte, schon etwas rostige Büchse gründlich reinigte und lud. Er hängte sie an die Mauer seines Schlafzimmers.

11. Eine Flucht aus Liebe

Am Morgen nach der Unterredung mit dem Mormonenpropheten ging John Ferrier nach Salt Lake City und fand den Bekannten, der nach den Nevada-Bergen abreisen wollte. Dem gab er eine Nachricht für Jefferson Hope mit. Darin berichtete er dem jungen Mann von der drohenden Gefahr und wie nötig es sei, daß er sofort zurückkehre. Als dies getan war, fühlte er sich erleichtert und kehrte beruhigter nach Hause zurück.

Als er sich der Farm näherte, sah er zu seinem Erstaunen, daß an beiden Zaunpfosten bei der Tür je ein Pferd angebunden war. Noch überraschter war er, in seinem Wohnzimmer zwei junge Männer vorzufinden. Der eine hatte ein langes, blasses Gesicht und lehnte behaglich im Schaukelstuhl, und die Füße ruhten am Kamingitter. Der andere hatte einen Hals wie ein Bulle, ein häßliches, aufgeschwemmtes Gesicht und stand vor dem Fenster. Die Hände hatte er in den Taschen. Er pfiff eine sehr beliebte Hymne. Beide nickten Ferrier zu, als er eintrat, und der im Schaukelstuhl begann mit der Unterhaltung.

»Vielleicht kennst du uns nicht«, sagte er. »Der da ist der Sohn des Ältesten Drebber, und ich bin Joseph Stangerson, der mit dir in der Wüste reiste, als der Herr seine Hand ausstreckte und dich in die Falte seines Mantels nahm.«

»Und das wird er zu gegebener Zeit mit allen Nationen tun«, sagte der andere mit nasaler Stimme. »Er mahlet langsam, aber trefflich fein.«

John Ferrier verbeugte sich kalt. Er hatte schon vermutet, wer die Besucher waren.

»Wir sind gekommen«, fuhr Stangerson fort, »auf den Rat unseres Vaters hin, um die Hand deiner Tochter zu erbitten, und jeder von uns kann dir und ihr willkommen sein. Ich habe nur vier Weiber, Bruder Drebber aber sieben, und so meine ich, daß mein Anspruch der stärkere wäre.«

»Na, na, Bruder Stangerson!« rief der andere. »Die Frage ist nicht die, wie viele Weiber ein jeder von uns hat, sondern die, wie viele er sich leisten kann. Mein Vater hat mir jetzt seine Mühlen übergeben, und so bin ich ein reicher Mann.«

»Aber meine Aussichten sind besser«, erklärte der andere stolz. »Wenn der Herr meinen Vater abberuft, so werde ich seinen Holzhof und seine Lederfabrik besitzen. Dann bin ich älter als du und habe in der Kirche auch einen höheren Rang.«

»Das Mädchen wird entscheiden müssen«, bemerkte der junge Drebber und lachte sein Spiegelbild an. »Wir überlassen die Entscheidung ihr.«

Während dieses Zwiegesprächs kochte John Ferrier innerlich. Er stand unter der Tür und hätte am liebsten seinen beiden Besuchern die Reitpeitsche über den Rücken gezogen.

»Schaut mal«, sagte er und ging auf sie zu, »wenn meine Tochter euch einlädt, dann könnt ihr kommen, und bis dahin möchte ich eure Gesichter nicht noch einmal sehen.«

Entgeistert starrten ihn die zwei jungen Mormonen an. In ihren Augen war ihre Bewerbung und die Konkurrenz zwischen ihnen um die Hand des Mädchens die höchste Ehre für sie und ihren Vater.

»Es gibt zwei Wege aus diesem Zimmer«, fuhr Ferrier erbost fort. »Der eine geht durch die Tür, der andere durch das Fenster. Welchen Weg zieht ihr vor?«

Sein braunes Gesicht schaute so wild drein, und seine mageren Hände wirkten so drohend, daß seine Besucher sofort aufsprangen und sich schleunigst entfernten. Der alte Farmer folgte ihnen zur Tür.

»Laßt mich's wissen, sobald ihr euch klar seid, welcher von beiden es sein soll!« rief er ihnen höhnisch nach.

»Dafür wirst du noch büßen!« schrie Stangerson, weiß vor Wut. »Du hast den Propheten beleidigt und auch den Rat der Vier. Bis zum Ende deiner Tage wirst du das bereuen!«

»Die Hand des Herrn soll schwer auf dir liegen!« rief der junge Drebber. »Er wird sich erheben und dich zerschmettern!«

»Dann werde lieber ich mit dem Zerschmettern anfangen!« antwortete Ferrier voll Wut und wäre nach oben gelaufen, um seine Büchse zu holen, hätte ihn Lucy nicht zurückgehalten. Ehe er sich ihr entwinden konnte, sagten ihm die klappernden Hufe, daß sie schon aus seiner Reichweite waren.

»Diese elenden Schurken!« rief er und wischte sich den Schweiß von der Stirn. »Lieber sähe ich dich im Grab, mein Mädchen, als daß du einen von denen heiratest.«

»Ich auch, Vater«, antwortete sie voll Mut. »Aber Jefferson wird bald hier sein.«

»Ja. Es wird nicht lange dauern. Je eher, desto besser, denn wir wissen nicht, welche Teufelei ihnen nun einfällt.«

Es war wirklich höchste Zeit, daß ihnen ein kluger Mann einen Rat gab, daß für den alten, robusten Farmer und seine Adoptivtochter Hilfe kam. In der ganzen Geschichte der Siedlung hatte es noch keinen einzigen Fall eines so krassen Ungehorsams gegeben. Wenn kleinere Fehler so streng bestraft wurden, was würde dann mit diesem Rebellen geschehen? Ferrier wußte, daß seine Stellung und sein Reichtum nichts nützten. Andere ebenso geachtete und reiche Männer wie er waren spurlos verschwunden, und ihren Besitz hatte die Kirche übernommen. Er war ein tapferer Mann, und doch zitterte er vor dem unbekannten Schrecken, der ihn bedrohte. Er wußte, er würde sich jeder Gefahr stellen, aber diese Spannung war unerträglich. Es gelang ihm jedoch, seine Ängste vor seiner Tochter zu verbergen und sich leichtherzig zu geben, obwohl sie mit dem Auge der Liebe sah, wie unbehaglich er sich fühlte.

Er rechnete damit, daß er bald eine Nachricht oder einen Verweis von Young bekäme, und darin irrte er auch nicht, obwohl er diese Formen nicht erwartet hatte. Als er am nächsten Morgen aufstand, fand er zu seinem Staunen ein kleines Stück Papier, das direkt über seiner Brust an der Bettdecke festgesteckt war. In windschiefen Druckbuchstaben las er: DU HAST NOCH NEUNUNDZWANZIG TAGE FÜR EINE ANDERE ENTSCHEIDUNG, UND DANN...

Das war viel beängstigender als jede Drohung. John

Straße war eine Menschenseele zu sehen. Mit einem Seufzer der Erleichterung schaute Ferrier nach links und rechts, bis er zufällig auch auf den Boden schaute und da einen Mann mit ausgebreiteten Armen und Beinen auf dem Boden liegen sah, das Gesicht nach unten.

Er mußte sich vor Schrecken an die Wand lehnen und eine Hand an die Kehle legen, um einen Schrei zu unterdrücken. Sein erster Gedanke war der, daß dies ein verwundeter oder sterbender Mann sein müsse, doch als er länger hinschaute, sah er, daß sich dieser Mann über den Boden schlängelte und mit der Lautlosigkeit und Schnelligkeit einer Schlange in der Halle des Hauses verschwand. Dort sprang er auf, schloß die Tür, und der entgeisterte Farmer sah vor sich das wilde, entschlossene Gesicht von Jefferson Hope.

»Guter Gott!« ächzte John Ferrier. »Wie du mich erschreckt hast! Was veranlaßt dich, so hereinzukommen?«

»Gib mir zu essen«, sagte der andere mit heiserer Stimme. »Ich hatte seit achtundvierzig Stunden keinen Bissen und keinen Schluck.« Er stürzte sich auf das kalte Fleisch und das Brot, denn dies stand noch vom Abendessen des Farmers her auf dem Tisch. »Wie geht es Lucy?« fragte er, als er seinen schlimmsten Hunger gestillt hatte.

»Sie weiß nichts von der Gefahr«, antwortete der Vater.

»Das ist gut. Das Haus wird auf allen Seiten bewacht. Deshalb mußte ich ja auch herkriechen. Sie sind wohl verdammt scharf, aber für einen Washoe-Jäger doch nicht scharf genug.«

Nun endlich wußte John Ferrier, daß er einen zuverlässigen und entschlossenen Verbündeten hatte. Er griff nach des jungen Mannes lederbrauner Hand und schüttelte sie kräftig.

»Du bist einer, auf den man stolz sein kann«, sagte er. »Nicht viele gibt es, die kommen würden, unsere Gefahren und Sorgen mit uns zu teilen.«

»Da hast du wohl recht«, antwortete der junge Jäger. »Ich habe Respekt vor dir, aber wenn du in dieser Sache allein wärst, würde ich mir's zweimal überlegen, ehe ich meine Nase in ein solches Hornissennest steckte. Es ist Lucy, die mich herbringt, und ehe ihr ein Leid zugefügt wird, wird es, glaube ich, einen weniger in der Hope-Familie von Utah geben.«

»Was sollen wir tun?«

»Morgen ist dein letzter Tag, und du bist verloren, wenn du nicht heute noch handelst. Ich habe ein Muli und zwei Pferde in der Adlerschlucht stehen. Wieviel Geld hast du?«

»Zweitausend Dollar in Gold, fünftausend in Scheinen.«

»Das wird reichen. Ich habe noch etwas mehr dazu. Wir müssen sehen, daß wir durch die Berge nach Carson City kommen. Du weckst wohl jetzt am besten Lucy auf. Gut, daß die Dienstboten nicht im Haus schlafen.«

Während Ferrier seine Tochter auf die bevorstehende Reise vorbereitete, packte Jefferson Hope alles Eßbare, das er fand, zu einem Paket zusammen und füllte einen Steinkrug mit Wasser, denn er wußte aus Erfahrung, daß es in den Bergen nur wenig Quellen gab, und sie lagen weit auseinander. Er war mit seinen Vorbereitungen noch kaum fertig, als der Farmer mit seiner Tochter zurückkam. Beide waren voll angekleidet und zum Aufbruch bereit. Die Begrüßung zwischen den beiden Liebenden war herzlich, aber kurz, denn jede Minute war kostbar, und es gab noch so vieles zu tun.

»Wir müssen sofort gehen«, sagte Jefferson Hope mit leiser, entschiedener Stimme wie einer, der die Gefahr voll erkennt, aber sein Herz gestählt hat, um sie zu bestehen. »Vorder- und Hinterausgang sind bewacht, aber wenn wir sehr vorsichtig sind, können wir durch ein Seitenfenster aussteigen und über die Felder entkommen. Sind wir auf der Straße, haben wir nur noch zwei Meilen zur Adlerschlucht, wo die Pferde warten. Bei Tagesanbruch müßten wir schon den halben Weg durch die Berge haben.«

»Wenn wir aber aufgehalten werden?« fragte Ferrier.

Hope tätschelte den Revolvergriff, der aus seiner Jackentasche schaute.

»Wenn es zu viele für uns sind, werden wir zwei oder drei von denen mit uns nehmen«, antwortete er mit einem düsteren Lächeln.

Alle Lichter im Haus waren gelöscht worden, und vom dunklen Fenster aus spähte Ferrier über die Felder, die seine eigenen gewesen waren, die er jetzt aber für immer aufgeben mußte. Er hatte lange gebraucht, bis er sich voll zu diesem Opfer entschlossen hatte, aber der Gedanke an die Ehre und das Glück seiner Tochter überwog sein ganzes Bedauern über den Verlust seines Vermögens. Alles sah so friedlich und glücklich aus, die Bäume raschelten leise, und über das weite, stille Getreideland wehte ein sanfter Wind; es war schwierig, sich vorzustellen, daß in diesem Frieden kaltblütiger Mord lauerte. Aber das weiße Gesicht und die entschlossene Miene des jungen Jägers waren ihm Beweis genug für das, was er auf seinem Weg zum Haus gesehen hatte.

Ferrier trug die Tasche mit dem Gold und den Geldscheinen, Jefferson Hope hatte sich mit den schnell zusammengerafften Vorräten und dem Wasser beladen, während Lucys kleines Bündel ein paar ihrer liebsten Besitztümer enthielt. Sehr langsam und vorsichtig öffneten sie das Fenster und warteten, bis eine dunkle Wolke Schatten warf, dann huschte einer nach dem anderen durch den Garten. Sie hielten den Atem an und duckten sich, erreichten den Schutz der Hecke, der sie folgten, bis sie zu einem Loch kamen, das sich auf ein Maisfeld öffnete. Sie hatten gerade diese Stelle erreicht, als der junge Mann seine zwei Gefährten in den Schatten zog, wo sie still und zitternd warteten.

Jefferson Hope hatte von seinem Leben auf der Prärie Luchsohren. Er und seine Freunde hatten sich kaum zusammengekauert, als sie den melancholischen Schrei einer Bergeule in ganz unmittelbarer Nähe vernahmen, und sofort antwortete eine andere ein Stück weiter weg. Im gleichen Moment kam durch das Loch, das sie selbst hatten benützen wollen, eine schattenhafte Gestalt, tat wieder den Eulenschrei, und aus dem Dunkel erschien ein zweiter Mann.

»Morgen um Mitternacht«, sagte der erste; er schien der Anführer zu sein. »Wenn der Ziegenmelker dreimal ruft.«

»Das ist gut«, erwiderte der andere. »Soll ich's Bruder Drebber sagen?«

»Ja, das kannst du, und er soll's an die anderen weitergeben. Neun zu sieben.«

»Sieben zu fünf«, antwortete der andere, und die beiden Gestalten verschwanden nach verschiedenen Richtungen. Ihre letzten Worte mußten wohl eine Art Erkennungszeichen sein. Als ihre Schritte verklungen waren, sprang Jefferson Hope auf und half seinen Gefährten durch das Loch in der Hecke, führte sie so schnell wie möglich über das Feld und stützte das Mädchen, wenn ihre Kraft nachlassen wollte.

»Schnell, schnell«, drängte er von Zeit zu Zeit. »Wir sind jetzt durch die Linie der Wachtposten. Jetzt hängt alles von unserer Geschwindigkeit ab. Schnell!«

Auf der Straße angekommen, war es leichter für sie. Nur einmal begegneten sie einem anderen, und da gelang es ihnen, sich rechtzeitig in ein Feld zu ducken, damit sie nicht erkannt werden konnten. Ehe sie die Stadt erreichten, bog der Jäger in einen schmalen, tiefgefurchten Fußweg ein, der direkt zu den Bergen führte. Vor ihnen waren in der Dunkelheit zwei düstere, zerklüftete Berge zu erkennen, und die Senke zwischen ihnen war die Adlerschlucht, wo die Pferde ihrer warteten. Jefferson Hope fand instinktsicher seinen Weg zwischen riesigen Felsbrocken und an einem ausgetrockneten Wasserlauf entlang, bis er zu einer von hohen Felsen geschützten Stelle kam, wo er die treuen Tiere angebunden hatte. Das Mädchen wurde auf das Muli gesetzt, der alte Ferrier bestieg mit seinem Geldsack das eine Pferd, während Jefferson Hope das andere am Zügel führte, denn der Pfad war schmal und sehr gefährlich.

Für einen, der die Natur in ihren wildesten Launen nicht kannte, war das eine sehr gefährliche und erschreckende Wegstrecke. Auf der einen Seite erhob sich eine hohe, schwarze, strenge und drohende Felswand mehr als tausend Fuß hoch, und säulenartige Basaltformationen sahen aus wie Rippen eines versteinerten Ungeheuers. Auf der anderen Seite machte eine Wirrnis aus riesigen Blöcken und unendlich viel Geröll das Vorankommen überaus schwierig. Der Pfad dazwischen war kaum sichtbar und so schmal, daß sie hintereinander bleiben mußten, und nur geübte Reiter konnten sich hierher wagen. Aber trotz aller Gefahren und Schwierigkeiten waren die Herzen der Flüchtlinge leicht, denn mit jedem ihrer Schritte wurde die Entfernung zwischen ihnen und dem entsetzlichen Despotismus, vor dem sie flohen, größer.

Aber bald erhielten sie den Beweis, daß sie noch immer

im Einzugsgebiet der Heiligen waren. Sie hatten die wildeste und einsamste Stelle des Passes erreicht, als das Mädchen einen entsetzten Schrei tat und nach oben deutete. Auf einem Felsen über dem Pfad stand dunkel und voll sichtbar vor dem Nachthimmel ein einzelner Wächter. Er sah sie zu gleicher Zeit, als sie ihn erblickten, und durch die stille Schlucht klang sein Ruf: »Wer geht hier?«

»Reisende nach Nevada«, erwiderte Jefferson Hope und hatte die Hand am Gewehr, das neben ihm am Sattel hing.

Sie sahen, wie der Wächter an seiner Waffe herumfingerte und nach unten spähte, als befriedige ihn diese Antwort nicht.

»Mit wessen Erlaubnis?« rief er.

»Der Heiligen Vier«, antwortete Ferrier. Seine Mormonenerfahrungen hatten ihn gelehrt, daß dies die höchste Autorität war, auf die er sich beziehen konnte.

»Neun zu sieben«, rief der Wächter.

»Sieben zu fünf«, erwiderte Jefferson Hope prompt, weil er sich der Parole im Garten erinnerte.

»Weitergehen, und der Herr sei mit euch«, sagte die Stimme von oben.

Hinter diesem Posten verbreiterte sich der Pfad, und die Pferde fielen in einen leichten Trott. Als sie zurückschauten, sahen sie den Posten, der sich auf sein Gewehr stützte, und wußten, daß sie hier am Vorposten der Erwählten vorbeigekommen waren. Nun lag die Freiheit vor ihnen.

12. Die Racheengel

Die ganze Nacht hindurch führte ihr Weg durch wirre Schluchten und über steinige, kaum erkennbare Pfade. Mehr als einmal kamen sie vom Weg ab, doch Hopes eingehende Bergerfahrung ermöglichte es ihm, immer wieder auf die Spur zurückzufinden. Als der Morgen anbrach, lag vor ihnen ein Land von wunderbarer, wenn auch wilder Schönheit. Nach allen Seiten hin waren sie von schneebedeckten Gipfeln umgeben, und einer schien über die Schulter des anderen nach dem fernen Horizont Ausschau zu halten. So steil waren die Felswände zu beiden Seiten, daß Lärchen und Fichten über ihren Köpfen zu hängen schienen und nur ein heftiger Windstoß nötig war, sie zu entwurzeln und auf sie herabzuschleudern.

Diese Angst war sogar begründet, denn überall in der Schlucht lagen entwurzelte Bäume und herabgebrochene Felstrümmer. Einmal kam unmittelbar hinter ihnen ein großer Stein herabgedonnert, und das Echo des Getöses hielt sich lange in der schweigenden Schlucht und trieb die müden Pferde zu einem erschreckten Galopp an.

Langsam stieg die Sonne über den östlichen Horizont, und eine Bergspitze nach der anderen begann zu leuchten wie große Lampen bei einem Fest, bis sie alle in rötlichem Feuer glänzten. Dieses großartige Schauspiel erfreute die Herzen der Flüchtlinge und verlieh ihnen neuen Mut und frische Energie. Dann kamen sie an einen Wildbach, der aus einer Schlucht stürzte; dort legten sie eine Rast ein, tränkten die Pferde und nahmen selbst ein eiliges Frühstück. Lucy und ihr Vater hätten gern noch ein wenig länger geruht, doch Jefferson Hope blieb unerbittlich.

»Sie werden jetzt schon auf unserer Spur sein«, sagte er. »Alles hängt jetzt von unserem Tempo ab. Sind wir erst einmal sicher in Carson, können wir dort für den Rest unseres Lebens ausruhen.«

Den ganzen Tag über kämpften sie sich durch Schluchten, und am Abend rechneten sie aus, daß sie etwa dreißig Meilen von ihren Feinden entfernt sein mußten. Für die Nacht ließen sie sich am Fuß eines Bergkegels nieder, wo ihnen der Felsen Schutz vor dem eisigen Wind bot. Sie drängten sich der Wärme wegen aneinander und fanden ein paar Stunden Schlaf. Vor Tagesanbruch waren sie jedoch schon wieder unterwegs. Verfolger hatten sie keine bemerkt, und Jefferson Hope begann allmählich zu glauben, daß sie außerhalb der Reichweite dieser grausamen Organisation waren, deren Feindschaft sie sich zugezogen hatten. Aber er ahnte nicht, wie weit deren Macht reichte, oder wie bald sie die Flüchtlinge einholen konnten, um sie zu vernichten.

Um die Mitte des zweiten Tages gingen ihre geringen Vorräte zu Ende. Viel Gedanken machten sie sich darüber nicht, denn es gab viel Wild in den Bergen, und der Jäger hatte oft genug mit dem Gewehr Nahrung für sich und andere verschafft. In einer geschützten Felsnische trug er trockenes Holz zusammen und zündete ein Feuer an, damit seine Gefährten sich wärmen konnten, denn sie befanden sich nun mehr als fünftausend Fuß über Seehöhe, und die Luft war hier sehr frisch. Nachdem er die Pferde angepflockt und sich von Lucy verabschiedet hatte, warf er sein Gewehr über die Schulter und machte sich auf, um jede Chance wahrzunehmen, die sich ihm bot. Als er zurückschaute, kauerten der alte Mann und das junge Mädchen am züngelnden Feuer, und im Hintergrund standen die drei Reittiere bewegungslos wie Statuen. Dann bog er um einen Felsen.

Ein paar Meilen weit lief er durch eine Schlucht nach der anderen und fand nichts, obwohl er aus den Spuren an den Bäumen und sonstigen Hinweisen schließen konnte, daß es hier zahlreiche Bären gab. Nach zwei oder drei Stunden erfolglosen Suchens entschloß er sich verzweifelt zur Umkehr, als er einmal nach oben schaute und vor Freude den Atem anhielt. Ungefähr drei- oder vierhundert Fuß über ihm stand auf einer Felsspitze ein Tier, das fast einem Schaf glich, doch mit riesigen Hörnern ausgestattet war. Er nannte das Tier »Großhorn«; es schien eine Art Wächter zu sein über eine Herde, die der Jäger nicht sehen konnte. Zum Glück hatten ihn die Tiere noch nicht wahrgenommen. Er legte sich auf den Rücken, stützte den Gewehrlauf auf einen Felsen und zielte langsam und genau, bevor er schoß. Das Tier tat einen Luftsprung, torkelte ein paar Schritte am Rand des Abhangs und krachte dann in das Tal herab.

Da das Tier zu unhandlich war, um es ganz mitschleppen zu können, schnitt er einen Schenkel ab und ein Stück aus der Flanke. Mit dieser Trophäe über der Schulter kehrte er zurück, denn der Abend war nahe. Aber bald sah er sich einer Schwierigkeit gegenüber. In seinem Eifer war er ein ganzes Stück über die Schluchten hinausgewandert, die er kannte, und so war es gar nicht leicht, den Rückweg zu finden. Das Tal teilte sich, teilte sich noch einmal, und eine Schlucht glich der anderen, so daß er sie nicht zu unterscheiden vermochte. Einer folgte er länger als eine Meile, bis er an einen Wasserfall kam, den er mit Sicherheit vorher nicht gesehen hatte. Er versuchte es nun mit einer anderen Rinne, doch mit dem gleichen Mißerfolg. Die Nacht brach schnell herein, und es war fast dunkel, als er endlich eine Schlucht fand, die er kannte. Auch jetzt war es nicht leicht, dem richtigen Pfad zu folgen, denn der Mond war noch nicht aufgegangen, und die hohen Felsen links und rechts verdüsterten die Schlucht noch. Müde taumelte er weiter und hielt sich mit dem Gedanken aufrecht, jeder Schritt bringe ihn ja Lucy näher, und er habe genug bei sich, um alle bis zum Ende der Reise mit Nahrung zu versorgen.

Er war nun am Eingang jener Schlucht, in der er sie zurückgelassen hatte. Selbst in der Dunkelheit konnte er die Umrisse der Felsen, die ihre geschützte Nische umschlossen, genau erkennen. Sie mußten schon ängstlich auf ihn warten, denn er war fast fünf Stunden unterwegs gewesen. In seiner Freude, sie wiederzusehen, legte er die Hände um den Mund und tat einen lauten Schrei als Signal, daß er nun komme. Er blieb stehen und lauschte auf eine Antwort. Nichts. Nur das Echo kam von den trübseligen Felsen zurück, unzählige Male, bis es erstarb. Wieder rief er, diesmal noch lauter, doch auch jetzt erhielt er nicht einmal den Wisper einer Antwort. Da griff eine namenlose Angst nach ihm. Er eilte weiter und ließ in seiner Aufregung das kostbare Fleisch fallen.

Als er um die Ecke bog, hatte er vor sich die Stelle, wo er das Feuer angezündet hatte. Noch glühte hier ein wenig Asche, doch seit seinem Weggang schien kein Holz mehr aufgelegt worden zu sein. Tödliches Schweigen umgab ihn. Nun hatte sich seine unbestimmte Angst zur Überzeugung verdichtet. Kein lebendes Wesen war mehr in der Nähe des Feuers, keine Pferde, kein Mann, kein Mädchen. Während seiner Abwesenheit hatte sie also ein entsetzliches Unheil überfallen, das keine Spur zurückließ.

Das war ein so harter Schlag für Jefferson Hope, daß ihm der Kopf wirbelte und er sich auf sein Gewehr stützen mußte, um nicht zu Boden zu stürzen. Da er jedoch ein Mann der Tat war, erholte er sich schnell aus seiner Betäubung und fachte mit einem Stück Holz das glimmende Feuer an, um mit seiner Hilfe das kleine Lager gründlich abzusuchen.

Der ganze Grund war von Pferdehufen zertrampelt, und das bewies, daß eine ganze Gruppe Reiter die Flüchtlinge überfallen hatte. Ihre Spuren führten zurück nach Salt Lake City. Hatten sie beide mit sich verschleppt? Jefferson Hope war fast davon überzeugt, als sein Auge auf eine Stelle fiel, die jeden Nerv an seinem Körper zum Klirren brachte. An einer Seite des Lagers war ein niederer Haufen rötlicher Erde, die ganz bestimmt vorher nicht da gewesen war. Dies konnte nichts anderes sein als ein frisches Grab. Der junge Jäger ging darauf zu und sah, daß ein Stock in der Erde stak, und in der Astgabel steckte ein Zettel. Der Text darauf war kurz und eindeutig:

JOHN FERRIER
FRÜHER SALT LAKE CITY.
GESTORBEN 4. AUGUST 1860.

Dieser kräftige alte Mann, den er erst vor so kurzer Zeit verlassen hatte, lebte also nicht mehr, und dies war seine Grabinschrift. Jefferson Hope hielt verzweifelt nach einem zweiten Grab Ausschau, doch er fand keines. Lucy war also verschleppt worden, zurückgebracht von ihren schrecklichen Verfolgern, damit sie ihrer ursprünglichen Bestimmung zugeführt werde, dem Harem eines Ältestensohnes anzugehören. Als der junge Mann ihres Schicksals gewiß sein mußte und er sich klar wurde, daß er nicht die Macht hatte, dies zu verhindern, wünschte er sich, auch er möge neben dem alten Farmer in diesem stillen Grab liegen.

Auch auch jetzt schüttelte sein wacher Geist schnell die Lethargie ab, die der Verzweiflung entspringt. Wenn ihm sonst schon nichts geblieben war, so konnte er doch sein Leben der Rache widmen. Neben unbeschreiblicher Geduld besaß Jefferson Hope auch eine gewisse Rachsucht, die er von den Indianern gelernt haben mochte, unter denen er gelebt hatte. Als er untröstlich neben dem Feuer stand, wurde ihm klar, daß nur eines seinen Kummer, wenn überhaupt, besänftigen konnte: wenn er sich mit eigener Hand und in wohlüberlegter Vollständigkeit an seinen Feinden rächte. Sein starker Wille und seine unermüdliche Energie sollten ihn an dieses Ziel führen. Dazu war er fest entschlossen. Blaß und grimmigen Gesichts kehrte er dorthin zurück, wo er das Fleisch hatten fallen lassen, legte das Feuer nach, bis es hell brannte, und briet genug von seiner Beute, daß er einige Tage lang zu essen hatte. Dann machte er aus seinen wenigen Sachen ein

Bündel und kehrte zu Fuß auf dem Weg durch die Berge auf die Spur zurück, der, wie er wußte, die »Racheengel« gefolgt waren.

Fünf Tage lang marschierte er müde und mit wehen Füßen durch die Schluchten, durch die er vor kurzer Zeit geritten war. Nachts warf er sich zwischen ein paar Felsen auf den nackten Boden, um ein paar Stunden zu schlafen, doch vor Tagesanbruch war er schon wieder auf den Beinen. Am sechsten Tag erreichte er die Adlerschlucht, wo ihre unglückliche Flucht begonnen hatte. Von dort aus konnte er auf die Häuser der Heiligen hinabschauen. Erschöpft lehnte er sich auf sein Gewehr und schüttelte seine hagere Faust zornig über dieser schweigenden, weitläufigen Stadt, die sich unter ihm ausbreitete. Da beobachtete er, daß in einigen Hauptstraßen Fahnen wehten, und er bemerkte auch andere Anzeichen von Festlichkeiten. Er überlegte noch immer, was dies bedeuten könnte, als er Hufschläge hörte und wenig später einen Mann sah, der ihm entgegenritt. Den erkannte er als einen Mormonen namens Cowper, dem er einige Male Gefälligkeiten erwiesen hatte. Den sprach er an, um etwas über Lucy Ferriers Schicksal herauszufinden.

»Ich bin Jefferson Hope«, sagte er. »Du erinnerst dich meiner doch?«

Der Mormone schaute ihn mit unverhülltem Erstaunen an. Wirklich, in diesem abgerissenen Wanderer mit dem blassen Gesicht und den wilden Augen ließ sich kaum der schmucke Jäger früherer Zeiten erkennen. Als er sich von der Identität des Mannes überzeugt hatte, wich das Staunen einer großen Besorgnis.

»Du mußt verrückt sein, wenn du hierher kommst!« rief er. »Und ich verliere mein Leben, wenn mich einer mit dir sprechen sieht. Die Heiligen Vier haben einen Haftbefehl gegen dich erlassen, weil du den Ferriers zur Flucht verholfen hast.«

»Ich fürchte sie und ihren Haftbefehl nicht«, erwiderte Hope ernst. »Du mußt doch etwas in dieser Sache wissen, Cowper. Ich beschwöre dich bei allem, woran dein Herz hängt, beantworte mir ein paar Fragen. Wir waren doch immer Freunde. Um Himmels willen, verweigere mir die Antwort nicht.«

»Was ist?« fragte der Mormone unbehaglich. »Mach schnell. Die Felsen haben Ohren und die Bäume Augen.«

»Was ist aus Lucy Ferrier geworden?«

»Sie wurde gestern mit dem jungen Drebber verheiratet. Mann, reiß dich zusammen! Du hast ja kein Leben mehr in dir!«

»Um mich geht es nicht«, erwiderte Hope schwach. Er war bis in die Lippen schneeweiß und auf dem Stein zusammengesunken, an den er sich gelehnt hatte. »Verheiratet, sagst du?«

»Ja, gestern. Dafür hängen ja die Fahnen am Heiratspalast. Zwischen dem jungen Drebber und dem jungen Stangerson gab es einigen Streit darüber, wer sie bekommen sollte. Beide waren bei den Verfolgern gewesen, und Stangerson hat ihren Vater erschossen. Dieser Umstand schien seinen Anspruch zu stützen, aber als sie dann in einer Ratssitzung darüber stritten, war Drebbers Partei die stärkere, so daß der Prophet sie ihm übergab. Aber keiner wird sie lange haben, denn ich sah gestern den Tod in ihrem Gesicht. Sie gleicht eher einem Geist denn einer Frau. Willst du wieder weitergehen?«

»Ja, ich gehe weiter«, sagte Jefferson Hope, der wieder aufgestanden war.

Sein Gesicht hätte aus Marmor gemeißelt sein können, so bleich und hart war es, aber seine Augen glühten in einem höllischen Licht.

»Wohin willst du gehen?« fragte der andere.

»Ist unwichtig«, sagte er, schlang sein Gewehr über die Schulter, marschierte die Schlucht entlang, hinein in das Herz der Berge und zu den wilden Tieren; aber keines von ihnen war so wild und so gefährlich wie er.

Die Vorhersage des Mormonen erfüllte sich nur zu bald. Ob es der schreckliche Tod ihres Vaters war oder die verhaßte Heirat, zu der man sie gezwungen hatte — die arme Lucy hielt nie mehr ihren Kopf aufrecht, sondern kümmerte dahin und starb innerhalb eines Monats. Ihr tölpelhafter Ehemann, der sie hauptsächlich wegen John Ferriers Besitz geheiratet hatte, zeigte keine große Trauer über ihren Tod, doch seine anderen Frauen beklagten sie sehr und saßen die Nacht vor dem Begräbnis bei ihr, wie es bei den Mormonen Sitte ist. In den frühen Morgenstunden saßen sie um die Bahre, als zu ihrer unbeschreiblichen Angst und Bestürzung die Tür aufgerissen wurde und ein wild dreinsehender, wettergegerbter Mann in sehr mitgenommener Kleidung hereinkam. Ohne den verdatterten Frauen ein Wort oder einen Blick zu gönnen, trat er zur weißen, still daliegenden Gestalt, die einst die reine Seele der armen Lucy Ferrier beherbergt hatte. Er beugte sich über sie, drückte voll Verehrung seine Lippen auf ihre kalte Stirn, nahm ihre Hand und zog ihren Ehering vom Finger.

»Damit soll sie nicht begraben werden!« rief er, und ehe die verängstigten Frauen noch Alarm schlagen konnten, rannte er die Treppe hinab und war verschwunden. So kurz und seltsam war dieser Vorfall, daß die Wächter oder andere Leute sie nicht geglaubt hätten, wäre nicht der goldene Ring, der sie als Braut auswies, verschwunden gewesen.

Einige Monate lang hing Jefferson Hope in den Bergen herum und führte ein wildes Leben. In seinem Herzen nährte er das wütende Verlangen nach Rache. In der Stadt erzählte man sich von einer merkwürdigen Gestalt, die sich in den Vororten herumtrieb und einsame Bergschluchten unsicher machte. Einmal pfiff eine Kugel durch Stangersons Fenster und prallte kaum eine Fußbreite von ihm entfernt von der Wand ab. Ein andermal ging Drebber unter einem Felsen vorbei, als ein großer Felsbrocken auf ihn herabpolterte. Er konnte seinem gräßlichen Tod nur damit entkommen, daß er sich sofort platt auf das Gesicht warf.

Die beiden jungen Mormonen brauchten nicht lange, bis sie den Grund für die Anschläge auf ihr Leben kannten. Sie führten mehrere Expeditionen in die Berge, in der Hoffnung, ihren Feind zu fangen oder zu töten, aber Erfolg hatten sie keinen. Dann wurden sie so vorsichtig, daß sie nach Einbruch der Dunkelheit niemals mehr allein ausgingen und ihre Häuser bewachen ließen. Nach einiger Zeit lockerten sie diese Vorsichtsmaßnahmen, denn von jenem Mann sah und hörte man nichts mehr, und sie hofften, die Zeit habe seine Rachsucht abgekühlt.

Aber dem war nicht so. Jeder Tag verstärkte dieses Gefühl noch. Der Jäger war von Natur aus hart und unnachgiebig, und der Gedanke an Rache hatte so sehr von ihm Besitz ergriffen, daß er an nichts anderes mehr denken konnte. In erster Linie war er jedoch ein praktischer Mann. Bald wurde ihm klar, daß selbst seine eiserne Konstitution diesen ständigen Beschwernissen und dem inneren Druck nicht mehr lange standhalten konnte. Das Leben im Freien und das Fehlen einer richtigen Ernährung erschöpften ihn immer mehr. Wenn er wie ein Hund in den Bergen stürbe, was sollte dann aus seiner Rache werden? Ein solcher Tod war ihm sicher, wenn er so weitermachte. Er überlegte, daß er damit ja nur das Spiel seiner Feinde spielte; also kehrte er widerstrebend zu den alten Minen in Nevada zurück, um dort seine Gesundheit wiederherzustellen und zu soviel Geld zu kommen, daß er seinem Ziel ohne Einschränkung folgen konnte.

Seine Absicht war die gewesen, höchstens ein Jahr lang dort zu bleiben, aber ein Zusammenspiel unvorhergesehener Umstände hinderte ihn fast fünf Jahre daran, seinen Vorsatz auszuführen. Doch auch am Ende dieser Zeit war sein Rachedurst so wütend wie immer, seine Erinnerung an die grauenhafte Untat so lebendig wie an jenem Abend, als er an John Ferriers Grab stand.

Verkleidet und unter einem angenommenen Namen kehrte er nach Salt Lake City zurück. Ihm war egal, was aus seinem eigenen Leben wurde, solange er das erreichte, was er als Gerechtigkeit kannte. Dort erwartete ihn viel Übles. Ein paar Monate zuvor hatte es unter den Erwählten eine Spaltung gegeben, denn einige jüngere Mitglieder der Kirche hatten gegen die Autorität der Älteren rebelliert. Das Ergebnis war, daß eine größere Zahl von Unzufriedenen Utah verließ. Sie wurden zu Heiden. Unter ihnen waren auch Drebber und Stangerson, aber niemand wußte, wohin sie gegangen waren. Gerüchte besagten, Drebber sei es gelungen, einen großen Teil seines Besitzes zu Geld zu machen, so daß er als wohlhabender Mann hatte gehen können, während sein Kamerad Stangerson vergleichsweise arm war. Keiner konnte ihm sagen, wo sie sein könnten.

Die meisten Männer hätten unter solchen Umständen wohl auf ihre Rache verzichtet, doch Jefferson Hope dachte nicht für einen kurzen Augenblick daran. Mit dem wenigen Geld, das er besaß und durch Gelegenheitsarbeiten immer wieder aufrundete, reiste er von einer Stadt zur nächsten durch die ganzen Vereinigten Staaten, um seine Feinde zu suchen. Ein Jahr ging in das andere über, seine schwarzen Haare ergrauten, doch er wanderte immer weiter, ein menschlicher Bluthund, der sein ganzes Leben nur einem Ziel verschrieben hatte.

Endlich wurde seine Beharrlichkeit belohnt. Es war nur der Blick in ein Gesicht hinter einem Fenster, aber er wußte, daß die Männer, die er verfolgte, in Cleveland, Ohio, waren. Er kehrte mit vollständigen Racheplänen in sein elendes Quartier zurück.

Es war reiner Zufall, daß Drebber, der aus dem Fenster schaute, den Landstreicher auf der Straße erkannte und Mord in seinen Augen las. Er eilte, begleitet von Stangerson, zu einem Friedensrichter und legte ihm dar, er und sein Sekretär seien in Lebensgefahr wegen des Hasses und der Eifersucht eines alten Rivalen.

Am Abend verhaftete man Jefferson Hope, und da er keine Sicherheiten bieten konnte, wurde er einige Wochen lang festgehalten. Als er dann endlich wieder freigelassen wurde, fand er Drebbers Haus verlassen vor, doch er erfuhr, daß er mit seinem Sekretär nach Europa gereist sei.

Wieder war er um seine Rache betrogen worden, doch sein sich immer wieder verdichtender Haß drängte ihn, die Verfolgung aufzunehmen. Er brauchte jedoch Geld und mußte einige Zeit arbeiten. Er sparte jeden Dollar für die bevorstehende Reise. Als er genug zusammengerackert hatte, reiste er nach Europa ab, verfolgte die Spuren seiner Feinde von Stadt zu Stadt, nahm jede Arbeit an, die sich ihm bot, doch einholen konnte er die Flüchtlinge nicht.

Als er St. Petersburg erreichte, waren sie nach Paris abgereist. Dort erfuhr er, daß sie nach Kopenhagen unterwegs seien. In der dänischen Hauptstadt kam er ein paar Tage nach ihrer Abreise nach London an, und dort endlich fand er ihre heiße Spur. Was dann dort geschah, läßt sich am besten mit dem Bericht des alten Jägers schildern, den Dr. Watson getreulich aufgezeichnet hat.

»Glauben Sie, Doktor, an eine unmittelbare Gefahr?« wollte der Inspektor von mir wissen.

»Ganz gewiß«, antwortete ich.

»In diesem Fall ist es eindeutig unsere Pflicht, im Interesse der Gerechtigkeit seinen Bericht entgegenzunehmen«, bestimmte der Inspektor. »Sir, Sie können also erzählen, aber ich warne Sie noch einmal, es wird alles aufgeschrieben.«

»Ich werde mich setzen, wenn Sie erlauben«, sagte der Gefangene und tat es auch. »Dieses Aneurisma läßt mich sehr schnell ermüden, und das Handgemenge vorher hat die Sache nicht gerade verbessert. Ich stehe am Rande des Grabes und werde Sie also nicht anlügen. Jedes Wort, das ich Ihnen erzähle, ist die absolute Wahrheit, und wie Sie davon Gebrauch machen, ist Ihre Sache; für mich hat das keine Konsequenzen mehr.«

Damit lehnte sich Jefferson Hope zurück und begann seinen bemerkenswerten Bericht. Er sprach sehr ruhig und methodisch, als sei ihm jede Kleinigkeit daraus in Fleisch und Blut übergegangen. Ich kann die Genauigkeit der Aufzeichnung beschwören, denn ich konnte auch Lestrades Notizbuch benützen, in dem die Worte des Gefangenen genauestens aufgezeichnet wurden.

»Es spielt keine Rolle für sie, weshalb ich diese Männer gehaßt habe«, begann er. »Es genügt, daß sie am Tod zweier Menschen schuldig sind, eines Vaters und einer Tochter, und damit haben sie ihr eigenes Leben verspielt. Seit ihrem Verbrechen ist schon sehr viel Zeit vergangen, und es war mir unmöglich, bei irgendeinem Gericht ihre Verurteilung zu sichern. Ich wußte jedoch von ihrer Schuld und war entschlossen, selbst Richter, Jury und Henker zu sein. Sie hätten es nicht anders gehalten, wenn Sie an meiner Stelle und Männer gewesen wären.

Dieses Mädchen, von dem ich sprach, hätte ich vor zwanzig Jahren heiraten wollen. Sie wurde zur Ehe mit diesem Drebber gezwungen, und darüber brach ihr das Herz. Ich nahm den Ehering von ihrem toten Finger und schwor, daß seine brechenden Augen auf diesem Ring ruhen sollten, und sein letzter Gedanke müsse der an das Verbrechen sein, für das er bestraft wurde. Ich habe den Ring immer bei mir getragen und bin ihm und seinem

Komplizen durch zwei Kontinente nachgereist, bis ich sie einholte. Sie glaubten, sie könnten mich ermüden, doch da irrten sie. Wenn ich morgen sterbe, und das ist durchaus wahrscheinlich, dann sterbe ich in dem Wissen, daß meine Arbeit auf dieser Welt getan ist und daß ich sie gut getan habe. Sie sind tot. Von meiner Hand. Ich habe nun nichts mehr zu hoffen oder zu wünschen.

Sie waren reich, und ich war arm, so daß es für mich gar nicht leicht war, ihnen zu folgen. Als ich nach London kam, waren meine Taschen fast ganz leer, und ich fand, daß ich etwas tun müsse, um meinen Lebensunterhalt zu verdienen. Fahren und Reiten sind für mich so natürlich wie Gehen, so daß ich mich bei einem Droschkenbesitzer bewarb und Arbeit bekam. Ich sollte dem Besitzer jede Woche eine bestimmte Summe bringen, und was ich darüber einnahm, gehörte mir. Viel blieb niemals übrig, doch ich kam immer zurecht. Am schwersten fiel es mir, mich in diesem Irrgarten von Stadt zurechtzufinden. Ich hatte aber einen Stadtplan, und als ich einmal die wichtigsten Hotels und Bahnhöfe kannte, kam ich ganz gut zurecht.

Es dauerte einige Zeit, bis ich herausfand, wo meine beiden Gentlemen wohnten. Ich fragte so lange, bis ich sie endlich aufgestöbert hatte. Sie wohnten in einer Pension in Camberwell, auf der anderen Flußseite. Als ich sie gefunden hatte, wußte ich, daß sie mir ausgeliefert waren. Ich hatte mir den Bart wachsen lassen, und sie konnten mich auf keinen Fall erkennen. Ich mußte ihnen auflauern, bis meine Gelegenheit kam. Ich war entschlossen, sie dürften mir nicht mehr entkommen.

Fast hätten sie's doch geschafft. Aber sie konnten in London hingehen, wohin sie wollten, ich blieb ihnen auf den Fersen. Manchmal folgte ich ihnen in meiner Droschke, manchmal zu Fuß, doch mit der Droschke war es besser, weil sie mir da nicht entkommen konnten. Verdienen konnte ich nur am frühen Morgen oder spät in der Nacht, so daß ich bei meinem Arbeitgeber in Verzug geriet. Aber das machte mir nichts aus. Mir lag nur daran, die Hand auf diese beiden Männer zu legen.

Sie waren schlau. Vielleicht hatten sie das Gefühl, verfolgt zu werden, denn nie gingen sie allein aus, nie auch nach Einbruch der Nacht. Zwei Wochen lang fuhr ich täglich hinter ihnen drein, und niemals sah ich einen allein. Drebber war meistens betrunken, aber Stangerson konnte ich niemals schlafend antreffen. Ich beobachtete sie scharf und sah niemals eine Chance. Ich ließ mich jedoch nicht entmutigen, denn ein Gefühl sagte mir, daß meine Stunde bald da sei. Meine einzige Angst war die, daß dieses Ding in meiner Brust vielleicht ein bißchen zu früh aufbrechen könnte, so daß meine Arbeit ungetan bliebe.

Endlich, als ich eines Abends die Torquay Terrace auf und ab fuhr — das ist die Straße, in der sie wohnten —, sah ich eine Droschke vor die Tür fahren. Wenig später wurde Gepäck herausgetragen, und nach einer Weile folgten Drebber und Stangerson und fuhren weg. Ich trieb mein Pferd an und blieb in Sichtweite, doch ich fühlte mich unbehaglich, weil ich glaubte, sie wechselten die Wohnung. Am Bahnhof Euston stiegen sie aus. Ich ließ einen Jungen bei meinem Pferd zurück und folgte ihnen zum Bahnsteig. Dort fragten sie nach dem Zug, der nach Liverpool fuhr, und der Posten sagte, er sei gerade weggefahren, und der nächste gehe erst in einigen Stunden. Stangerson schien sich zu ärgern, doch Drebber sah eher erfreut drein. Ich stellte mich im Gedränge in ihre Nähe, so daß ich jedes Wort verstehen konnte, das sie sprachen. Drebber sagte, er habe noch ein kleines Geschäft zu erledigen, und wenn der andere auf ihn warten wolle, dann werde er sehr bald kommen. Sein Begleiter stritt mit ihm und hielt ihm vor, sie hätten doch beschlossen, sich nicht zu trennen. Drebber antwortete ihm, die Sache sei delikat, und er müsse allein gehen. Was Stangerson darauf sagte, hörte ich nicht, aber der andere ließ einen ganzen Schwall von Flüchen los, und außerdem sagte er, daß er ja nur ein bezahlter Dienstbote sei, und er solle sich nur ja nicht erlauben, ihm Vorschriften zu machen. Daraufhin gab der Sekretär auf und machte mit ihm nur aus, falls er den letzten Zug versäume, solle der zu ihm ins Halliday Privat Hotel kommen. Drebber antwortete, er sei vor elf Uhr wieder auf dem Bahnsteig, und damit verließ er den Bahnhof.

Endlich war der Moment gekommen, auf den ich so lange gewartet hatte. Ich hatte meinen Feind in meiner Gewalt. Waren sie zusammen, so konnten sie einander schützen, aber einzeln war jeder mir ausgeliefert. Aber ich handelte nicht übereilt. Meine Pläne waren fertig. Eine Rache befriedigt nicht, wenn der Beleidiger keine Zeit hat, sich darüber klar zu werden, wer ihn schlägt, und warum die Strafe über ihn kommt. Ich mußte die Gelegenheit finden, diesem Mann verständlich zu machen, daß seine alte Sünde bekannt sei. Zufällig hatte ein paar Tage vorher ein Gentleman, der in der Brixton Road ein paar Häuser besuchte, den Schlüssel des einen in meiner Droschke gelassen. Er wurde gesucht und am gleichen Abend noch zurückgegeben, aber inzwischen hatte ich mir einen Wachsabdruck gemacht und ein Duplikat gefertigt. Damit hatte ich Zugang zu einem Punkt in dieser großen Stadt, wo ich nicht gestört werden konnte. Das Problem, Drebber zu diesem Haus zu bringen, war schwierig zu lösen.

Er ging die Straße entlang und betrat ein paar Weingeschäfte. Im letzten blieb er fast eine halbe Stunde. Als er herauskam, torkelte er und war offensichtlich ziemlich betrunken. Vor mir war ein Hansom, und er winkte dem Wagen. Ich folgte so dicht, daß mein Pferd den ganzen Weg über kaum ein Yard hinter dem Fahrer des anderen Wagens war. Wir ratterten über die Waterloo Bridge und durch Meilen von Straßen, bis wir uns zu meiner Verblüffung wieder dort befanden, wo er wohnte. Ich konnte mir nicht vorstellen, was er da wollte, aber ich blieb dabei und stellte meine Droschke etwa hundert Yards vom Haus entfernt ab. Er ging hinein, und sein Hansom fuhr weg. Bitte, geben Sie mir ein Glas Wasser. Mein Mund ist vom Reden ganz trocken.«

Ich reichte ihm das Glas, und er trank es aus.

»So ist's schon besser«, sagte er. »Nun, ich wartete etwas über eine Viertelstunde, als ich plötzlich einen Lärm aus dem Haus vernahm. Da schienen sich Leute zu streiten. Im nächsten Moment flog die Tür auf; zwei Männer erschienen, der eine war Drebber, der andere ein junger Bursche, den ich noch nie gesehen hatte. Dieser Bursche packte Drebber am Kragen, und als sie oben an den Hausstufen standen, versetzte der ihm einen Stoß und einen Fußtritt, so daß er über die halbe Straße flog. ‚Du Hund!' schrie er und drohte ihm mit dem Stock. ‚Dir werd' ich's zeigen! Ein anständiges Mädchen zu beleidigen!' Er war so wütend, daß er wohl Drebber noch verprügelt hätte, wenn der nicht davongerannt wäre, so schnell ihn die Füße trugen. Er rannte zur Ecke, sah meine Droschke, winkte mir und sprang hinein. ‚Fahren Sie mich sofort zu Halliday's Private Hotel', sagte er.

Als ich ihn in meinem Wagen hatte, tat mein Herz einen Freudensprung; ich glaubte schon, jetzt werde mein Aneurisma platzen. Langsam fuhr ich dahin und überlegte, was ich jetzt wohl am besten tun sollte. Ich konnte ihn ja direkt auf das Land hinausfahren und an einer einsamen Stelle meine letzte Unterhaltung mit ihm haben. Fast war ich dazu schon entschlossen, als er selbst mein Problem löste. Er hatte wieder Durst und befahl mir, vor einem Ginpalast zu halten. Er ging hinein und befahl mir zu warten. Dort blieb er, bis der Laden schloß, und als er herauskam, war er so betrunken, daß ich meine Beute nun fest in der Hand hatte.

Stellen Sie sich jetzt nur nicht vor, daß ich die Absicht hatte, ihn kaltblütig umzubringen. Es wäre zwar gerecht gewesen, doch ich brachte es nicht über mich. Seit langem war ich schon entschlossen gewesen, ihm die Show seines Lebens zu bescheren, falls er selbst darauf einginge. Ich habe während meiner Wanderjahre in Amerika die verschiedensten Arbeiten getan. Einmal war ich Hausmeister und Auskehrer eines Labors am York College. Eines Tages las der Professor über Gifte, und er zeigte seinen Studenten ein Alkaloid, wie er es nannte, das er aus einem südamerikanischen Pfeilgift gewonnen hatte. Das war so stark, daß ein Körnchen den sofortigen sicheren Tod bedeutete. Ich sah die Flasche, in der dieses Gift aufbewahrt war, und nachdem sie alle gegangen waren, versorgte ich mich mit einem kleinen Quantum. Da ich in solchen Dingen recht geschickt bin, arbeitete ich das Alkaloid in kleine, wasserlösliche Pillen ein, und jede Pille legte ich in eine Dose mit den gleichen Pillen, jedoch ohne Gift. Ich war entschlossen, meine Gentlemen sollten, falls ich meine Chance hätte, selbst eine Pille aus dieser Dose nehmen, und ich wollte die verbleibende nehmen. Das wäre ebenso tödlich, aber weniger geräuschvoll als eine Schießerei über ein Taschentuch hinweg. Von diesem Tag an hatte ich immer diese Pillendose bei mir. Und jetzt war die Zeit gekommen, da ich sie benutzen sollte.

Es war fast ein Uhr und sehr schlechtes Wetter. Es regnete in Strömen, ein kalter Wind blies; das Wetter mochte noch so unangenehm sein, im Herzen war ich fröhlich, so daß ich am liebsten vor Freude geschrien hätte. Wenn je einer von Ihnen, Gentlemen, zwanzig Jahre lang sich nach einer Sache gesehnt hat und sie plötzlich in Reichweite findet, dann wird er meine Gefühle verstehen. Ich zündete eine Zigarre an und paffte, um meine Nerven zu beruhigen, aber meine Hände zitterten, und in meinen Schläfen pochte die Aufregung. Während ich fuhr, sah ich den alten John Ferrier und die süße Lucy vor mir. Sie schauten mich aus der Dunkelheit lächelnd an, und ich sah sie so genau, wie ich Sie hier in diesem Raum sehe. Immer waren sie vor mir, je einer links und rechts von meinem Pferd, bis ich an dem Haus in der Brixton Road ankam.

Keine Seele war zu sehen, nichts war zu hören, nur der Regen rauschte. Als ich in die Kutsche hineinschaute, lag Drebber da und schlief in seinem Rausch. Ich schüttelte ihn am Arm. ‚Zeit zum Aussteigen', sagte ich.

‚Na, schön, Kutscher', antwortete er.

Er dachte wohl, wir seien vor dem erwähnten Hotel angekommen, denn er stieg sofort aus und folgte mir durch den Garten. Ich mußte ihn stützen, denn er war noch immer sehr topplastig. Ich öffnete die Tür und brachte ihn in das vordere Zimmer. Ich gebe Ihnen mein Wort, daß die ganze Zeit hindurch Vater und Tochter vor uns gingen.

‚Da ist's aber höllisch dunkel', sagte er und stampfte herum.

‚Wir werden gleich Licht haben', antwortete ich, strich ein Zündholz an und hielt es an die Wachskerze, die ich mitgebracht hatte. ‚Nun, Enoch Drebber', fuhr ich fort und hielt die Kerze an mein eigenes Gesicht. ‚Wer bin ich?'

Er schaute mich mit seinen schwimmenden Augen einen Moment lang an, dann sah ich das Entsetzen in ihnen. Sein Gesicht verzerrte sich, und das war der Beweis, daß er mich erkannt hatte. Er taumelte zurück, ich sah die Schweißperlen auf seinem Gesicht, seine Zähne klirrten. Ich lehnte mich an die Tür und lachte schallend. Immer hatte ich gewußt, daß die Rache süß sein müsse, aber nie hatte ich auf eine solche seelische Befriedigung zu hoffen gewagt, wie ich sie jetzt erlebte.

‚Du Hund', sagte ich, ‚dich habe ich gejagt von Salt Lake City nach St. Petersburg, und immer bist du mir entkommen. Aber jetzt ist deine Wanderung zu Ende, denn einer von uns wird morgen die Sonne nicht mehr aufgehen sehen.' Er zog sich noch mehr zurück, während ich sprach, und ich sah an seinem Gesicht, daß er mich für einen Irren hielt. Das war ich auch. Die Adern in meinen Schläfen schlugen wie Schmiedehämmer, und ich glaube, mich hätte der Schlag getroffen, hätte ich nicht plötzlich starkes Nasenbluten bekommen, das mich erleichterte.

‚Was denkst du jetzt von Lucy Ferrier?' schrie ich, sperrte die Tür ab und schüttelte den Schlüssel vor seinem Gesicht. ‚Die Strafe ließ lange auf sich warten, aber jetzt hat sie dich eingeholt.' Ich sah, wie dem Feigling die Lippen zitterten. Er hätte wohl um sein Leben gebettelt, wenn er nicht gewußt hätte, wie unnütz dies war.

‚Willst du mich ermorden?' stotterte er.

‚Das ist kein Mord', erwiderte ich ihm. ‚Wer redet von Mord, wenn er einen tollen Hund umbringt?' Hattest du Mitleid mit meinem armen Mädchen, als du ihren Vater erschlugst und sie in deinen schamlosen, verfluchten Harem schlepptest?'

‚Es war nicht ich, der ihren Vater getötet hat!' schrie er.

‚Aber du warst es, der ihr unschuldiges Herz brach!' brüllte ich und hielt ihm die Dose entgegen. ‚Gott soll richten. Nimm eine Pille und iß sie. In einer ist der Tod, in der anderen das Leben. Ich nehme das, was du übrig läßt. Wir wollen sehen, ob es Gerechtigkeit auf dieser Erde gibt, oder ob wir nur vom Zufall regiert werden.'

Mit wilden Schreien duckte er sich davon und bat um Gnade, aber ich zog mein Messer und hielt es ihm an die Kehle, bis er gehorchte. Dann schluckte ich die andere Pille. Wir schauten uns schweigend eine Minute lang an, um zu sehen, wer leben und wer sterben sollte. Werde ich je den Blick vergessen, als ihm die ersten Krämpfe verrieten, daß er das Gift im Körper hatte? Ich lachte, als ich das sah, und hielt ihm Lucys Ehering vor die Augen. Das alles geschah in einem Augenblick, denn das Gift wirkt sehr schnell. Ein Krampf des Schmerzes verzerrte sein Gesicht, er streckte die Hände vor sich aus, taumelte und stürzte mit einem gräßlichen Schrei schwer zu Boden. Ich drehte ihn mit dem Fuß um und legte die Hand auf sein Herz. Nichts war mehr zu spüren. Er war tot!

Aus meiner Nase lief noch immer das Blut, doch ich hatte nicht darauf geachtet. Ich weiß nicht, was mich bewegte, damit an die Wand zu schreiben. Vielleicht war es die mutwillige Idee, die Polizei auf eine falsche Fährte zu locken, denn ich fühlte mich frei, leicht und glücklich. Ich erinnerte mich daran, daß man in New York einmal einen toten Deutschen gefunden hatte, über dem an der Wand das Wort RACHE geschrieben war, und die Zeitungen behaupteten damals, eine Geheimgesellschaft sei am Werk gewesen. Ich dachte, wenn die New Yorker daran herumrätselten, dann würden es auch die Londoner tun, und so tauchte ich den Finger in mein eigenes Blut und schrieb das Wort an einen passenden Platz an die Wand. Dann ging ich hinaus zu meinem Wagen und fand, daß niemand in der Nähe und das Wetter noch immer sehr schlecht war. Ich war schon ein Stück gefahren, als ich bemerkte, daß ich Lucys Ring nicht mehr in der Tasche hatte. Fast hätte mich der Schlag gerührt, denn der war mein einziges Erinnerungsstück an sie. Ich mußte ihn wohl verloren haben, als ich mich über Drebbers Leiche bückte. Also fuhr ich zurück, ließ meinen Wagen in einer Seitenstraße und ging zu dem Haus, denn ich wollte lieber alles wagen, als diesen Ring zu verlieren. Als ich jedoch ankam, lief ich direkt einem Polizisten in die Hände, der aus dem Haus kam. Ich zerstreute seinen Verdacht damit, daß ich mich wie ein total Betrunkener benahm.

So fand also Enoch Drebber sein Ende. Ich mußte nun noch für Stangerson dasselbe tun und damit die Schuld an John Ferrier abtragen. Ich wußte, daß Stangerson in Halliday's Private Hotel war, und ich hing den ganzen Tag dort herum, doch er kam nicht heraus. Ich nehme an, er vermutete etwas, als Drebber nicht aufkreuzte. Stangerson war schlau und immer auf der Hut! Wenn er glaubte, er könne mich umgehen, wenn er das Haus nicht verlasse, so irrte er. Bald fand ich heraus, welches das Fenster seines Schlafzimmers war, und früh am nächsten Morgen bediente ich mich einer Leiter, die hinter dem Hotel lag, und drang um die Dämmerzeit bei ihm ein. Ich weckte ihn auf und sagte ihm, die Stunde sei gekommen, da er sich für das

Leben verantworten müsse, das er vor so vielen Jahren genommen hatte. Ich beschrieb ihm Drebbers Tod und ließ ihn ebenso unter zwei Pillen wählen. Statt nach der Chance zu greifen, die ich ihm bot, sprang er auf und ging mir an die Kehle. In Notwehr stach ich ihm ins Herz. Das Ende wäre für ihn dasselbe gewesen, denn die Vorsehung hätte es nie zugelassen, daß er etwas anderes als das Gift gewählt hätte.

Viel mehr gibt es nicht zu sagen, und das ist gut so, denn ich bin erschöpft. Ich fuhr noch einen guten Tag lang die Droschke, denn ich wollte noch Geld verdienen, um vielleicht nach Amerika zurückkehren zu können. Ich stand im Hof, als ein zerlumpter Junge mich fragte, ob es einen Droschkenkutscher namens Jefferson Hope gebe, und sein Wagen werde von einem Gentleman in der Baker Street 221B gewünscht. Ich fuhr dorthin, ohne etwas zu ahnen, und dann hatte der junge Mann hier schon die Handschellen um meine Gelenke einschnappen lassen. Ich war sicher verpackt wie noch nie in meinem Leben. Und das ist die ganze Geschichte, Gentlemen. Sie mögen mich für einen Mörder halten, aber ich denke, ich bin ebenso ein Vollzugsorgan der Gerechtigkeit wie Sie auch.«

Wir saßen eine ganze Weile schweigend da, so eindrucksvoll war die Erzählung gewesen, so ernsthaft seine Haltung. Selbst die doch ziemlich blasierten Detektive schienen an der Geschichte äußerst interessiert zu sein. Die Stille wurde nur vom Kratzen von Lestrades Bleistift unterbrochen, als er seine kurzschriftlichen Aufzeichnungen beendete.

»Hier ist nur noch ein Punkt, über den ich gerne mehr wüßte«, sagte Sherlock Holmes schließlich. »Wer war Ihr Komplize, der wegen des Ringes kam, den ich ausschrieb?«

Der Gefangene blinzelte meinen Freund vergnügt an.

»Meine eigenen Geheimnisse kann ich verraten, aber ich will keine anderen Leute in Schwierigkeiten bringen. Ich sah dieses Inserat und dachte, es könnte ein Vorwand, aber auch der Ring sein, den ich suchte und wollte. Mein Freund erklärte sich freiwillig bereit, und ich denke, Sie geben zu, daß er es sehr geschickt gemacht hat.«

»Daran ist nicht zu zweifeln«, antwortete Holmes herzlich.

»Und nun, Gentlemen«, bemerkte der Inspektor ernst, »müssen die gesetzlichen Formalitäten eingehalten werden. Am Donnerstag wird der Gefangene vor den Polizeirichter gebracht werden, und Ihre Anwesenheit ist nötig. Bis dahin bin ich für ihn verantwortlich.«

Er läutete, während er noch sprach, und Jefferson Hope wurde von ein paar Beamten weggeführt, während mein Freund und ich die Polizeistation verließen und einen Wagen zur Baker Street nahmen.

14. Der Schluß

Man hatte uns eingeschärft, wir müßten unbedingt am Donnerstag vor dem Polizeirichter erscheinen, doch wir bekamen keine Gelegenheit für unsere Zeugenaussage. Ein höherer Richter hatte den Fall in die Hand genommen, und Jefferson Hope stand nun vor einem Gericht, das ihm die höchste Gerechtigkeit widerfahren ließ. In der Nacht nach seiner Gefangennahme brach das Aneurisma auf, und am Morgen fand man ihn tot am Boden seiner Zelle; ein ruhiges Lächeln lag auf seinem Gesicht, als habe er im letzten Moment seines Lebens voll Befriedigung auf ein nützliches Leben und gut getane Arbeit zurückgeblickt.

»Gregson und Lestrade werden sich fürchterlich ärgern über seinen Tod«, bemerkte Holmes, als wir am nächsten Abend darüber sprachen. »Und wo bleibt jetzt ihre große Ankündigung?«

»Ich sehe nicht ein, daß sie mit Hopes Gefangennahme viel zu tun hatten«, sagte ich.

»Das, was man auf der Welt tut, hat keine Konsequenzen«, entgegnete mein Gefährte voll Bitterkeit. »Die Frage ist die, wie man die Leute überzeugt, daß man etwas getan habe ... Aber es ist ja egal«, fuhr er heiterer fort, »ich hätte diese Sache um nichts in der Welt missen mögen. In meiner ganzen Erinnerung gibt es keinen besseren Fall als diesen. Er war einfach, doch er hatte einige sehr lehrreiche Aspekte.«

»Einfach!« rief ich.

»Nun ja, anders läßt er sich ja nun wirklich nicht beschreiben«, erwiderte Holmes und lächelte über meine Entrüstung. »Der Beweis für die innere Einfachkeit ist der, daß ich ohne Hilfe, nur mit ein paar sehr normalen Überlegungen in der Lage war, innerhalb von drei Tagen die Hand auf den Verbrecher zu legen.«

»Das ist wahr«, gab ich zu.

»Immer habe ich Ihnen ja erklärt, daß ein gewöhnlicher Umstand immer eher ein Führer als ein Hindernis ist. Löst man ein Problem dieser Art, so ist das Große daran, daß man alles nach rückwärts verfolgen kann. Das ist sehr nützlich und auch sehr leicht, aber es wird wenig praktiziert. In den Alltäglichkeiten des Lebens ist es nützlicher, nach vorne zu denken, und so wird alles andere vernachlässigt. Auf einen, der analytisch denken kann, treffen fünfzig, die nur synthetisch denken.«

»Ich muß bekennen, daß ich Ihnen da nicht recht folgen kann.«

»Damit habe ich auch gar nicht gerechnet. Lassen Sie mich versuchen, es Ihnen zu erklären. Die meisten Leute werden Ihnen, wenn Sie den Ablauf von Ereignissen beschreiben, sofort sagen, wie das Ergebnis sein wird. Sie können im Geist diese Ereignisse zusammensetzen und aus ihnen schließen, was herauskommen muß. Nur wenige Menschen gibt es aber, die aus ihrem innersten Wissen heraus sagen können, welche Schritte zu diesem Ergebnis führen. Das ist es, was ich meine, wenn ich vom analytischen oder vom Rückwärtsdenken spreche.«

»Das verstehe ich.«

»Nun, dies war ein Fall, in dem Sie das Resultat bekamen, und alles andere mußten Sie selbst herausfinden. Ich möchte Ihnen nun die verschiedenen Schritte in meinen Überlegungen erklären. Wir fangen ganz von vorne an. Ich nähere mich, wie Sie wissen, dem Haus zu Fuß, mein Geist ist von Eindrücken völlig frei. Ganz selbstverständlich musterte ich die Straße, und da entdeckte ich, wie ich Ihnen schon erklärte, ganz deutliche Spuren eines Wagens, der während der Nacht dort gewesen sein mußte, wie ich auf Befragen erfuhr. Es war eine Droschke und kein Privatwagen, wie ich feststellte, denn die Räder waren sehr schmal. Die normale Londoner Droschke hat viel schmälere Räder als der Privatwagen eines Gentleman.

Dies war der erste gefundene Punkt. Dann ging ich langsam den Gartenpfad entlang, der zufällig aus lehmiger Erde besteht, und die behält Eindrücke sehr gut. Für

Sie war dies sicher nur ein zertrampelter Pfad, aber für mein geübtes Auge hat jede Spur an der Oberfläche ihre Bedeutung. Es gibt keinen Zweig der kriminalistischen Wissenschaften, der wichtiger wäre und dabei so vernachlässigt wird wie jener der Feststellung von Fußspuren. Zum Glück habe ich immer gerade darauf größten Wert gelegt, und soviel Übung machte mir die Beobachtung zur zweiten Natur. Ich sah die schweren Tritte des Konstablers, aber auch die Spuren zweier Männer, die vor ihm durch den Garten gegangen waren. Es war leicht, zu sagen, daß sie vor den schweren Schritten lagen, weil stellenweise die Spur völlig von der anderen überlagert war. Auf die Art entwickelte sich mein zweites Kettenglied, und das sagte mir, daß die nächtlichen Besucher zu zweit waren. Der eine mußte von bemerkenswerter Größe sein, wie ich aus seiner Schrittlänge schloß, der andere elegant gekleidet, weil seine Stiefel kleine und schmale Eindrücke hinterließen.

Das wurde bestätigt, als wir das Haus betraten, denn der Mann mit den eleganten Stiefeln lag vor mir. Der große Mann hatte also den Mord begangen, denn ein Mord war es. Am Toten war keine Wunde zu sehen, doch die Erregung auf seinem Gesicht versicherte mir, daß er sein Schicksal gesehen hatte, ehe es ihn traf. Menschen, die an einer Herzkrankheit oder an sonst einer natürlichen Ursache sterben, und mag sie noch so plötzlich sein, behalten keine erregte Miene. Nachdem ich an den Lippen des Toten geschnuppert hatte, nahm ich einen säuerlichen Geruch wahr und schloß daraus, daß ihm Gift aufgedrängt worden sein mußte. Daß es Zwang war, schloß ich aus dem Haß und der Angst in seinem Gesicht. Ich schloß alles aus, was ich konnte, und kam zu diesem Ergebnis, weil keine andere Hypothese sich mit den Tatsachen deckte. Glauben Sie mir ja nicht, daß dies eine so einmalige Idee ist. Die zwangsweise Verabreichung von Gift ist in der Kriminalgeschichte nichts Neues. Dolsky, Odessa und Leturier, Montpellier sind jedem Toxikologen bekannt.

Und nun kam die große Frage zum Warum. Nichts fehlte, also war es kein Raubmord. Ging es um Politik oder um eine Frau? Dieser Frage sah ich mich konfrontiert. Von Anfang neigte ich der zweiten Annahme zu. Politische

Mörder tun ihre Arbeit und fliehen. Dieser Mörder hatte, im Gegensatz dazu, alles sehr überlegt getan und überall im Raum seine Spuren hinterlassen, so daß man leicht auf seine Anwesenheit während der ganzen Zeit schließen konnte. Es mußte sich um eine private und nicht um eine politische Tat handeln, denn die Rache war überaus methodisch. Als die Schrift an der Wand entdeckt wurde, bestätigte sie nur meine Meinung. Als der Ring gefunden wurde, war die Frage geklärt. Der Mörder hatte ihn benützt, um das Opfer an eine tote oder abwesende Frau zu erinnern. Und hier fragte ich Gregson, ob er in seinem Telegramm nach Cleveland nach besonderen Punkten in Mr. Drebbers früherer Laufbahn gefragt habe. Er antwortete, wie Sie sich erinnern, mit nein.

Dann untersuchte ich sorgfältig den Raum und fand meine Meinung bezüglich des Täters Größe bestätigt. Ich fand Spuren der Trichinopoly-Zigarre und der Länge seiner Fingernägel. Da es kein Anzeichen für einen Kampf gab, mußte das Blut am Boden aus der Nase des Mörders stammen, der sehr aufgeregt war. Ich konnte auch feststellen, daß sich die Blutspuren mit seinen Fußspuren deckten. Es kommt selten vor, daß ein Mann durch eine Gefühlswallung Nasenbluten bekommt, wenn er nicht gerade sehr vollblütig ist. Deshalb kam ich zur Überzeugung, der Verbrecher müsse ein robuster Mann mit blühender Gesichtsfarbe sein. Es erwies sich, daß dies richtig war.

Als ich das Haus verlassen hatte, tat ich das, was Gregson zu tun versäumt hatte. Ich telegraphierte an den Polizeichef von Cleveland und beschränkte meine Anfrage auf die Umstände der Heirat von Enoch Drebber. Die Antwort war aufschlußreich. Sie sagte mir, Drebber habe bereits um gesetzlichen Schutz vor einem alten Rivalen namens Jefferson Hope nachgesucht, und daß dieser Hope derzeit in Europa sei. Ich wußte nun, daß ich den Schlüssel zu diesem Geheimnis in meiner Hand hatte, und alles, was noch zu tun blieb, war die Sicherstellung des Mörders.

Ich hatte bereits bestimmt, daß der Mann, der mit Drebber in das Haus gegangen war, kein anderer als der Kutscher des Wagens gewesen sein konnte. Die Spuren auf der Straße zeigten mir, daß das Pferd weitergegangen war, wie es das nur tun konnte, wenn keiner aufpaßt. Wo konnte dann der Kutscher sein, wenn nicht im Haus? Und es wäre absurd gewesen, ein überlegtes Verbrechen unter den Augen eines Dritten auszuführen, der ihn doch mit Sicherheit verraten würde. Und angenommen, ein Mann wollte einen anderen durch London verfolgen, wie konnte er das besser tun als in der Maske eines Droschenkutschers? Alle diese Überlegungen führten mich zum unausweichlichen Schluß, daß Jefferson Hope unter den Kutschern der Metropole zu finden sein mußte.

Es gab keinen Grund, zu glauben, er sei es nicht mehr. Ganz im Gegenteil, eine plötzliche Veränderung mußte auch von seinem Standpunkt aus gesehen die Aufmerksamkeit einiger Leute auf sich ziehen. Wenigstens für einige Zeit noch würde er dieser Beschäftigung nachgehen. Es gab auch keinen Grund für die Annahme, er könne unter einem angenommenen Namen hier leben. Warum sollte er in einem Land den Namen ändern, wo keiner seinen richtigen kannte? Deshalb setzte ich mein Straßenaraberkorps ein und schickte sie systematisch zu jedem Droschkenbesitzer in London, bis sie den Mann fanden, den ich wollte. Wie gut ihnen das gelang und wie schnell ich meinen Vorteil ausnützte, wissen Sie ja noch. Der Mord an Stangerson war ein Vorfall, der ganz und gar unerwartet kam, doch verhütet werden konnte er auf keinen Fall. Durch ihn kam ich, wie Sie ja wissen, in den Besitz der Pillen, deren Existenz ich ja schon geahnt hatte. Sehen Sie, das ist eine ganze Kette logischer Folgerungen ohne Makel und ohne Schwäche.«

»Das ist ja wundervoll!« rief ich. »Ihre Verdienste sollten doch wirklich öffentlich anerkannt werden. Sie müßten einen Artikel über den Fall schreiben. Wenn Sie das nicht wollen, werde ich es für Sie tun.«

»Lieber Doktor, Sie können tun, was Sie wollen. Schauen Sie.« Er reichte mir eine Zeitung. »Hier, lesen Sie.«

Es war das *Echo* vom gleichen Tag, und der Absatz, den er mir zeigte, bezog sich auf den vorliegenden Fall.

»Die Öffentlichkeit«, hieß es da, »hat einen Sensationsprozeß verloren durch den plötzlichen Tod des Mannes Hope, in dem man den Mörder von Mr. Enoch Drebber und Mr. Joseph Stangerson vermutete. Die Einzelheiten des Falles werden jetzt wohl nie mehr bekannt werden, obwohl wir aus zuverlässiger Quelle erfahren, daß das Verbrechen das Ergebnis einer alten romantischen Feindschaft war, an der Liebe und die Mormonensekte beteiligt sind. Es scheint, als hätten beide Opfer in jungen Jahren den Heiligen der Letzten Tage angehört, und Hope, der verstorbene Gefangene, kommt ebenfalls aus Salt Lake City. Wenn auch der Fall vielleicht nichts anderes mehr bewirkt, so bringt er uns doch auf das Deutlichste die Tüchtigkeit unserer Polizei zu Bewußtsein und ist für jene Fremden eine Lehre, die besser daran tun, ihre Streitigkeiten zu Hause auszukämpfen, statt sie auf britischem Boden auszutragen. Es ist ein offenes Geheimnis, daß das Verdienst an der Gefangennahme des Mörders unseren bekannten Beamten von Scotland Yard, den Herren Lestrade und Gregson, zukommt. Der Mann wurde, so scheint es, gestellt in der Wohnung eines gewissen Sherlock Holmes, der als Amateur einiges Talent als Detektiv zeigte und der bei solchen Lehrmeistern mit der Zeit auch hoffen kann, bis zu einem gewissen Grad deren Geschicklichkeit zu erreichen. Man erwartet, daß die beiden Beamten in Anerkennung ihrer Dienste eine Belobigung erhalten.«

»Habe ich Ihnen das nicht gleich von Anfang an gesagt?« rief Sherlock Holmes lachend. »Das ganze Ergebnis unserer Studie in Scharlachrot ist eine Belobigung für die beiden.«

»Ist doch unwichtig«, antwortete ich. »In meinem Tagebuch habe ich alle Einzelheiten genau aufgeschrieben, und das Publikum wird sie rechtzeitig erfahren. Inzwischen müssen Sie sich eben zufriedengeben mit dem Bewußtsein Ihres Erfolges ...«

Ein Fall von Identität

»Mein lieber Freund«, sagte Sherlock Holmes, als wir links und rechts vom Feuer im Wohnzimmer der Baker Street saßen, »das Leben ist sehr viel merkwürdiger als irgend etwas, das sich der menschliche Geist ausdenken kann. Wir würden es gar nicht wagen, uns etwas zurechtzulegen, das ganz alltäglich ist. Wenn wir Hand in Hand aus diesem Fenster hinausfliegen und über diese große Stadt schweben könnten, um leise die Dächer wegzuschieben und auf die seltsamen Dinge hinabzulugen, die da unten vorgehen, auf die sonderbarsten Zufälle, die Planungen, die Querzwecke, die wunderbaren Ketten der Ereignisse, die durch Generationen hindurch wirken und zu den außergewöhnlichsten Resultaten führen — mein Lieber, dann wäre alle Fiktion mit ihren Konventionalitäten und vorhersehbaren Schlüssen abgestanden und völlig nutzlos.«

»Und doch bin ich noch nicht überzeugt«, antwortete ich. »Jene Fälle, die in den Zeitungen erscheinen, sind in der Regel vulgär und nackt. Unsere Polizeiberichte schieben den Realismus bis an die äußersten Grenzen hinaus, und doch muß zugegeben werden, daß das Ergebnis weder faszinierend noch irgendwie künstlerisch ist.«

»Eine gewisse Auswahl und einige Fähigkeiten sind nötig, um eine realistische Wirkung zu erzielen«, bemerkte Holmes. »Das fehlt in den Polizeiberichten, denn da wird viel größeres Gewicht auf die Plattitüden des Polizeirichters gelegt als auf wichtige Einzelheiten, die ein Beobachter sogar als überaus wichtig erkennen kann, an denen die ganze Sache sogar hängt. Verlaß dich drauf, es gibt nichts so Unnatürliches wie einen Allgemeinplatz.«

Ich lächelte und schüttelte den Kopf. »Ich verstehe deine Denkweise recht gut«, sage ich. »Natürlich kommst du in deiner Stellung als inoffizieller Berater und Helfer für jeden, der sich vor einem Rätsel sieht, und das auf drei Kontinenten, mit all diesen Seltsamkeiten, diesem Bizarren in Kontakt. Aber hier ...« — ich hob die Morgenzeitung vom Boden auf — »wollen wir doch einmal einen praktischen Test machen. Hier ist die erste Balkenüberschrift GRAUSAMKEIT EINES EHEMANNES GEGENÜBER SEINER FRAU. Eine halbe Spalte nimmt der Artikel ein, doch ich brauche ihn nicht zu lesen, denn der Inhalt ist mir schon vertraut. Natürlich gibt es eine andere Frau, der Mann trinkt, er stößt sie, der Schlag, die Striemen, die mitleidlose Schwester oder Hausfrau. Der gröbste Schreiberling könnte nichts Gröberes erfinden.«

»Dein Beispiel ist für unsere Diskussion nicht besonders glücklich«, erwiderte Holmes, nahm das Zeitungsblatt und warf einen Blick darauf. »Das ist der Scheidungsfall Dundas, und zufällig hatte ich einige Kleinigkeiten im Zusammenhang damit aufzuklären. Der Mann war ein Abstinenzler, eine andere Frau gab es nicht, und seine Grausamkeit bestand darin, daß er bei jeder Mahlzeit sein falsches Gebiß herausnahm und es seiner Frau nachwarf. Du mußt zugeben, ein durchschnittlicher Geschichtenerzähler kommt nicht auf solche Dinge. Doktor, nimm eine Prise, und gib zu, daß ich dein Beispiel übertroffen habe.«

Er hielt mir seine Schnupftabaksdose entgegen. Sie war aus Altgold und hatte in der Deckelmitte einen großen Amethysten. Es war ein überaus prächtiges Stück, das in starkem Gegensatz zu unserem einfachen Leben stand, so daß ich mir eine Bemerkung darüber nicht versagen konnte.

»Ah!« rief er, »ich vergaß ganz, daß ich dich einige Wochen lang ja nicht gesehen hatte. Es ist ein kleines Erinnerungsstück vom böhmischen König, weil ich ihm mit den Irene Adler-Papieren geholfen habe.«

»Und der Ring?« fragte ich und musterte einen bemerkenswerten Brillanten, der an seinem Finger funkelte.

»Der war von der regierenden Familie von Holland, aber die Angelegenheit, in der ich ihr dienen konnte, war so delikat, daß ich sie nicht einmal dir anvertrauen darf, der doch so liebenswürdig war, ein paar meiner kleinen Probleme aufzuzeichnen.«

»Und hast du im Moment kein Problem?« fragte ich interessiert.

»So ungefähr zehn oder zwölf, aber keines davon ist übermäßig interessant. Wichtig sind sie wohl, verstehst du, aber wirklich ohne jedes Interesse. Ich habe sogar herausgefunden, daß es meistens die unwichtigen Dinge sind, bei denen es ein weitläufiges Feld für Beobachtungen gibt und auch für eine rasche Analyse von Ursache und Wirkung, die für eine Ermittlung von ganz besonderem Reiz ist. Die großen Verbrechen neigen meistens dazu, einfacher zu sein, denn das große Verbrechen, das sichtbare, hat auch meistens ein stärkeres Motiv. Oder: je größer das Verbrechen, desto offensichtlicher das Motiv. In diesen Fällen gibt es meistens nichts von großem Interesse, eine sehr komplizierte Sache ausgenommen, die mir von Marseille aus übergeben wurde. Es könnte jedoch sein, daß ich, ehe noch eine Handvoll Minuten vergangen ist, etwas Besseres für dich habe, denn hier kommt einer meiner Klienten, wenn ich nicht irre.«

Er war aufgestanden und schaute nun hinab auf die trübselige, farblose Londoner Straße. Ich sah ihm über die Schulter und entdeckte auf dem Gehsteig gegenüber eine große, breite Frau mit einer schweren Pelzboa um den Hals und einer riesigen, wippenden roten Feder an ihrem breitrandigen Hut, den sie auf kecke Art schräg auf ihr Ohr gesetzt hatte.

Unter diesem breiten Schutzschild lugte sie hervor und musterte halb heimlich, halb nervös und zögernd unsere Fenster, während sie den Körper vor und zurück wiegte und ihre Finger an den Handschuhknöpfen herumspielten. Plötzlich tat sie einen Satz wie ein Schwimmer, der sich vom Ufer abstößt, und eilte über die Straße. Gleich darauf hörten wir den scharfen Klang der Glocke.

»Diese Symptome kenne ich von früher«, bemerkte Holmes und warf seine Zigarette ins Feuer. »Ein solches Schwanken auf dem Gehsteig bedeutet immer eine Herzensaffäre. Sie hätte gerne einen Rat, ist aber nicht sicher, ob die Sache nicht doch zu delikat ist, um sie mit anderen zu besprechen. Und doch müssen wir auch hier deutliche Unterschiede machen. Wenn einer Frau durch einen Mann ernstliches Unrecht zugefügt wurde, schwankt sie nicht mehr, und das übliche Symptom ist ein gebrochener Glockendraht. Wir können also annehmen, daß es sich um eine Liebesgeschichte handelt, doch das Mädchen ist nicht so zornig wie etwa verblüfft oder auch bekümmert. Aber hier ist sie ja schon persönlich, um unsere Zweifel zu beseitigen.«

Während er noch sprach, hörten wir ein Klopfen an der Tür, und der Hausjunge trat ein, um Miß Mary Sutherland anzukündigen, während die Dame selbst hinter der kleinen Gestalt wie ein voll aufgetakeltes Handelsschiff hinter einem kleinen Pilotenboot dräute. Sherlock Holmes hieß sie mit der leichten Höflichkeit willkommen, die an ihm so bemerkenswert war. Er schloß die Tür, führte sie zu einem Armstuhl und musterte sie dabei auf die unauffällige, etwas abstrakte Art, die ihm eigen war.

»Finden Sie nicht auch, daß es bei Ihrer Kurzsichtigkeit sehr anstrengend ist, so viel auf der Maschine zu schreiben?« fragte er.

»Das tat ich anfangs, aber jetzt weiß ich auch ohne zu schauen, wo die Buchstaben sind«, antwortete sie. Nachträglich erschrak sie über seine Worte und schaute voll Ängstlichkeit und Staunen zu ihm auf. »Sie müssen also schon von mir gehört haben, Mr. Holmes«, rief sie, »sonst wüßten Sie das doch alles gar nicht.«

»Wissen Sie, es gehört zu meinem Geschäft, alles mögliche zu wissen«, erwiderte Holmes lachend. »Vielleicht habe ich mich nur selbst dazu erzogen, das zu sehen, was andere übersehen. Und wäre das nicht so, weshalb wären Sie dann zu mir gekommen, mich um Rat zu fragen?«

»Ich kam zu Ihnen, Sir, weil ich von Mrs. Etherege über Sie hörte. Deren Mann fanden Sie so leicht, als Polizei und alle übrigen ihn schon als tot aufgegeben hatten. Oh, Mr. Holmes, ich wollte, Sie könnten soviel auch für mich tun. Ich bin nicht reich, habe aber doch selbst ein Einkommen von hundert pro Jahr neben dem Wenigen, das ich mir mit der Maschine verdiene, und ich würde dies alles geben, um zu erfahren, was aus Mr. Hosmer Angel wurde.«

»Warum kamen Sie so übereilt zu mir?« fragte Sherlock Holmes, legte die Fingerspitzen aneinander und schaute zum Plafond hinauf.

Wieder sah sie irgendwie erschreckt drein. »Ja, ich stürzte aus dem Haus«, sagte sie, »denn es machte mich zornig, als ich sah, wie Mr. Windibank — das ist mein Vater — das alles nahm. Er wollte nicht einmal zur Polizei gehen, auch nicht zu Ihnen, und wollte überhaupt nichts tun, denn er sagte, es sei ja kein Schaden angerichtet worden. Ja, da wurde ich verrückt, und so warf ich mir ein paar Sachen über und kam schnurstracks zu Ihnen.«

»Ihr Vater?« fragte Holmes. »Ihr Stiefvater sicherlich, da ja der Name anders ist.«

»Ja, mein Stiefvater. Ich sage nur Vater zu ihm, obwohl dies sehr komisch klingt, denn er ist nur fünf Jahre und zwei Monate älter als ich.«

»Und Ihre Mutter lebt noch?«

»Oh, ja. Mutter lebt und ist bei guter Gesundheit. Ich war wirklich nicht besonders erfreut, Mr. Holmes, als sie so kurz nach meines Vaters Tod wieder heiratete, noch dazu einen Mann, der nahezu fünfzehn Jahre jünger war als sie. Vater war in der Tottenham Road Klempner, und er ließ ein gutes Geschäft zurück, das meine Mutter mit Mr. Hardy, dem Vorarbeiter, weiterführte. Aber als Mr. Windibank daherkam, veranlaßte er sie, das Geschäft zu verkaufen, denn er war Weinreisender und glaubte sich ihr sehr überlegen. Viertausendsiebenhundert bekamen sie für das Geschäft, doch das war nicht annähernd soviel, wie Vater bekommen hätte, wäre er noch am Leben gewesen.«

Ich hatte schon geglaubt, Holmes werde ungeduldig bei diesen weitschweifigen und wenig konsequenten Erzählungen, doch ganz im Gegenteil: er hörte ihr sehr konzentriert und aufmerksam zu.

»Und Ihr eigenes kleines Einkommen — stammt das aus dem Geschäft?« fragte er.

»Oh, nein, Sir! Das ist etwas ganz anderes. Es wurde mir von meinem Onkel Ned in Auckland hinterlassen. Es ist an der Börse von Neuseeland und bringt viereinhalb Prozent. Zweitausendfünfhundert Pfund war der Betrag, aber ich kann nur über die Zinsen verfügen.«

»Das interessiert mich ungeheuer«, sagte Holmes. »Und da Sie eine so große Summe wie hundert pro Jahr haben, noch etwas dazuverdienen und sicher auch ein wenig reisen, müssen Sie ganz gut zurechtkommen. Ich glaube, daß eine alleinstehende Dame mit sechzig Pfund im Jahr ganz gut auskommen kann.«

»Ich käme auch mit viel weniger aus, Mr. Holmes, aber Sie verstehen, solange ich noch zu Hause lebe, will ich ihnen keine Last sein, so daß sie über das Geld verfügen können, solange ich bei ihnen bin. Natürlich ist das nur auf diese Zeit beschränkt. Mr. Windibank hebt die Zinsen vierteljährlich ab und gibt sie an Mutter weiter, und ich finde, ich komme gut mit dem zurecht, was ich mit Maschinenschreiben verdiene. Für ein Blatt bekomme ich Twopence, und oft kann ich zwischen fünfzehn und zwanzig Blatt im Tag schreiben.«

»Sie haben Ihre Position sehr klar umrissen«, sagte Holmes. »Das ist mein Freund Dr. Watson, vor dem Sie so offen sprechen können wie vor mir selbst. Bitte, wollen Sie uns jetzt alles über Ihre Beziehung zu Mr. Hosmer Angel erzählen.«

Miß Sutherland wurde rot, und sie zupfte nervös an ihrem Jackensaum. »Ich hab' ihn kennengelernt auf dem Ball der Gasinstallateure«, sagte sie. »Vater bekam dazu immer die Eintrittskarten, solange er noch lebte, und auch danach schickten sie immer ein paar an Mutter. Mr. Windibank wollte nicht mit uns gehen. Er ging niemals mit uns irgendwohin. Wenn ich ihm zumutete, er solle mit uns zu einer Veranstaltung der Sonntagsschule gehen, wurde er richtiggehend verrückt. Aber diesmal war ich einfach zu gehen entschlossen, und ich wollte auch gehen, denn wie sollte er es mir verbieten können? Er sagte, die Leute seien für uns nicht passend, weil Vaters alte Freunde kommen würden. Und er sagte, ich hätte auch nichts anzuziehen, und dabei habe ich doch meinen purpurnen Plüsch, den ich kaum noch aus der Schublade genommen hatte. Und als gar nichts nützen wollte, reiste er in Geschäften seiner Firma nach Frankreich. Aber wir gingen, Mutter und ich, zusammen mit Mr. Hardy, der damals doch unser Vorarbeiter war, und dort lernte ich dann Mr. Hosmer Angel kennen.«

»Ich nehme an, als Mr. Windibank von Frankreich zurückkam, war er sehr böse, weil Sie zum Ball gegangen waren?« fragte Mr. Holmes.

»Oh, natürlich«, meinte sie lachend, »er war sehr gut darin. Ich kann mich erinnern, daß er lachte und die Achseln zuckte, und er sagte, einer Frau könne man sowieso nichts verbieten, weil die ja doch ihren Kopf durchsetze.«

»Ah, ich verstehe. Dann lernten Sie also bei diesem Ball, wie ich hörte, einen Gentleman namens Mr. Hosmer Angel kennen?«

»Ja, Sir. Ich lernte ihn an diesem Abend kennen, und am

nächsten Tag kam er zu Besuch, um sich zu erkundigen, ob wir auch gut zu Hause angekommen seien, und danach trafen wir ihn — das heißt, Mr. Holmes, traf ich ihn zweimal zu einem Spaziergang, aber als Vater wieder zurück war, konnte Mr. Hosmer Angel nicht mehr zum Haus kommen.«

»Nein?«

»Wissen Sie, Vater mochte solche Dinge einfach nicht. Er wollte keine Besucher haben, wenn es irgendwie zu vermeiden war, und er sagte immer, eine Frau solle sich in ihrem eigenen Familienkreis glücklich fühlen. Aber ich sagte zu Mutter, jede Frau möchte auch ihre eigene Familie haben, und ich hatte ja die meine noch nicht bekommen.«

»Aber was ist mit Mr. Hosmer Angel? Hat er denn keinen Versuch unternommen, Sie zu besuchen?«

»Nun ja, Vater sollte in einer Woche wieder nach Frankreich reisen, und Hosmer schrieb, es sei sicherer und besser, wir sähen uns nicht, bis er wieder fort wäre. Wir konnten uns inzwischen ja schreiben, und er schrieb auch täglich. Ich nahm die Briefe am Morgen entgegen, also brauchte Vater nichts davon zu wissen.«

»Waren Sie um diese Zeit schon mit dem Gentleman verlobt?«

»Oh, ja, Mr. Holmes. Wir waren verlobt nach unserem ersten Spaziergang. Hosmer — Mr. Angel — war Kassierer in einem Büro der Leadenhall Street und ...«

»Welches Büro?«

»Das ist ja das Schlimme, Mr. Holmes. Das weiß ich nicht.«

»Wo wohnte er?«

»Er schlief im Haus der Firma.«

»Und die Adresse wissen Sie nicht?«

»Nein. Ich weiß nur, daß es die Leadenhall Street war.«

»Wohin haben Sie Ihre Briefe gerichtet?«

»An das Postamt der Leadenhall Street, wo er sie abholte. Er sagte, würde ich sie an das Büro schicken, so würden ihn die anderen Angestellten nur aufziehen, weil er Briefe von einer Dame bekam; ich bot ihm also an, sie mit der Maschine zu schreiben, und mit den seinen hielt er es ebenso. Aber er wollte das nicht, denn er meinte, wenn ich sie persönlich schriebe, dann wisse er, daß sie von mir seien, und bei einem maschinengeschriebenen Brief habe er das Gefühl, eine Maschine stehe zwischen uns. Das zeigt Ihnen ja, wie gern er mich hatte, Mr. Holmes, und daß er auch an Kleinigkeiten dachte.«

»Das war überaus suggestiv«, antwortete Holmes. »Es ist schon lange meine Auffassung, daß gerade die kleinsten Dinge die allerwichtigsten sind. Können Sie sich auch an andere Kleinigkeiten erinnern um Mr. Hosmer Angel?«

»Er war ein sehr schüchterner Mann, Mr. Holmes. Lieber ging er abends mit mir spazieren als bei Tag, denn er sagte, er hasse es, aufzufallen. Er war überaus zurückhaltend und benahm sich immer wie ein Gentleman. Selbst seine Stimme war sanft. Er hatte als Junge Halsbräune und geschwollene Drüsen, hat er mir erzählt, und davon blieb ein schwacher Hals zurück mit einer wispernden, zögernden Sprechweise. Immer war er gut gekleidet, sehr adrett und einfach, aber auch seine Augen waren schwach, genau wie die meinen, und gegen die Sonne trug er getönte Gläser.«

»Und was geschah, als Mr. Windibank, Ihr Stiefvater, nach Frankreich zurückkehrte?«

»Mr. Hosmer Angel kam wieder zum Haus und schlug vor, wir sollten heiraten, ehe er zurückkomme. Er meinte das absolut ernst und ließ mich schwören mit meinen Händen auf der Bibel, daß ich ihm immer treu bleiben werde, komme, was da wolle. Mutter sagte, er habe recht getan, mich schwören zu lassen, und das sei ein Beweis seiner Leidenschaft. Mutter war von Anfang an ganz für ihn, und sie hatte ihn vielleicht noch lieber als ich. Dann, als sie darüber sprachen, daß wir innerhalb einer Woche heiraten wollten, begann ich wegen Vater zu fragen. Aber beide sagten, ich solle mir seinetwegen keine Gedanken machen, sondern es ihm nur nachher sagen, und Mutter versprach, sie werde alles richtig machen mit ihm. Mr. Holmes, sehr gefallen hat mir das nicht. Mir erschien es seltsam, daß ich um seine Erlaubnis bitten sollte, wo er doch nur ein paar Jahre älter war als ich, aber ich wollte nichts heimlich tun, und so schrieb ich an Vater nach Bordeaux, wo die Firma ihr französisches Büro hat, aber der Brief kam zu mir zurück am Morgen unserer Hochzeit.«

»Er hat ihn also verfehlt?«

»Ja, Sir. Vor der Ankunft des Briefes reiste er nach England ab.«

»Ha! Das war aber ein unglücklicher Zufall. Ihre Hochzeit war also für den Freitag vorgesehen. Sollte sie in der Kirche sein?«

»Ja, Sir, aber sehr still. In St. Saviour's in der Nähe von King's Cross, und danach wollten wir ein Frühstück im St. Pancras Hotel haben. Hosmer kam in einem Hansom, doch da wir zu zweit waren, setzte er uns beide hinein und bestieg einen Vierräderwagen, der zufällig die einzige Droschke in der ganzen Straße war. Wir waren zuerst bei der Kirche, und als der Vierräder heranfuhr, warteten wir darauf, daß er aussteige, aber als der Kutscher abstieg und nachschaute, war keiner drinnen! Der Kutscher sagte, er könne sich nicht vorstellen, was aus ihm geworden sei, denn er hatte ihn mit eigenen Augen beim Einsteigen gesehen.

Das war am letzten Freitag, Mr. Holmes, und seitdem habe ich nichts mehr von ihm gesehen oder gehört und es gibt nichts, das etwas Licht darauf werfen könne, was aus ihm geworden ist.«

»Mir scheint, Sie wurden da ganz schamlos betrogen«, sagte Holmes.

»Oh, nein, Sir! Er war viel zu gut und freundlich, mir das anzutun! Nun, den ganzen Morgen hindurch sagte er, ich müsse ihm treu bleiben, egal was auch geschehe, und selbst wenn etwas Unvorhergesehenes geschähe, das uns trennen sollte, müsse ich immer an das denken, was ich ihm geschworen hatte, und früher oder später würde er mich dann schon an meinen Schwur erinnern. Für einen Hochzeitsmorgen erschien mir das als eine merkwürdige Unterhaltung, aber was seither passierte, verlieh ihm doch eine gewisse Bedeutung.«

»Aber ganz gewiß. Ihre eigene Meinung geht also dahin, daß ihn irgendeine unvorhergesehene Katastrophe betroffen hat?«

»Ja, Sir. Ich glaube, er ahnte eine Gefahr, sonst hätte er doch nicht so gesprochen. Und dann denke ich, was er vorhersah, das geschah dann auch.«

»Aber Sie haben keine Ahnung, was es gewesen sein konnte?«

»Keine.«

»Noch eine Frage. Wie nahm Ihre Mutter die Sache auf?«

»Sie war zornig und sagte, ich dürfe niemals mehr darüber sprechen.«

»Und Ihr Vater? Sagten Sie es ihm?«

»Ja, und er schien, genau wie ich, zu denken, etwas müsse geschehen sein, und ich würde sicher bald von Hosmer wieder hören. Welches Interesse, meinte er, könne jemand haben, mich bis an die Kirchentür zu bringen und mich dann zu verlassen? Hätte er Geld von mir geborgt, oder hätte unsere Hochzeit schon stattgefunden, so daß also mein Geld zu seiner Verfügung stand, so gäbe es vielleicht einen Grund; aber Hosmer war bezüglich Geld sehr unabhängig und hätte nie einen Shilling von mir auch nur angesehen. Und doch — was könnte nur geschehen sein? Und warum konnte er nicht schreiben? Oh, es macht mich halb verrückt, daran zu denken, und nachts kann ich kein Auge zutun.« Sie zog ein kleines Taschentuch aus ihrem Muff und begann hineinzuweinen.

»Ich werde mich für Sie mit diesem Fall beschäftigen«, versprach Holmes und stand auf. »Ich zweifle nicht daran, daß wir zu einem Ergebnis gelangen. Überlassen Sie die Angelegenheit nunmehr mir, und lassen Sie sich von ihrem Gewicht nicht mehr drücken. Und Sie lassen vor allem Mr. Hosmer Angel aus Ihrem Gedächtnis verschwinden, wie er aus Ihrem Leben verschwunden ist.«

»Dann glauben Sie also, ich werde ihn nicht wiedersehen?«

»Ich fürchte nein.«

»Was könnte nur mit ihm geschehen sein?«

»Überlassen Sie diese Frage ganz mir. Ich brauche nur noch eine sehr genaue Beschreibung von ihm und etwa Briefe, die Sie mir überlassen können.«

»In der letzten Wochenendausgabe des *Chronicle* habe ich für ihn ein Inserat aufgegeben. Hier ist der Abschnitt, und hier sind vier Briefe von ihm.«

»Danke sehr. Und Ihre Adresse?«

»Lyon Place No. 31, Camberwell.«

»Mr. Angels Adresse hatten Sie ja nie, wie Sie sagten. Wo ist das Geschäft Ihres Vaters?«

»Er reist für Westhouse & Marbank, den großen Claret-Importeuren an der Fenchurch Street.«

»Danke. Sie haben sehr klare Angaben gemacht. Sie lassen die Papiere bei mir und erinnern sich meines Rates. Lassen Sie den ganzen Fall ein versiegeltes Buch sein, und erlauben Sie nicht, daß er sich auf Ihr Leben auswirkt.«

»Sie sind sehr freundlich, Mr. Holmes, doch das kann ich nicht tun. Ich werde Hosmer treu sein. Er wird mich für ihn bereit finden, wenn er zurückkommt.«

Trotz des ungeheuerlichen Hutes und des nichtssagenden Gesichtes war in ihrem einfachen Glauben etwas Nobles, das unseren Respekt verdiente. Sie legte ihre Papiere auf den Tisch und ging ihrer Wege mit dem Versprechen, wiederzukommen, sobald sie gerufen werde.

Sherlock Holmes saß eine Weile schweigend da, die Fingerspitzen aneinandergelegt, die Beine vor sich ausgestreckt, den Blick zum Plafond gerichtet. Dann nahm er seine alte, ölige Tonpfeife aus dem Regal, die für ihn eine Art Berater war, und als sie brannte, lehnte er sich zurück und blies dicke blaue Wolken von sich.

»Eine interessante Studie, dieses Mädchen«, sagte er und sah trotzdem irgendwie müde oder gelangweilt drein. »Ich fand sie interessanter als ihr kleines Problem, das übrigens ziemlich banal ist. Parallelfälle findest du genug, wenn du meine Unterlagen studierst, etwa Andover, '77, und ein ähnlicher Fall ereignete sich in Den Haag im vergangenen Jahr. Die Idee an sich ist uralt, jedoch waren mir ein paar Details neu. Aber das Mädchen selbst war außerordentlich instruktiv.«

»Du scheinst ziemlich viel in ihr gelesen zu haben, was für mich unsichtbar blieb«, bemerkte ich.

»Nicht unsichtbar, Watson, nur unbemerkt. Du wußtest nicht, wohin du schauen solltest, und so ist dir alles entgangen, was wichtig war. Ich kann es dir nie beibringen, wie wichtig zum Beispiel Ärmel sind, wie suggestiv Finger-, besonders Daumennägel, oder die Schlüsse, die aus Schuhbändern zu ziehen sind. Nun, was hast du aus der Erscheinung dieser Frau geschlossen? Beschreibe es!«

»Nun, sie hatte einen schieferfarbenen breitrandigen

Strohhut mit einer Feder von etwa ziegelroter Farbe. Ihre Jacke war schwarz mit schwarzen aufgenähten Perlen und einem Fransenrand aus kleinen schwarzen Jetornamenten. Ihr Kleid war braun, ziemlich viel dunkler als die Farbe von Kaffee mit etwas purpurnem Plüsch an Hals und Ärmeln. Ihre Handschuhe waren von einer grauen Farbe und am rechten Zeigefinger durchgewetzt. Die Schuhe habe ich nicht beobachtet. Sie hatte kleine, runde Hängeohrringe und machte den Eindruck, es gehe ihr gut, wenn auch auf etwas vulgäre, behagliche, leichte Art.«

Sherlock Holmes klatschte leise in die Hände und lachte.

»Mein Wort, Watson, du kommst wundervoll voran! Du hast es sogar sehr gut gemacht. Es ist wahr, daß du alles Wichtige übersehen hast, aber du hast ein gutes Auge für Farben, und die Methode hast du auch erfaßt. Aber traue nie einem allgemeinen Eindruck, mein Junge, sondern konzentriere dich auf Einzelheiten. Mein erster Blick gilt immer den Ärmeln einer Frau. Bei einem Mann ist es vielleicht besser, zuerst die Hosenknie zu mustern. Du hast bemerkt, diese Frau hatte Plüsch am Ärmel, und das ist ein sehr nützliches Material für Spuren. Die Doppellinie über dem Handgelenk, wo sich die Maschinenschreiberin gegen den Tisch drückt, war sehr klar abgezeichnet. Ähnliche Spuren hinterläßt die handgetriebene Nähmaschine, jedoch nur am linken Arm und an der Seite, die am weitesten vom Daumen entfernt ist, statt direkt gegenüber dem breitesten Teil, wie bei ihr. Dann besah ich mir ihr Gesicht. Ich bemerkte den Eindruck eines Kneifers links und rechts an ihrer Nase, deshalb machte ich auch die Bemerkung über ihre Kurzsichtigkeit und das Maschineschreiben, und die schien sie zu überraschen.«

»Mich hat sie auch überrascht.«

»Aber es lag doch deutlich auf der Hand. Und dann war ich auf einen Blick erstaunt und interessiert, als ich ihre Stiefelchen besah, die ziemlich seltsam waren, denn einer hatte eine etwas verzierte Zehenkappe, der andere eine glatte. Einer war nur in den zwei unteren Knöpfen zugeknöpft, der andere am ersten, dritten und fünften Knopf. Wenn du nun siehst, daß eine junge Dame, die sonst sehr sauber gekleidet ist, von zu Hause mit merkwürdigen

Stiefeln kam, die noch dazu nur halb zugeknöpft sind, so ist es nicht sehr schwierig festzustellen, daß sie in größter Eile war.«

»Und was sonst noch?« fragte ich äußerst interessiert, wie ich es immer war, wenn mein Freund seine Beobachtungen vortrug.

»Ich bemerkte auch im Vorübergehen, daß sie, ehe sie von zu Hause wegging, eine Notiz schrieb, aber dazu ganz angezogen war. Du bemerktest richtig, daß ihr rechter Handschuh am Zeigefinger durchgewetzt war, doch du stelltest offensichtlich nicht fest, daß beide, Handschuh und Finger, violette Tintenflecken hatten. Sie hatte also sehr eilig geschrieben und die Feder zu tief eingetaucht. Das muß heute früh gewesen sein, weil sonst der Tintenfleck nicht an ihrem Finger gewesen wäre. All das ist amüsant, wenn auch eine grundlegende Beobachtung, aber ich muß mich wieder an das Geschäft begeben, Watson. Würde es dir etwas ausmachen, mir die Vermißtenanzeige aus der Zeitung vorzulesen?«

Ich hielt den kleinen bedruckten Abschnitt ins Licht. »Vermißt«, hieß es da, »am Morgen des Vierzehnten, ein Gentleman namens Hosmer Angel. Ungefähr fünf Fuß sieben Zoll groß, kräftig gebaut, blasse Gesichtsfarbe, schwarzes Haar, am Wirbel etwas kahl, buschiger schwarzer Backen- und Schnurrbart; getönte Brille; leichter Sprachfehler. War, als er zuletzt gesehen wurde, in schwarzen Frack gekleidet, mit Seide ausgeschlagen, schwarze Weste, goldene Uhrkette, graue Hosen aus Harris Tweed, braune Gamaschen über Stiefeln mit Gummizug. War beschäftigt in einem Büro an der Leadenhall Street. Jeder, der Nachricht bringt ...«

»Das genügt«, unterbrach mich Holmes. »Und die Briefe ...« Er überflog sie kurz. »Die Briefe sind sehr allgemein gehalten. Keine besondere Charakterisierung von Mr. Angel, außer daß er einmal Balzac zitiert. Ein bemerkenswerter Punkt ist jedoch zu verzeichnen, der dich bestimmt überraschen wird.«

»Sie sind mit der Maschine geschrieben«, sagte ich.

»Nicht nur das, sondern auch die Unterschrift ist mit der Maschine geschrieben. Schau dir doch mal die saubere kleine Unterschrift ‚Hosmer Angel' ganz unten an. Ein

Datum ist da, aber außer Leadenhall Street, und das ist ziemlich vage, gibt es keinen Hinweis. Der Punkt bezüglich der Unterschrift ist recht suggestiv, ich möchte ihn sogar konklusiv nennen.«

»In welcher Beziehung?«

»Mein lieber Freund, siehst du nicht, wie sehr sich das auf den Fall auswirkt?«

»Ich kann nicht sagen, daß ich das sehe, außer er wünschte sich herauswinden zu können, falls gegen ihn etwas unternommen werden sollte wegen Bruches eines Heiratsversprechens.«

»Nein, das war nicht der Grund. Ich werde jedoch zwei Briefe schreiben, die diese Angelegenheit erledigen müßten. Der eine geht an eine Firma in der City, der andere an den Stiefvater der jungen Dame, Mr. Windibank, in dem ich ihn bitte, ob er morgen gegen sechs Uhr abends hierher kommen könnte. Wir müssen uns mit den männlichen Verwandten befassen. Und jetzt, Doktor, können wir gar nichts tun, ehe wir die Antworten auf diese Briefe haben, so daß wir inzwischen unser kleines Problem beiseitelegen können.«

Ich hatte sehr viele Gründe, an die ungewöhnlichen logischen Kräfte meines Freundes zu glauben, auch an seine außergewöhnliche Energie, so daß ich überzeugt war, er müsse ganz bestimmte und schwerwiegende Gründe haben für die sehr sichere und leichthändige Art, mit der er dieses einmalige Mysterium behandelte, das er aufklären sollte. Nur einmal weiß ich, daß er einen Mißerfolg zu verzeichnen hatte, und das war im Fall des Königs von Böhmen und des Photos von Irene Adler, doch als ich auf die sonderbare Angelegenheit »Das Zeichen der Vier« und »Studie in Scharlachrot« zurückkam, hatte ich das Gefühl, es müsse schon eine recht ausgesprochene Verwirrung sein, wenn er die Sache nicht auseinanderklauben könne.

Ich verließ ihn da. Er paffte noch immer Rauchwolken aus seiner schwarzen Tonpfeife, und ich wußte, wenn ich am nächsten Abend käme, würde er alle Fäden in der Hand halten, die zum verschwundenen Bräutigam von Miß Mary Sutherland führten.

Um diese Zeit hatte ich selbst einen sehr ernsten Fall, der meine ganze Aufmerksamkeit beanspruchte, und auch am nächsten Tag war ich an das Bett eines leidenden Patienten gefesselt. Erst kurz vor sechs Uhr konnte ich mich freimachen, in einen Hansom springen und zur Baker Street fahren, und ich fürchtete schon, zur Enthüllung des kleinen Geheimnisses zu spät zu kommen. Ich fand Sherlock Holmes allein und schlafend vor, und seine lange Gestalt hatte er so gut wie möglich in seinem Armsessel zusammengeringelt. Eine eindrucksvolle Reihe von Flaschen und Reagenzröhrchen mit dem durchdringenden, sauberen Geruch von Chlorwasserstoff sagte mir, daß er den Tag mit emsiger Arbeit an seinen chemischen Problemen verbracht hatte, die er so sehr liebte.

»Nun, hast du das Problem gelöst?« fragte ich, als ich eintrat.

»Ja. Es war Bariumoxid Bisulphat.«

»Nein, nein, das Geheimnis doch!« rief ich.

»Ah, das! Ich dachte an das Salz, an dem ich arbeitete. In der Sache gab es jedoch nie ein Geheimnis, wenn auch, wie ich schon gestern sagte, einige Einzelheiten von Interesse sind. Der einzige Nachteil ist jedoch der, fürchte ich, daß es kein Gesetz gibt, den Schurken zu belangen.«

»Wer war er dann, und was war seine Absicht, als er Miß Sutherland verließ?«

Die Frage hatte ich kaum ausgesprochen, und Holmes hatte noch den Mund zur Antwort nicht aufgemacht, als wir im Gang einen Schritt und dann ein Klopfen an der Tür vernahmen.

»Das ist der Stiefvater des Mädchens, Mr. James Windibank«, sagte Holmes. »Er schrieb mir, daß er um sechs Uhr hier sein würde. Ja, bitte!«

Der Mann, der nun hereinkam, war von mittlerer Größe und stämmig, gute dreißig Jahre, glattrasiert und blaßhäutig, von schmeichlerischem Benehmen und wundervoll scharfen, durchdringenden grauen Augen. Er warf jedem von uns einen fragenden Blick zu, legte seinen Seidenhut auf die Kredenz, verbeugte sich leicht und setzte sich auf den nächsten Stuhl.

»Guten Abend, Mr. James Windibank«, sagte Holmes. »Ich nehme an, dieser maschinengeschriebene Brief ist von Ihnen, und Sie haben sich daher bei mir für sechs Uhr zu einer Besprechung angesagt.«

»Ja, Sir. Ich fürchte, ich habe mich etwas verspätet, aber Sie müssen wissen, ich bin nicht ganz mein eigener Herr. Es tut mir leid, daß Miß Sutherland Sie in dieser unbedeutenden Sache belästigt hat, denn ich meine, es ist besser, schmutzige Wäsche nicht in aller Öffentlichkeit zu waschen. Es war gegen meinen Wunsch, daß Sie zu Ihnen kam, aber sie ist sehr erregbar und impulsiv, wie Sie vielleicht bemerkt haben, und hat sie sich erst einmal zu etwas entschlossen, so ist sie kaum umzustimmen. Natürlich machte es mir nicht besonders viel aus, da Sie ja nicht der offiziellen Polizei angehören, es ist jedoch nicht angenehm, das Unglück einer Familie auf diese Art hinausposaunt zu wissen. Außerdem ist es eine ganz und gar unnütze Ausgabe, denn wie sollten Sie diesen Hosmer Angel finden können?«

»Ganz im Gegenteil«, erwiderte Holmes ruhig, »ich habe jeden Grund anzunehmen, daß es mir gelingen wird, Mr. Hosmer Angel zu finden.«

Mr. Windibank erschrak sehr und ließ seine Handschuhe fallen. »Ich bin entzückt, dies zu hören«, sagte er.

»Es ist eine seltsame Sache«, bemerkte Holmes, »daß eine Schreibmaschine wirklich genau die gleiche Persönlichkeit besitzt wie eines Mannes Handschrift, überhaupt die eines Menschen. Wenn sie nicht nagelneu sind, schreiben keine zwei Maschinen genau gleich. Einige Buchstaben werden mehr abgenützt als andere, und andere wiederum nützen sich nur an der Seite ab. Nun, Sie bemerken in Ihrem Brief, Mr. Windibank, daß in jedem Fall über dem e ein kleiner Wischer ist, im Schwänzchen des r ein winziger Fehler. Es gibt noch vierzehn andere Charakteristika, aber dies hier sind die auffälligsten.«

»Wir schreiben unsere ganze Korrespondenz mit dieser Maschine im Büro, und zweifellos ist sie einigermaßen abgenützt«, antwortete unser Besucher und schaute Holmes mit seinen kleinen Funkelaugen schlau an.

»Und jetzt will ich Ihnen etwas sehr Interessantes zeigen. Mr. Windibank«, fuhr Holmes fort. »Ich denke daran, ein kleines Monograph dieser Tage über die Schreibmaschine und mit Bezug auf das Verbrechen zu schreiben. Ich habe diesem Gegenstand einige Aufmerksamkeit gewidmet. Hier habe ich vier Briefe, die angeblich von dem vermißten Mann stammen. Sie sind alle mit der Maschine geschrieben. In jedem Fall ist nicht nur über dem e ein kleiner Schmierer, sondern es weist auch das Schwänzchen des r einen winzigen Defekt auf, aber Sie werden beobachten, falls Sie mein Vergrößerungsglas benützen wollen, daß auch alle vierzehn anderen Charakteristika vorhanden sind, die ich erwähnte.«

Mr. Windibank sprang von seinem Stuhl auf und griff nach seinem Hut. »Mit solchem phantastischen Zeug kann ich keine Zeit verschwenden, Mr. Holmes«, sagte er. »Können Sie den Mann fangen, dann fangen Sie ihn, und lassen Sie's mich wissen, sobald es Ihnen gelungen ist.«

»Aber gewiß«, erwiderte Holmes, ging zur Tür und drehte den Schlüssel um. »Ich lasse Sie's also wissen, daß ich ihn gefangen habe.«

»Was! Wo?« brüllte Mr. Windibank, wurde bis in die Lippen hinein weiß und blickte um sich wie eine Ratte in der Falle.

»Oh, so geht es natürlich nicht, nein, nein«, sagte Holmes liebenswürdig. »Sie kommen da nicht raus, Mr. Windibank. Es ist doch wirklich allzu durchsichtig, und es war ein schlechtes Kompliment, als Sie sagten, es sei mir unmöglich, ein so leichtes Problem zu lösen. Das ist so. Setzen Sie sich, wir wollen darüber reden.«

Unser Besucher fiel auf seinem Stuhl zusammen, war leichenblaß und entsetzt, und auf seiner Stirn standen Schweißperlen. »Das ... geht ... doch nicht ...«, stotterte er.

»Ich fürchte nein. Aber zwischen uns, Mr. Windibank, war es grausam, selbstsüchtig und herzlos, der übelste Trick, der mir je unterkam. Jetzt will ich Ihnen einmal die Ereignisse der Reihe nach schildern, und wenn ich nicht recht habe, widersprechen Sie mir.«

Der Mann kauerte in seinem Stuhl, sein Kopf war auf die Brust gesunken wie bei einem, der völlig zermalmt ist. Holmes stemmte seine Füße gegen die Kante des Kamins, schob die Hände in die Taschen und lehnte sich zurück. Er schien mehr zu sich selbst zu sprechen, als zu uns.

»Der Mann heiratete eine Frau, die viel älter war als er selbst, des Geldes wegen«, sagte er, »und es gefiel ihm auch, das Geld der Tochter zu haben, solange sie bei ihnen lebte. Es war eine beträchtliche Summe für Leute in ihrer Lage, und deren Verlust hätte einen großen Unterschied ausgemacht. Es war also eine Anstrengung wert, sich diese Summe zu erhalten. Die Tochter war von guter, liebenswürdiger Anlage, sehr warmherzig und begeisterungsfähig auf ihre Art, so daß damit zu rechnen war, daß sie infolge ihrer persönlichen Vorteile wie auch mit Rücksicht auf ihr eigenes Einkommen sicher nicht sehr lange mehr allein bleiben würde. Natürlich hätte nun ihre Heirat bedeutet, daß hundert Pfund im Jahr verloren wären. Und was tut da ihr Stiefvater, um dies zu verhindern? Er hält sie also streng zu Hause und verbietet ihr, die Gesellschaft von Leuten ihres Alters zu suchen. Aber er fand bald heraus, daß dies nicht ewig so weitergehen könne. Sie bestand auf ihren Rechten, wurde störrisch und kündigte schließlich an, daß sie zu einem bestimmten Ball gehen werde. Und was tut da ihr gerissener Stiefvater? Er denkt sich etwas aus, das eher seinem Kopf als seinem Herzen zur Ehre gereicht. Mit Kenntnis und Hilfe seiner Frau verkleidet er sich, bedeckt seine scharfen Augen mit getönten Gläsern, maskiert sein Gesicht mit einem Schnurr- und Backenbart und spricht statt mit seiner klaren Stimme in einem Wisperton. Er rechnet sicher auf die Kurzsichtigkeit des Mädchens, erscheint als Mr. Hosmer Angel und hält andere Bewerber von ihr fern, indem er ihr selbst Liebe vorheuchelt.«

»Zuerst war es doch nur ein Scherz«, sagte der Besucher mit einer Stimme, die diesmal nach Stöhnen klang. »Wir hätten doch nie geglaubt, daß sie sich so hinreißen läßt.«

»Nun, wahrscheinlich nicht. Aber wie das auch sein mag, die junge Dame ließ sich hinreißen und war also entschlossen. Sie glaubte ihren Stiefvater in Frankreich, und der Verdacht, es könne sich um einen Betrug handeln, kam ihr also nicht für einen Moment. Die Aufmerksamkeiten des Gentleman schmeichelten ihr, und die laute Bewunderung ihrer Mutter bestärkte sie noch darin. Dann begann Mr. Angel Besuche zu machen, denn es lag auf der Hand, daß die Sache soweit vorangetrieben werden sollte, wie es sich machen ließe, falls man den tatsächlichen Effekt erreichen wollte.

Aber die Täuschung konnte nicht ewig weitergehen. Es

gab Zusammenkünfte und eine Verlobung, die das Mädchen daran hindern sollte, sich einem anderen Mann zuzuwenden. Die angeblichen Reisen nach Frankreich waren einigermaßen mühsam. Man mußte also die Sache zu einem Ende bringen, und zwar auf so dramatische Art, daß sie auf das junge Mädchen einen dauernden Eindruck machte und sie daran hinderte, noch für längere Zeit nach einem passenden Bewerber Ausschau zu halten. Daher auch der Treueschwur auf eine Bibel und das Spiel mit der Möglichkeit, etwas könne am Hochzeitsmorgen passieren. James Windibank wünschte, Miß Sutherland möge so sehr an Hosmer Angel gebunden und so unsicher über sein Schicksal sein, daß sie mindestens in den nächsten zehn Jahren keinen anderen Mann erhören würde. Er brachte sie also bis zur Kirchentür, und weiter konnte er ja nicht gehen; da verschwand er dann sehr passend mit Hilfe des alten Tricks, zur einen Tür in die Droschke zu steigen, zur anderen hinaus. Ich denke, Mr. Windibank, genauso hat es sich abgespielt.«

Unser Besucher hatte sich ein wenig gefangen, während Holmes sprach, und so stand er nun auf und hatte auf seinem blassen Gesicht einen kalten, verächtlichen Ausdruck.

»Es mag so sein oder auch nicht, Mr. Holmes«, sagte er. »Aber wenn Sie gar so scharf sind, müßten Sie auch so scharf sein, zu wissen, daß Sie es sind, der nun gegen das Gesetz verstößt, und nicht ich. Denn ich habe nichts Ungesetzliches getan, nicht von Anfang an, aber solange Sie die Tür verschlossen halten, kann ich Sie wegen Freiheitsberaubung belangen.«

»Das Gesetz kann Sie nicht, wie Sie richtig sagen, anrühren«, antwortete Holmes und sperrte die Tür auf, um sie auch sofort weit aufzureißen. »Und doch gab es niemals einen Mann, der eine Bestrafung mehr verdiente als Sie. Wenn die junge Dame einen Bruder oder einen Freund hat, müßte er Ihnen eins mit der Peitsche überziehen. Bei Gott!« fuhr er fort und errötete vor Zorn über den schniefenden Ausdruck des blassen Gesichtes, »es ist nicht meine Pflicht meinem Klienten gegenüber, aber hier ist eine Jagdpeitsche zur Hand, und ich denke, ich werde Ihnen selbst zu Ihrer Strafe verhelfen.« Er tat zwei schnelle

Schritte zur Peitsche, doch ehe er nach ihr greifen konnte, trommelten wilde Schritte auf der Treppe, die Haustür wurde zugeschmettert, und vom Fenster aus konnten wir Mr. James Windibank beobachten, wie er mit Blitzgeschwindigkeit die Straße entlangrannte.

»Dieser kaltblütige Schurke!« rief Holmes, lachte laut und warf sich in seinen Sessel. »Dieser Kerl wird von einem Verbrechen zum nächsten weitergehen, bis er etwas sehr Böses tut und am Galgen endet. Der Fall ist jedenfalls in mancher Beziehung nicht ganz uninteressant.«

»Ich sehe jetzt jeden Schritt Ihrer Überlegungen«, bemerkte ich. »Natürlich war es von Anfang an klar, daß dieser Mr. Hosmer Angel eine sehr starke Triebfeder für sein merkwürdiges Benehmen haben mußte, und es war gleichermaßen klar, daß der einzige Mann, der von diesem Vorfall profitierte, soweit wir sehen konnten, ihr Stiefvater war. Dann die Tatsache, daß die beiden Männer niemals gemeinsam auftraten, sondern daß der eine immer nur dann erschien, wenn der andere verreist war, mußte auch verdächtig erscheinen. Ebenso die getönten Gläser, die komische Stimme, denn beide deuteten auf eine Verkleidung hin, genau wie der buschige Backenbart auch. Mein Verdacht wurde bestätigt, weil er auch seine Unterschrift mit der Schreibmaschine schrieb; das war natürlich nötig, weil sie ja seine Handschrift auf jeden Fall erkannt hätte, auch wenn sie nur ein kleines Muster davon hatte. Du siehst, alle diese isolierten Tatsachen deuten mit verschiedenen anderen, viel kleineren, alle in die gleiche Richtung.«

»Und wie hast du sie alle bestätigt?«

»Oh, als ich erst meinen Mann entdeckt hatte, war es leicht, die Bestätigungen zu bekommen. Ich kannte die Firma, für die dieser Mann arbeitete. Nachdem ich die gedruckte Beschreibung hatte, strich ich alles daraus, was Verkleidung sein konnte — den Backenbart, die getönte Brille, die Stimme —, und schickte das der Firma ein mit der Bitte, sie möchten mir mitteilen, ob dies sich mit der Beschreibung eines ihrer Reisenden decke. Ich hatte bereits die Merkwürdigkeiten dieser Schreibmaschine entdeckt und schrieb dem Mann an seine Geschäftsadresse mit der Anfrage, ob er zu uns kommen könne. Wie erwartet, kam auch seine Antwort maschinengeschrieben, und die Schrift wies die gleichen Eigentümlichkeiten und Defekte auf. Mit der gleichen Post erhielt ich ein Schreiben von Westhouse & Marbank, Fenchurch Street, das besagte, die Beschreibung passe in jeder Beziehung auf einen ihrer Angestellten namens James Windibank. Und das wäre alles.«

»Und Miß Sutherland?«

»Wenn ich es ihr sage, wird sie mir nicht glauben. Du erinnerst dich vielleicht an das alte persische Sprichwort: ‚Gefahr besteht für den, der sich des Tigerjungen bemächtigt, Gefahr aber auch für den, der einer Frau ihren Wahn raubt.'

Siehst du, Hafiz hat ebensoviel Vernunft wie Horaz und kennt die Welt ebenso gut wie dieser.«

Die Liga der Rotköpfe

Eines Tages im Herbst letzten Jahres hatte ich meinen Freund Sherlock Holmes besucht. Er unterhielt sich sehr konzentriert mit einem stämmigen älteren Gentleman mit blühender Gesichtsfarbe und fuchsrotem Haar. Ich entschuldigte mich ob meines Eindringens und wollte mich schon zurückziehen, doch da hielt mich Holmes fest und schloß die Tür hinter mir.

»Du hättest zu keiner besseren Zeit kommen können, mein lieber Watson«, sagte er voll Herzlichkeit.

»Ich fürchtete schon, du hättest sehr dringend zu tun.«

»Hab' ich auch. Sogar sehr.«

»Dann kann ich doch nebenan warten.«

»Aber nein! Dieser Gentleman, Mr. Wilson, war in vielen meiner erfolgreichsten Fälle mein Partner und Helfer, und ich zweifle nicht daran, daß er mir auch in Ihrem Fall von größtem Nutzen sein wird.«

Der stämmige Gentleman stand halb von seinem Stuhl auf und begrüßte mich mit einer kleinen Verbeugung, schaute mich dabei aber mit seinen kleinen, von Fett umgebenen Augen fragend an.

»Setz dich doch auf den kleinen Diwan«, schlug Holmes vor und ließ sich wieder in seinen Sessel zurückfallen. Er legte die Fingerspitzen aneinander, wie es seine Gewohnheit war, wenn er über juristische Dinge nachzudenken hatte. »Ich weiß, mein lieber Watson, daß du meine Liebe zu allem Bizarren und Unkonventionellen teilst, zu allem, was außerhalb der täglichen Routine liegt. Du hast deine Vorliebe dafür gezeigt mit der Begeisterung, die dich veranlaßte, einige meiner kleinen Abenteuer aufzuzeichnen, und, wenn ich so sagen darf, zu verherrlichen.«

»Deine Fälle waren für mich wirklich von höchstem Interesse«, versicherte ich ihm.

»Du wirst dich erinnern, daß ich kürzlich bemerkte — das war unmittelbar ehe wir das einfache Problem zu lösen hatten, das uns Mary Sutherland stellte —, der seltsamen Wirkungen und außerordentlichen Kombinationen wegen müßten wir zum Leben selbst gehen, das immer gewagter ist als die Anstrengung der Phantasie.«

»Eine Bemerkung, die ich mir die Freiheit nahm, anzuzweifeln.«

»Das hast du getan, Doktor, und doch mußt du dich wohl zu meiner Ansicht bequemen, sonst häufe ich so viele Tatsachen auf dich, bis du unter ihrem Gewicht zusammenbrichst und mir recht geben mußt. Nun, Mr. Jabez Wilson hier war so freundlich, mich heute morgen zu besuchen und mit einer Erzählung zu beginnen, die so einzigartig spannend zu werden verspricht, wie ich schon lange keine mehr gehört habe. Du kannst dich doch auch an meine Bemerkung erinnern, daß die seltsamsten und einmaligsten Dinge sehr oft nicht bei den großen, sondern gerade bei den kleineren Verbrechen vorkommen, gelegentlich sogar auch dort, wo Zweifel am Platz sind, ob überhaupt ein Verbrechen begangen wurde. Soviel ich bis jetzt hörte, ist es unmöglich zu sagen, ob der vorliegende Fall ein Verbrechen ist oder nicht, aber der Verlauf der Ereignisse ist jedenfalls einer der merkwürdigsten, den ich je angehört habe. Vielleicht, Mr. Wilson, wären Sie so liebenswürdig, Ihren Bericht noch einmal zu beginnen. Ich bitte Sie nicht nur wegen meines Freundes Dr. Watson, der den Anfang nicht gehört hat, sondern auch deshalb, weil die seltsamen Umstände mich veranlassen, alles in allen Einzelheiten noch einmal von Ihren Lippen zu hören. In der Regel bin ich, sobald ich eine Andeutung des Verlaufes der Ereignisse gehört habe, auch in der Lage, mich an Hand einiger tausend anderer Fälle zu orientieren, die ich alle im Gedächtnis habe. Im vorliegenden Fall bin ich gezwungen, unumwunden zuzugeben, daß die Umstände, soweit ich sie beurteilen kann, einmalig sind.«

Der stattliche Besucher wölbte stolz seine Brust und zog aus der Innentasche seines Mantels ein schon ziemlich schmutziges und zerknittertes Zeitungsblatt heraus. Seine Augen folgten der Anzeigenspalte, das Zeitungsblatt lag auf seinen Knien, und den Kopf hatte er weit vorgeschoben. Ich konnte den Mann gut mustern und bemühte mich nach der Art meines Freundes alles zu deuten, was mir seine Erscheinung und seine Kleidung etwa verraten konnte.

Sehr viel bekam ich allerdings nicht heraus. Unser Besucher trug alle Merkmale eines durchschnittlichen britischen Handelsmannes, war langsam, fettleibig und aufgeblasen. Seine karierten Hosen waren ziemlich ausgebeult, der schwarze Frack darüber nicht besonders sauber und vorne offen, und über einer farblosen Weste spannte sich eine schwere Uhrkette, die aber eher nach Messing aussah. Daran hing ein viereckiges, durchlöchertes Stück Metall. Sein Zylinder sah auch schon etwas schäbig aus, und sein brauner Mantel mit Samtkragen lag neben ihm auf einem Stuhl. An diesem Mann war also nichts Bemerkenswertes außer seinem brandroten Kopf und seiner sehr bekümmerten, unzufriedenen Miene.

Sherlock Holmes' rasches Auge erfaßte sofort meine Beschäftigung, und er schüttelte lächelnd den Kopf, als er meine fragenden Blicke bemerkte. »Außerhalb der erkennbaren Tatsache, daß er zu einer Zeit Handarbeit tat und auch Tabak schnupft, daß er Freimaurer ist, in China war und in letzter Zeit sehr viel geschrieben hat, kann ich nichts sonst ableiten.«

Mr. Jabez Wilson fuhr auf seinem Stuhl herum, hatte den Zeigefinger auf der Zeitung, den Blick aber auf Holmes gerichtet.

»Wie, in aller Welt Namen, wußten Sie all dies, Mr. Holmes?« rief er. »Wie wissen Sie zum Beispiel, daß ich Handarbeit leistete? Das ist natürlich wahr wie das Evangelium, denn ich habe als Schiffszimmermann angefangen.«

»Ihre Hände, mein lieber Sir. Ihre rechte Hand ist eine Nummer größer als Ihre linke, Sie haben damit gearbeitet, und die Muskeln sind besser entwickelt.«

»Und der Schnupftabak, Sir? Und der Freimaurer?«

»Ich möchte Ihre Intelligenz nicht damit herabwürdigen, daß ich Ihnen das sage, besonders da Sie, entgegen den strikten Vorschriften Ihres Ordens, Zirkel und Kompaß als Brustnadel benützen.«

»Ah, natürlich. Das habe ich ganz vergessen. Aber das Schreiben?«

»Was sonst hätte es zu bedeuten, wenn Ihre rechte Manschette fünf Zoll hoch glänzend abgewetzt ist, während der linke Ärmel am Ellbogen, wo Sie ihn am Tisch aufstützen, einen blanken Fleck aufweist.«

»Nun ja, aber China?«

»Sie haben direkt über dem Handgelenk einen Fisch eintätowiert, und das kann nur in China gemacht worden sein. Ich habe mich etwas mit Tätowierungen befaßt und darüber auch Artikel geschrieben. Es ist ein für China charakteristischer Trick, diese Fischschuppen in einem ganz zarten Rosa auszuführen. Wenn ich dazu noch eine chinesische Münze an Ihrer Uhrkette hängen sehe, dann wird die Sache ganz einfach.«

Mr. Jabez Wilson lachte schallend. »Nein, sowas!« rief er. »Erst dachte ich, Sie hätten etwas besonders Gescheites getan, aber nun sehe ich, daß da im Grund gar nichts dran ist.«

»Ich bin allmählich der Meinung, Watson«, sagte Holmes, »daß ich mit Erklärungen einen Fehler mache. ‚Omne ignotum pro magnifico', weißt du, und mein armer kleiner Ruf wird ruiniert, wenn ich gar so offen bin. Können Sie dieses Inserat nicht finden, Mr. Wilson?«

»Ja, ich habe es jetzt«, antwortete er, und sein dicker, roter Finger ruhte etwa auf halber Höhe der Spalte. »Hier. Damit hat alles angefangen. Lesen Sie's selbst, Sir.«

Ich nahm die Zeitung und las folgendes:

An die Liga der Rothaarigen: Dank der Hinterlassenschaft des verstorbenen Ezekiah Hopkins, Lebanon, Pa., U.S.A., ist nun eine Stelle frei, die einem Mitglied der Liga das Recht auf sein Gehalt von vier Pfund wöchentlich für rein nominelle Dienste gibt. Alle rothaarigen Männer, die an Körper und Seele gesund und älter als einundzwanzig sind, können in die engere Wahl kommen. Bewerben Sie sich persönlich am Montag um elf Uhr bei Duncan Ross im Büro der Liga, Pope's Court 7, Fleet Street.

»Was, in aller Welt, hat das zu bedeuten?« rief ich, nachdem ich diese ungewöhnliche Anzeige zweimal gelesen hatte.

Holmes lachte leise und rutschte auf seinem Stuhl herum, wie es seine Gewohnheit war, wenn er sehr gute Laune hatte. »Das liegt ein wenig abseits der ausgetretenen Pfade, was?« fragte er. »Und jetzt, Mr. Wilson, legen Sie los, und erzählen Sie uns alles über sich selbst, Ihren Haushalt und die Wirkung, die dieses Inserat auf Ihr Schicksal hatte. Doktor, du wirst erst aber den Namen der Zeitung und ihr Datum notieren.«

»Es ist *The Morning Chronicle* vom 27. April 1890, also genau zwei Monate alt.«

»Sehr schön. Und jetzt Sie, Mr. Wilson.«

»Es war so, wie ich's Ihnen schon erzählt habe, Mr. Sherlock Holmes«, sagte Jabez Wilson und wischte sich die Stirn trocken. »Ich habe eine kleine Pfandleihe am Coburg Square nahe der City. Es ist keine große Sache, und in den letzten Jahren habe ich davon gerade nur so meinen Lebensunterhalt bestritten. Früher hatte ich zwei Helfer, jetzt ist es nur noch einer; es wäre gar nicht so leicht, ihn zu bezahlen, aber er ist bereit, für ein halbes Gehalt zu arbeiten, nur um das Geschäft zu lernen.«

»Und wie ist der Name dieses vernünftigen jungen Mannes?« fragte Sherlock Holmes.

»Er heißt Vincent Spaulding, und so jung ist er gar nicht mehr. Es ist überhaupt schwer, sein Alter zu erraten. Mr. Holmes, einen geschickteren Helfer könnte ich mir gar nicht wünschen, und ich weiß sehr gut, daß er sich leicht verbessern und das Doppelte von dem bekommen könnte, was ich ihm bezahlen kann. Aber er ist damit zufrieden; warum sollte ich ihm also Flausen in den Kopf setzen?«

»Nun ja, warum auch? Sie scheinen viel Glück zu haben, wenn Ihnen ein Angestellter zur Verfügung steht, der unter dem Marktpreis arbeitet. Heutzutage ist das überaus selten. Ich weiß nicht, aber ich meine, Ihr Assistent ist auch nicht weniger bemerkenswert als dieses Inserat.«

»Oh, er hat natürlich auch seine Fehler«, sagte Mr. Wilson. »Er ist photographiernärrisch wie keiner sonst. Immer knipst er mit seiner Kamera herum, wenn er doch etwas lernen sollte, und dann taucht er in den Keller wie ein Karnickel in seinen Bau, um seine Bilder zu entwickeln. Das ist sein Hauptfehler. Aber alles in allem ist er ein guter Arbeiter. Er hat kein Laster.«

»Er ist also noch bei Ihnen?«

»Ja, Sir. Er und ein vierzehnjähriges Mädchen, das ein bißchen einfache Mahlzeiten kocht und den Platz sauber hält; das ist alles, was ich im Haus hab', denn ich bin Witwer und hatte nie eine Familie. Wir leben sehr ruhig, Sir, wir drei. Wir haben ein Dach über dem Kopf und zahlen unsere Schulden, wenn nicht mehr.

Erst dieses Inserat brachte uns durcheinander. Spaulding kam genau vor acht Wochen runter ins Büro mit der Zeitung in der Hand und sagte: ‚Ich tät mir's, bei Gott, wünschen, ich wär' dieser rothaarige Mann.'

‚Warum das?' frage ich.

‚Na, ja', sagt er, ‚da ist schon wieder eine freie Stelle bei der Liga der Rothaarigen. Der, der's kriegt, gewinnt ein kleines Vermögen dabei, und ich hab' gehört, da gibt es mehr freie Stellen als Männer, so daß die Treuhänder am Ende ihrer Weisheit sind und nicht wissen, was sie mit dem Geld anfangen sollen. Herrje, ließe sich nur mein Haar verändern, dann hätt' ich eine ganz schöne Futterkrippe für mich, an die ich mich stellen könnt'.

‚Ja, was ist da eigentlich los?' fragte ich. Sehen Sie, Mr. Holmes, ich bin ein sehr häuslicher Mann, und ich muß meinem Geschäft nicht nachlaufen, weil es zu mir kommt, und da vergehen oft Wochen, bis ich mal meinen Fuß über die Türschwelle setze. Ich weiß auf die Art kaum, was draußen vorgeht, und ich freu' mich immer, wenn ich ein bißchen was Neues erfahre.

‚Haben Sie schon jemals was von der Liga der Rothaarigen gehört?' fragte er mit weit aufgerissenen Augen.

‚Niemals', sagte ich.

‚Das wundert mich aber. Sie wären ja selbst für eine von diesen freien Stellen wählbar.'

‚Und was ist eine solche Stelle wert?' wollte ich wissen.

‚Ah, bloß ein paar hundert im Jahr, aber die Arbeit ist leicht, und sie braucht einen bei anderen Beschäftigungen nicht zu stören.'

Sie können sich leicht denken, Sir, daß ich meine Ohren spitzte, denn seit einigen Jahren geht das Geschäft nicht besonders gut, und ein paar Hunderter im Jahr kämen mir gerade recht.

‚Sag mir alles darüber', bat ich.

Er zeigte mir das Inserat. ‚Sie sehen ja selbst, daß die Liga eine freie Stelle hat, und da ist auch die Adresse, wohin Sie sich um Einzelheiten wenden können. Soviel ich weiß, wurde die Liga gegründet von einem amerikanischen Millionär namens Ezekiah Hopkins, der ein sehr eigener Mensch war. Er war selbst ein Rotkopf, und so hatte er große Sympathien für alle rothaarigen Männer. Als er starb, entdeckte man, daß er sein enormes Vermögen in die Hände von Treuhändern gelegt hatte mit Anweisungen, rothaarigen Männern zu helfen. Aus allem, was ich höre, ist die Bezahlung großartig, die Arbeit aber nur sehr wenig.'.

‚Aber', sagte ich, ‚da gibt es doch Millionen von Rothaarigen, die sich bewerben.'

‚Nicht soviele, wie Sie vielleicht glauben', antwortete er. ‚Verstehen Sie, es ist doch beschränkt auf Londoner und erwachsene Leute. Dieser Amerikaner war in London als junger Mensch, und er wollte der alten Stadt was Gutes tun. Und dann hab' ich gehört, es nützt auch keinem, sich zu bewerben, wenn das Haar hell- oder dunkelrot ist, es muß fuchs- und feuerrot sein. Mr. Wilson, wenn Sie sich da bewerben wollen, brauchen Sie ja nur hinzugehen. Aber vielleicht sind Ihnen ein paar hundert Pfund so nebenbei nicht die Mühe wert.'

Gentlemen, Sie sehen ja selbst, daß meine Haare tatsächlich feuerrot sind, und da schien es mir, wenn es Konkurrenten gäbe, hätte ich trotzdem eine gute Chance, so gut wie jeder andere Rothaarige, der mir je begegnet ist. Vincent Spaulding schien viel darüber zu wissen, und so dachte ich, er könnte mir nützlich sein. Deshalb sagte ich ihm, er solle für den Tag den Rolladen herunterlassen und mit mir kommen. Ihm war das recht, daß er einen freien Tag hatte, und wir machten das Geschäft zu und gingen zu der Adresse, die in dem Inserat angegeben war.

Mr. Holmes, sowas möchte ich nicht noch mal sehen. Vom Norden, Süden, Osten und Westen waren sämtliche Männer nach London gekommen, die auch nur eine Spur von Rot in ihren Haaren hatten. Die Fleet Street war mit Rothaarigen vollgestopft, und Pope's Court sah aus wie der volle Karren eines Orangenverkäufers. Nie hätt' ich geglaubt, daß so viele Rothaarige auf ein einziges Inserat zusammenkämen. Jede Schattierung war da — Stroh, Zitrone, Orange, Ziegel, Irish-Setter, Leber, Lehm; aber, wie Spaulding sagte, viele gab's nicht, die so feuerrote Haare hatten wie ich. Als ich sah, wie viele da waren, wollte ich schon enttäuscht aufgeben, aber Spaulding wollte davon nichts hören. Ich kann mir nicht vorstellen, wie er das gemacht hat, aber er stieß und zog und schob, bis er mich durch die Menge gezerrt hatte, direkt bis zu den Stufen, die zum Büro führten. Auf der Treppe standen sie auch noch in Doppelreihen. Viele standen hoffnungsvoll da, einige kamen enttäuscht heraus, aber wir schoben uns vorwärts, so gut wir konnten, und schließlich standen wir im Büro.«

»Ihr Erlebnis muß äußerst unterhaltend gewesen sein«, bemerkte Holmes, als sein Klient einmal eine Schnaufpause einlegte und seinen Geist mit einer großen Dosis Schnupftabak erfrischte. »Bitte, fahren Sie doch in Ihrem interessanten Bericht fort.«

»Im Büro war sonst nichts als ein paar Holzstühle und ein Tisch, an dem ein kleiner Mann saß, dessen Kopf sogar noch röter was als der meine. Zu jedem Kandidaten sagte er ein paar Worte, und bei jedem fand er einen Fehler, der ihn disqualifizierte. So leicht schien das wirklich nicht zu sein, eine solche freie Stelle zu ergattern. Aber als ich an die Reihe kam, war der kleine Mann viel netter zu mir als zu den anderen, und er machte die Tür zu, damit er mit uns ein paar private Worte sprechen konnte.

‚Das ist Mr. Jabez Wilson', sagte mein Assistent, ‚und er ist bereit, eine offene Stelle bei der Liga anzunehmen.'

‚Und er paßt wunderbar dafür', antwortete der andere. ‚Er entspricht allen Bedingungen. Ich kann mich nicht erinnern, wann ich zuletzt einen so feinen Rotkopf gesehen habe.' Er trat einen Schritt zurück, legte den Kopf schief und musterte mein Haar, bis ich ganz verlegen wurde. Dann stürzte er auf mich zu, schüttelte mir die Hand und gratulierte mir wärmstens zu meinem Erfolg.

‚Es wäre ungerecht, hier zu zögern', sagte er. ‚Sie werden aber sicher verstehen, wenn ich eine Vorsichtsmaßnahme ergreife.' Damit packte er mit beiden Händen mein Haar und zog daran, bis ich vor Schmerz schrie. ‚Es ist Wasser in Ihren Augen', sagte er, als er mich losließ. ‚Ich weiß, daß dies so sein soll. Aber wir müssen vorsichtig sein, denn zweimal wurden wir mit Perücken betrogen, einmal mit Farbe. Ich könnte Ihnen Geschichten erzählen mit Schusterpech, so daß Ihnen vor der menschlichen Natur das Grausen käme.' Er trat zum Fenster und schrie aus Leibeskräften hinaus, daß die freie Stelle besetzt sei. Ein Stöhnen der Enttäuschung kam von unten, und die Leute strebten in verschiedene Richtungen auseinander, bis kein Rotkopf mehr zu sehen war als der meine und der des Managers.

‚Mein Name', sagte er, ‚ist Mr. Duncan Ross, und ich bin selbst einer der Pensionäre des Fonds unseres edlen Wohltäters. Sind Sie verheiratet, Mr. Wilson? Haben Sie eine Familie?'

Ich sagte ihm, nein, ich hätte keine. Sein Gesicht zog sich in die Länge.

‚Lieber Gott', sagte er ernst, ‚das ist jetzt eine schwierige Sache. Es tut mir leid, Sie das sagen zu hören. Natürlich ist der Fonds gedacht zur Förderung und Verbreitung der Rotköpfe wie für deren Unterhalt. Es ist außerordentlich schade, daß Sie Junggeselle sind.'

Mein Gesicht wurde auch immer länger, Mr. Holmes, denn ich dachte, nun würde ich doch die freie Stelle nicht bekommen, doch er überlegte ein paar Minuten und sagte dann, es sei schon recht.

‚In einem anderen Fall wäre dies vielleicht fatal', meinte er, ‚aber wir können in einem Punkt wohl ein bißchen nachgeben, wenn ein Mann einen so feuerroten Kopf hat wie Sie. Wann werden Sie Ihre neuen Pflichten aufnehmen können?'

‚Das ist etwas schwierig, denn ich habe schon ein Geschäft', antwortete ich.

‚Ah, Mr. Wilson, macht doch nichts!' rief Vincent Spaulding. ‚Ich werde das Geschäft schon für Sie führen.'

‚Wie wäre die Arbeitszeit?' wollte ich wissen.

‚Zehn bis zwei.'

Eines Pfandleihers Geschäft wird meistens in den Abendstunden gemacht, Mr. Holmes, besonders am Donnerstag und Freitag, denn die sind vor dem Zahltag. Es hätte mir also sehr gepaßt, am Morgen Geld zu verdienen. Und ich wußte ja, daß mein Assistent ein guter Mann war und daß er sich um alles kümmern würde, was sich ergeben sollte.

‚Das paßt mir sehr gut', sagte ich. ‚Und die Bezahlung?'

‚Vier Pfund in der Woche.'

‚Und die Arbeit?'

‚Ist nur nominell.'

‚Was verstehen Sie darunter?'

‚Nun, Sie müssen im Büro sein, oder wenigstens im Gebäude. Die ganze Zeit hindurch. Gehen Sie, dann verlieren Sie für immer Ihre Stellung. Es entspricht also nicht den Bedingungen, wenn Sie während dieser Zeit das Büro verlassen.'

‚Das sind doch nur vier Stunden am Tag, und ich denke nicht daran, in dieser Zeit wegzugehen', sagte ich.

‚Keine Entschuldigung wird angenommen', erklärte Mr. Duncan Ross, ‚weder Krankheit, noch Geschäfte, noch sonst etwas. Sie müssen bleiben, sonst verlieren Sie Ihren Anspruch.'

‚Und die Arbeit?'

‚Die Encyclopaedia Britannica ist zu kopieren. Der erste Band ist hier in dieser Presse. Sie müssen Ihre eigene Tinte besorgen, Ihre Federn, Ihr Löschpapier, doch wir stellen Tisch und Stuhl bereit. Können Sie morgen antreten?'

‚Ganz gewiß', antwortete ich.

‚Dann leben Sie wohl, Mr. Jabez Wilson, und ich gratuliere Ihnen noch einmal zu dieser wichtigen Stellung, welche Sie das Glück hatten, zu gewinnen.' Er führte mich mit vielen Verbeugungen hinaus, und ich ging mit meinem Assistenten nach Hause und wußte kaum, was ich sagen oder tun sollte, so erfreut war ich über mein Glück.

Nun, ich dachte den ganzen restlichen Tag darüber nach, und gegen Abend war ich wieder recht bedrückt, denn ich war nun überzeugt, die Sache müsse ein Betrug oder ein schlechter Streich sein, wenn ich mir auch nicht vorstellen konnte, zu welchem Zweck. Ich konnte es einfach nicht glauben, daß jemand einen solchen letzten Willen machen konnte, oder daß jemand soviel Geld bezahlte für eine so einfache Arbeit wie das Abschreiben der Encyclopaedia Britannica. Vincent Spaulding tat, was er konnte, mich aufzuheitern, aber um die Schlafengehenszeit war ich schon entschlossen, alles hinzuwerfen. Gegen Morgen jedoch wollte ich mir die Sache wenigstens anschauen, und so kaufte ich eine Pennyflasche Tinte, eine gute Gänsefeder und sieben Blatt Kanzleipapier, und damit ging ich zu Pope's Court.

Zu meiner angenehmen Überraschung war alles so richtig wie nur möglich. Der Tisch war für mich bereit, Mr. Duncan Ross mußte zusehen, daß ich auch richtig arbeitete. Er sagte, ich solle mich an den Buchstaben A machen, dann ging er. Von Zeit zu Zeit wolle er aber hereinschauen, ob alles in Ordnung sei mit mir. Um zwei Uhr wünschte er mir einen angenehmen Nachmittag und beglückwünschte mich zu der Menge, die ich geschrieben hatte. Dann sperrte er hinter mir die Bürotür ab.

Das ging so Tag für Tag weiter, Mr. Holmes, und am Samstag kam der Manager und zählte mir vier goldene Sovereigns für meine Wochenarbeit auf den Tisch. Die nächste Woche war es ebenso, auch die Woche danach. Jeden Morgen um zehn Uhr war ich da, jeden Nachmittag ging ich um zwei. Allmählich nahm Mr. Duncan Ross die Gewohnheit an, nur noch einmal am Morgen zu kommen, danach kam er oft gar nicht mehr. Natürlich durfte ich trotzdem nicht für einen Augenblick den Raum verlassen, denn ich wußte nie, wann er kommen würde, und die Bezahlung war so gut und kam mir so sehr zupaß, daß ich es nicht riskieren wollte, sie zu verlieren.

Acht Wochen vergingen so, und ich hatte geschrieben über Abbots, Archery und Armor, Architektur, Attica und hoffte, daß ich bald mit einigem Fleiß zum B kommen würde. Natürlich hat mich das Kanzleipapier einiges gekostet, und ich füllte schon fast ein ganzes Regal mit meinen Abschriften. Und dann war plötzlich die ganze Sache zu Ende.«

»Wieso das?«

»Ja, zu Ende, Sir. Diesen Morgen. Ich ging, ganz wie gewöhnlich, um zehn Uhr an meine Arbeit, aber die Tür war zu und versperrt, und ein Stückchen Karton steckte mit einem Reißnagel festgemacht am Holz. Hier, lesen Sie selbst.«

Er hielt ein Stück Karton in die Höhe, etwa von der Größe eines Notizzettels. Darauf stand:

LIGA DER ROTKÖPFE AUFGELÖST — 9. OKT. 1980.

Sherlock Holmes und ich musterten die lakonische Ankündigung und das verlegene Gesicht dahinter, bis die komische Seite der Angelegenheit jede andere Überlegung auslöschte und wir beide in schallendes Gelächter ausbrachen.

»Ich finde ja nicht gerade, daß dies besonders lustig ist!« rief unser Klient und wurde bis zu den Wurzeln seines flammenden Haares rot. »Wenn Sie nichts Besseres zu tun wissen, als mich auszulachen, kann ich ja anderswohin gehen.«

»Nein, nein«, erwiderte Holmes und schob ihn in den Stuhl zurück, aus dem er halb aufgestanden war. »Um nichts in der Welt möchte ich mir Ihren Fall entgehen lassen. Er ist erfrischend ungewöhnlich. Aber, wenn Sie entschuldigen wollen, daß ich das sage, es ist doch etwas Komisches daran. Bitte, was taten Sie, als Sie diesen Karton an der Tür fanden?«

»Ich war verblüfft, Sir. Ich wußte nicht, was ich tun sollte. Dann fragte ich in den Büros im Gebäude, aber niemand schien etwas darüber zu wissen. Schließlich ging ich zum Hausherrn, der ein Buchprüfer ist und im Erdgeschoß wohnt, und ihn fragte ich, ob er mir sagen könne, was aus der Liga der Rotköpfe geworden sei. Er sagte, von einer solchen Liga habe er noch nie gehört. Dann fragte ich ihn, wer Mr. Duncan Ross sei. Der Name sei ihm neu, versicherte er mir.

‚Nun, das ist der Gentleman von No. 4', erklärte ich ihm.

‚Was, dieser Rothaarige?'

‚Ja.'

‚Oh, der heißt William Morris. Er war Rechtsanwalt und bediente sich meines Raumes als vorübergehendes Büro, bis seine neuen Räume fertig seien, wie er sagte. Gestern zog er aus.'

‚Wo kann ich ihn finden?'

‚In seinem neuen Büro. Er sagte mir sogar die Adresse. Ja, King Edward Street No. 17, nahe St. Paul's.'

Mr. Holmes, da ging ich, aber als ich an die Adresse kam, war dort ein Hersteller künstlicher Kniescheiben, und niemand hatte je noch von einem Mr. William Morris oder einem Mr. Duncan Ross gehört.«

»Was taten Sie dann?« fragte Holmes.

»Ich ging nach Hause zum Saxe-Coburg Square und fragte meinen Assistenten um Rat. Der konnte mir aber auch nicht helfen. Er meinte nur, ich solle warten, dann müsse ich wohl mit der Post etwas bekommen. Aber, Mr. Holmes, das genügte ja schließlich nicht. Ich will eine solche Stellung doch nicht kampflos aufgeben. Als ich hörte, daß Sie so freundlich seien, armen Leuten einen Rat zu geben, die ihn nötig hätten, kam ich sofort zu Ihnen.«

»Und das war sehr klug von Ihnen«, sagte Holmes. »Ihr Fall ist recht bemerkenswert, und ich werde gerne ein wenig hineinleuchten. Aus dem, was Sie erzählten, schließe ich, daß die Folgen ernster sind, als es auf den ersten Blick aussah.«

»Ernst genug!« rief Mr. Jabez Wilson. »Ich habe ja schließlich vier Pfund die Woche verloren!«

»Soweit es um Sie persönlich geht«, bemerkte Holmes, »sehe ich nicht, daß Sie gegen diese ungewöhnliche Liga Grund zur Klage haben. Ganz im Gegenteil, Sie sind, wie ich es sehe, um etwa dreißig Pfund reicher, das genaue Wissen gar nicht zu erwähnen, daß Sie sich über das verschaffen konnten, was unter den Buchstaben A fällt. Sie haben dadurch nichts verloren.«

»Nein, Sir. Aber ich will etwas über sie herausfinden, wer sie sind, was sie damit wollten, als sie mir diesen Streich spielten, falls es ein Streich war. Für sie war es ein ziemlich teurer Streich, denn er hat sie zweiunddreißig Pfund gekostet.«

»Wir werden uns bemühen, diese Punkte für Sie zu klären. Aber zuerst noch ein paar Fragen, Mr. Wilson. Dieser Assistent, der Ihre Aufmerksamkeit auf diese Anzeige lenkte — wie lange war er bei Ihnen?«

»Damals ungefähr einen Monat.«

»Wie kam er zu Ihnen?«

»Auf ein Inserat.«

»War er der einzige Bewerber?«

»Nein, ich hatte ein Dutzend.«

»Warum haben Sie ausgerechnet ihn genommen?«

»Weil er gleich zur Verfügung stand und billig war.«

»Zum halben Gehalt, nicht wahr?«

»Ja.«

»Wie ist dieser Vincent Spaulding?«

»Klein, stämmig, sehr flink, kein Haar im Gesicht, obwohl er ungefähr dreißig ist. An der Stirn hat er einen weißen Säureflecken.«

Holmes richtete sich aufgeregt in seinem Stuhl auf. »Das dachte ich mir«, sagte er. »Haben Sie beobachtet, ob seine Ohrläppchen für Ringe durchstochen sind?«

»Ja, Sir. Er sagte mir, ein Zigeuner habe das getan, als er ein junger Bursche war.«

»Hmmm...«, sagte Holmes und ließ sich nachdenklich zurückfallen. »Ist er denn noch bei Ihnen?«

»Oh, ja, Sir. Ich habe ihn erst verlassen.«

»Und wurde Ihr Geschäft in Ihrer Abwesenheit richtig geführt?«

»Da kann ich mich nicht beklagen, Sir. Am Morgen ist nie viel zu tun.«

»Das genügt, Mr. Wilson. In einem Tag oder in zweien will ich Ihnen gerne meine Meinung dazu sagen. Heute ist Samstag, und ich hoffe, bis zum Montag kommen wir zu einem Schluß.«

»Nun, Watson«, sagte er zu mir, als unser Besucher gegangen war, »was meinst du dazu?«

»Gar nichts«, antwortete ich freimütig. »Das ist eine sehr geheimnisvolle Sache.«

»In der Regel«, sagte Holmes, »sind die bizarrsten Dinge die am wenigsten geheimnisvollen. Wenig charakteristische Verbrechen sind in der Regel viel komplizierter, genau wie nichtssagende Gesichter immer am schwersten zu identifizieren sind. Aber diese Sache muß prompt angefaßt werden.«

»Was wirst du nun tun?« fragte ich.

»Rauchen. Das ist ein Problem für drei Pfeifen, und ich bitte dich, mich in den nächsten fünfzig Minuten nicht anzureden.«

Er ringelte sich in seinem Sessel zusammen, und zwar so, daß er die Knie bis zu seiner Adlernase hinaufzog, und so saß er nun mit geschlossenen Augen da. Seine schwarze Tonpfeife sah aus wie der Schnabel eines seltsamen Vogels. Ich war der Meinung, er sei eingeschlafen, und in der Tat nickte ich selbst auch ein, als er plötzlich aus seinem Stuhl aufsprang, als sei er sich ganz klar geworden, und seine Pfeife auf den Kaminsims legte.

»Sarasate spielt diesen Nachmittag in der St. James' Halle«, bemerkte er. »Was meinst du, Watson? Könnten dich deine Patienten für ein paar Stunden entbehren?«

»Heute habe ich nichts zu tun. Meine Praxis füllt meine Zeit niemals ganz aus.«

»Dann setz deinen Hut auf und komm mit. Ich gehe zuerst durch die City, und unterwegs können wir unseren Lunch nehmen. Auf dem Programm steht, wie ich bemerkte, viel gute deutsche Musik, die meinem Geschmack viel besser entspricht als die italienische oder französische. Sie ist introspektiv, und ich möchte introspektiv sein. Komm nur!«

Mit der Untergrundbahn fuhren wir bis Aldersgate, und von da aus hatten wir nur ein kurzes Stück zu laufen zum Saxe-Coburg Square, zur Szene also dieser einmaligen Geschichte, die wir am Morgen angehört hatten. Das war ein kleiner, etwas langweiliger und auf vornehme Art schäbiger Platz mit vier Reihen einfacher, zweistöckiger Häuser, die auf einen mit Geländer eingefaßten verunkrauteten Rasen herabschauten. Ein paar kümmerliche Lorbeerbüsche kämpften gegen eine verräucherte, unbekömmliche Atmosphäre. Drei vergoldete Kugeln und eine braune Tafel mit JABEZ WILSON in weißen Buchstaben an einem Eckhaus zeigten, wo unser rotköpfiger Klient sein Geschäft hatte. Sherlock Holmes blieb davor stehen, legte den Kopf ein wenig schief und besah sich das alles mit etwas zusammengekniffenen Augen. Dann ging er langsam die Straße entlang, kehrte wieder zur Ecke zurück und schaute immer genau das Haus an. Endlich kehrte er wieder zur Pfandleihe zurück, stieß ein paarmal mit seinem Stock kräftig auf das Pflaster, ging zur Tür und klopfte. Sofort wurde sie geöffnet von einem freundlichen, sauber rasierten jungen Mann, der ihn bat, einzutreten.

»Danke«, sagte Holmes. »Ich wollte nur fragen, wie Sie von hier aus zum Strand gehen.«

»Dritte rechts, vierte links«, antwortete der Assistent prompt und schloß die Tür.

»Geschickter Bursche«, bemerkte Holmes, als wir weggingen. »Nach meinem Urteil ist er der viertgescheiteste Mann in London, und für seine Keckheit bin ich nicht ganz sicher, ob er vielleicht den dritten Platz beanspruchen könnte. Ich kenne ihn irgendwie.«

»Offensichtlich spielt Mr. Wilsons Assistent eine große Rolle in dieser Rotkopfliga. Ich bin überzeugt, du hast nur deshalb nach dem Weg gefragt, damit du ihn zu sehen bekommst.«

»Nicht ihn.«

»Was denn?«
»Die Knie seiner Hosen.«
»Und was hast du gesehen?«
»Was ich erwartete.«
»Warum hast du mit dem Stock auf das Pflaster gestoßen?«

»Mein lieber Doktor, das ist eine Zeit für Beobachtungen, nicht fürs Reden. Wir sind Spione in Feindesland. Wir wissen etwas vom Saxe-Coburg Square. Wir wollen nun die Teile erforschen, die dahinter liegen.«

Die Straße, in der wir uns befanden, lag direkt um die Ecke des Platzes und bildete einen so großen Gegensatz dazu wie die Vorderseite eines Bildes zu dessen Rückseite. Sie war eine der Hauptarterien, die den Verkehr aus der City nach Norden und Westen leiten. Die Fahrbahn war gedrängt voll mit den Fahrzeugen, die in Doppelreihen in beide Richtungen eilten, und die Gehsteige waren ebenso mit Fußgängern vollgestopft. Es war kaum zu glauben, daß diese eleganten, schönen Läden und stattlichen Geschäftshäuser mehr oder weniger die Rückseite des schäbigen Platzes waren, den wir eben verlassen hatten.

»Laß mich mal sehen«, sagte Holmes, stand an der Ecke und schaute die Straße entlang, »ich möchte mich nur gerne an die Reihenfolge der Häuser hier erinnern. Es ist ein Hobby von mir, London ganz genau zu kennen. Hier ist Mortimer, der Tabakhändler, dann kommt der kleine Zeitungsladen, die Filiale Coburg der City and Suburban Bank, das Vegetarische Restaurant, McFarlanes Wagenbauerwerkstatt. Damit sind wir auch schon beim anderen Block. Und jetzt, Doktor, haben wir unsere Arbeit getan, also können wir spielen. Ein Sandwich und eine Tasse Kaffee, dann ins Violinland, wo alles Süße, Delikatesse und Harmonie ist, und wo es keine rothaarigen Klienten gibt, die uns mit ihren Scherzfragen verblüffen.«

Mein Freund war ein begeisterter Musikliebhaber; er spielte sehr gut und komponierte überaus geschickt. Den ganzen Nachmittag saß er, eingehüllt in ein wunschloses Glücksgefühl, in seiner Loge und schlug mit seinen langen, dünnen Fingern den Takt zur Musik. Sein sanft lächelndes Gesicht und seine verträumten Augen waren denen des Verbrecherjägers Holmes ganz unähnlich, diesem schlauen, erbarmungslos zupackenden, scharf beobachtenden Kriminalisten. In seinem einmaligen Wesen dokumentierte sich eine zwiefache Natur, die abwechslungsweise die Oberhand gewann. Seine Übergenauigkeit und sein Scharfsinn waren, wie ich mir schon manchmal überlegt hatte, die Reaktion gegen die poetische und betrachtende Stimmung, die ihn manchmal überkam. In seiner Natur lag extreme Trägheit genauso wie verzehrende Energie. Und ich wußte, niemals war er so großartig wie dann, wenn er endlose Tage lang in seinem Sessel gehockt, gelesen oder auf seiner Geige improvisiert hatte. Dann überkam ihn plötzlich die Jagdlust, und seine brillante Logik erhob sich zur Höhe der Intuition, bis jene, die ihn weniger genau kannten, ihn verblüfft oder auch bestürzt musterten, weil er ein Mann war, dessen Wissen nicht mit dem anderer Sterblicher zu vergleichen war. Als ich ihn an diesem Nachmittag so an die Musik verloren in der St. James' Hall sitzen sah, hatte ich das Gefühl, für jene, die zu jagen er sich anschickte, komme nun eine böse Zeit.

»Du willst sicher nach Hause gehen, Doktor«, bemerkte er, als wir die Konzerthalle verließen.

»Ja, das würde ich gerne.«

»Und ich habe etwas Geschäftliches zu erledigen, das einige Stunden in Anspruch nimmt. Diese Sache vom Coburg Square ist sehr ernst.«

»Wieso ernst?«

»Ein schweres Verbrechen ist in Vorbereitung. Ich habe allen Grund, zu glauben, daß wir noch rechtzeitig kommen, es zu verhüten. Da aber heute Samstag ist, wird die Sache schon komplizierter. Ich bräuchte heute abend deine Hilfe.«

»Um welche Zeit?«

»Zehn Uhr wird früh genug sein.«

»Ich bin um zehn in der Baker Street.«

»Schön. Und noch etwas, Doktor! Es könnte ein wenig gefährlich werden, also steck bitte deinen Armeerevolver in die Tasche.« Er winkte mir noch zu, drehte sich auf dem Absatz um und verschwand im nächsten Moment in der Menge.

Ich halte mich nicht für dümmer als meine Mitmenschen, doch wenn ich mit Sherlock Holmes zu tun hatte, bedrückte mich immer das Gefühl einer großen Beschränktheit. Ich hatte doch genau dasselbe gehört und gesehen wie er, und doch war aus seinen Worten zu schließen, daß er nicht nur klar sah, was geschehen war, sondern auch sogar das, was geschehen sollte, während für mich die ganze Sache noch ziemlich wirr und grotesk war. Auf der Fahrt zu meinem Haus in Kensington dachte ich darüber nach, angefangen bei der außergewöhnlichen Geschichte vom rotköpfigen Kopierer der Encyclopaedia bis zum Besuch am Saxe-Coburg Square und den ominösen Worten, mit denen er sich von mir verabschiedet hatte. Was hatte er auf seinem nächtlichen Ausflug vor? Und warum sollte ich bewaffnet kommen? Wohin sollten wir gehen und was tun? Holmes hatte angedeutet, daß dieser glattgesichtige Pfandleiher-Assistent ein Mann war, der vielleicht ein recht gewagtes Spiel trieb. Ich versuchte daran herumzurätseln, gab meine Bemühungen jedoch verzweifelt auf und schob die Sache von mir, bis ich am Abend eine Erklärung bekommen konnte.

Um Viertel nach neun verließ ich mein Haus und lief durch den Park und durch die Oxford zur Baker Street. Zwei Hansoms standen an der Tür, und schon unten im Hausgang hörte ich Stimmen von oben. Als ich dann sein Zimmer betrat, fand ich Holmes in angeregter Unterhaltung mit zwei Männern. Den einen erkannte ich als Peter Jones, den offiziellen Polizeiagenten; der andere war ein langer, magerer Mann mit traurigem Gesicht, sehr glänzendem Hut und einem bedrückend respektablen Frack.

»Ha! Wir sind komplett!« rief Holmes, knöpfte seine Bordjacke zu und nahm seine schwere Jagdpeitsche vom Ständer. »Watson, ich glaube, du kennst Mr. Jones von Scotland Yard, nicht wahr? Dann laß mich dich bekanntmachen mit Mr. Merryweather, der bei unserem heutigen Abenteuer unser Gefährte sein wird.«

»Sehen Sie, Doktor, wir jagen wieder paarweise«, sagte Jones. »Unser Freund ist ein wundervoller Mann für den Beginn einer Jagd. Er will nichts als nur einen alten Hund, der das Rennen besorgen muß.«

»Ich hoffe nur«, bemerkte Mr. Merryweather düster, »daß wir am Ende unserer Jagd nicht nur eine wilde Gans haben.«

»Sir, Sie können großes Vertrauen zu Mr. Holmes haben«, erklärte der Polizeiagent ziemlich herablassend. »Er hat seine eigenen kleinen Methoden, die — es wird ihm nichts ausmachen, wenn ich das sage — nur eine Spur zu theoretisch und phantastisch sind, doch er ist der geborene Detektiv. Ich sage nicht zuviel, wenn ich das sogar ein paarmal betone, daß er in den Fällen Sholto und Agra-Schatz viel mehr recht hatte als die Polizei.«

»Oh, wenn Sie das sagen, Mr. Jones, dann ist es schon recht«, antwortete der Fremde mit etwas Zurückhaltung. »Trotzdem bekenne ich, daß mir mein Rubber fehlt. Es ist die erste Samstagnacht seit siebenundzwanzig Jahren, daß ich meinen gewohnten Rubber versäume.«

»Sie werden sicher finden», sagte Sherlock Holmes, »daß Sie heute mit viel höherem Einsatz spielen, als Sie es bisher getan haben, und das Spiel wird auch viel aufregender sein. Für Sie, Mr. Merryweather, beträgt der Einsatz gegen dreißigtausend Pfund, und für Sie, Jones, wird es der Mann sein, auf den Sie sowieso gerne die Hand legen würden.«

»John Clay, der Mörder, Dieb, Falschgeldverbreiter und Fälscher. Er ist ein junger Mann, Mr. Merryweather, aber in seinem Beruf ist er Spitze. Meine Handschellen würde ich lieber ihm anlegen als sonst einem Verbrecher in London. Dieser junge John Clay ist ein bemerkenswerter Mann. Sein Großvater war ein Royal Duke, und er selbst war in Eton und Oxford. Sein Gehirn ist so geschickt, wie es seine Finger sind, und wenn wir auch an jeder Straßenecke Zeichen von ihm finden, so wissen wir doch nie, wo wir den Mann selbst aufstöbern können. Eine Woche knackt er in Schottland den Geldschrank einer Krippe, in der nächsten bringt er das Geld auf zum Bau eines Waisenhauses in Cornwall. Seit Jahren bin ich ihm auf der Spur, aber bis jetzt konnte ich ihn noch nie sehen.«

»Ich hoffe, ich habe das Vergnügen, Sie heute nacht mit ihm bekannt zu machen. Ich hatte ein paar kleine Begegnungen auch mit Mr. John Clay, und ich bestätige, daß er auf dem Höhepunkt seiner Laufbahn ist. Aber nun ist es zehn Uhr vorbei und Zeit für uns, jetzt aufzubrechen. Wenn Sie beide den ersten Hansom nehmen, folge ich mit Watson im zweiten.«

Sehr gesprächig war Holmes während der langen Fahrt nicht, er lehnte sich nur zurück und summte einige Melodien vom Nachmittag vor sich hin. Wir ratterten durch einen endlosen Irrgarten von Sträßchen mit Gaslaternen, bis wir endlich in die Farringdon Street gelangten.

»Jetzt sind wir nahe daran«, bemerkte mein Freund. »Dieser Merryweather ist Bankdirektor und persönlich an dieser Sache interessiert. Ich hielt es auch für gut, Jones bei uns zu haben. Er ist kein übler Bursche, wenn auch in seinem Beruf ein absoluter Dummkopf. Er hat jedoch eine recht positive Tugend, er ist tapfer wie eine Bulldogge und so anhänglich wie ein Hummer, sobald er sich einmal irgendwo verbissen hat. Aber hier sind wir, und sie warten auf uns.«

Wir waren nun in der gleichen vollgestopften Straße wie am Morgen. Wir entließen unsere Fahrzeuge und überließen uns der Führung von Mr. Merryweather, gingen ein lange Passage entlang und durch eine Seitentür, die er für uns öffnete. Drinnen war ein enger Korridor, der an einem sehr massiven Eisengitter endete. Auch dieses wurde aufgemacht. Wir stiegen eine gewundene Steintreppe hinab, die wieder an einem starken Tor endete. Mr. Merryweather blieb stehen, um eine Laterne anzuzünden, dann führte er uns wieder eine Passage entlang, die dunkel war und nach Erde roch, und nachdem er noch ein Tor geöffnet hatte, standen wir in einem riesigen Gewölbe oder Keller, in dem überall Verschläge und massive Kisten aufgetürmt waren.

»Von oben her sind sie nicht sehr verletzbar«, stellte Holmes fest, als er die Laterne in die Höhe hob und sich umschaute.

»Auch nicht von unten her«, antwortete Mr. Merryweather und schlug mit seinem Stock auf die Steinplatten, mit denen der Boden belegt war. »Du lieber Gott, das klingt aber hohl!« stellte er verblüfft fest.

»Ich muß Sie wirklich bitten, etwas leiser zu sein«, sagte Holmes streng. »Sie haben jetzt schon den Erfolg unserer Expedition gefährdet. Darf ich bitten, daß Sie die Güte haben, sich auf eine der Kisten zu setzen und sich nicht einzumischen?«

Der düstere Mr. Merryweather hockte sich tatsächlich

auf eine Kiste, sah aber recht gekränkt drein. Holmes kniete sich auf den Boden und begann mit Laterne und Vergrößerungsglas die Fugen zwischen den Steinplatten genau zu untersuchen. Ein paar Sekunden genügten, dann war er zufrieden, denn er sprang auf und steckte sein Vergrößerungsglas in die Tasche.

»Wir haben mindestens noch eine Stunde vor uns«, bemerkte er, »denn sie können kaum einen richtigen Schritt tun, bis der gute Pfandleiher sicher im Bett liegt. Dann werden sie aber nicht eine Minute verlieren, denn je früher sie ihre Arbeit tun, desto mehr Zeit bleibt ihnen für ihre Flucht. Wir sind im Moment, Doktor, wie du ja sicher vermutet hast, im Keller der Stadtfiliale einer der größten Londoner Banken. Mr. Merryweather ist der Vorsitzende des Vorstandes, und er wird dir erklären, daß es Gründe gibt, warum die wagemutigsten Verbrecher Londons im Moment ganz besonders an diesem Keller interessiert sind.«

»Es ist unser französisches Gold«, flüsterte der Direktor. »Wir haben etliche Warnungen erhalten, daß ein Anschlag darauf verübt werden soll.«

»Ihr französisches Gold?«

»Ja. Wir hatten vor einigen Monaten Gelegenheit, unsere eigenen Mittel zu vergrößern, und borgten für diesen Zweck dreißigtausend Napoleons von der Bank von Frankreich. Es wurde bekannt, daß wir noch keine Gelegenheit hatten, das Geld auszupacken und daß es daher noch immer in unserem Keller liegt. Die Kiste, auf der ich sitze, enthält zweitausend Napoleons, gepackt zwischen Lagen von Bleifolie. Unsere Reserve an Gold- und Silberbarren ist im Moment sehr viel größer als die, die gewöhnlich in einem Filialbüro gehalten wird, und die Direktoren fühlen sich daher außerordentlich ungemütlich.«

»Das ist auch berechtigt«, bemerkte Holmes. »Und jetzt ist es Zeit, unseren kleinen Plan vorzubereiten. Ich rechne damit, daß innerhalb einer Stunde die Sache zu einem Höhepunkt kommt. Inzwischen, Mr. Merryweather, müssen wir diese Laterne verdunkeln.«

»Und selbst im Dunkeln sitzen?«

»Ich fürchte, das müssen wir. Ich hatte ein Päckchen Karten mitgebracht und dachte, da wir ja zu viert sind, daß

Sie schließlich doch noch zu Ihrem Rubber kommen. Ich stelle jedoch fest, daß die gegnerischen Vorbereitungen so weit gediehen sind, daß wir kein Licht riskieren dürfen. Und wir müssen vor allem unsere Positionen festlegen. Das sind sehr wagemutige Männer, und wenn wir nicht sehr vorsichtig sind, könnten sie uns Schaden zufügen, auch wenn wir sie überraschen. Ich werde also hinter diesem Verschlag stehen, Sie beide verbergen sich hinter jenen dort. Wenn ich ein Licht auf sie fallen lasse, müssen Sie ganz schnell aufschließen. Sollten sie schießen, Watson, dann mach dir keine Gewissensbisse, wenn du sie niederschießen mußt.«

Ich legte meinen gespannten Revolver oben auf die Holzkiste, hinter die ich mich duckte. Holmes schob das Türchen vorne vor seine Laterne, so daß wir im Stockdunkeln dasaßen. Eine solche absolute Dunkelheit habe ich noch nie erlebt. Es roch nach heißem Metall, und daraus konnten wir schließen, daß in der Laterne das Licht noch brannte und aufleuchten würde, sobald wir es freigaben. Meine Nerven waren gespannt wie Violinsaiten, um so mehr, als in der Düsterkeit und der kalten, feuchten Luft des Gewölbes etwas sehr Bedrückendes war.

»Sie haben nur einen einzigen Fluchtweg«, wisperte Holmes. »Das ist zurück durch das Haus auf den Saxe-Coburg Square. Ich hoffe, Sie haben getan, worum ich Sie bat, Jones?«

»Ich habe einen Inspektor und zwei Beamte an der Vordertür stehen.«

»Dann haben wir ja alle Löcher zugestopft. Und jetzt müssen wir still sein und warten.«

Wie lange sich doch die Zeit hinzog! Als wir danach Notizen verglichen, war es nur eine Zeit von fünf Viertelstunden, doch mir kam es vor, als sei die Nacht schon fast um und die Dämmerung breche über uns herein. Meine Gliedmaßen waren steif und verkrampft, denn ich hatte Angst, meine Lage zu verändern, aber meine Nerven waren zum Zerreißen angespannt, und mein Gehör war so scharf, daß ich nicht nur die leisen Atemzüge meiner Gefährten hörte, sondern sogar genau die tiefen, schweren des wuchtigen Jones und die dünnen, singenden des Bankdirektors unterscheiden konnte. Von meiner Position aus konnte ich über die Kiste wegschauen und auf den Boden. Plötzlich sah ich einen ganz schwachen Lichtschimmer.

Erst war es nur ein Fünkchen auf dem Steinboden, dann wurde daraus allmählich eine gelbe Linie, und schließlich schien sich ohne Warnung und ohne Geräusch ein Spalt zu öffnen, eine Hand erschien, eine weiße, fast weibliche Hand, die in der kleinen Lichtpfütze herumtappte. Eine Minute oder noch länger ragte diese Hand mit den tastenden Fingern aus dem Boden heraus. Dann wurde sie so plötzlich zurückgezogen, wie sie erschienen war, und alles war wieder in tiefster Dunkelheit, bis auf diesen einen winzigen Funken, der die Fuge zwischen zwei Platten kennzeichnete.

Aber ihr Verschwinden war nur vorübergehender Natur. Mit einem reißenden, brechenden Lärm schob sich eine der breiten weißen Platten auf die Seite, so daß ein quadratisches gähnendes Loch sichtbar wurde, durch das helles Laternenlicht strömte. Über den Rand lugte ein sauber geschnittenes, jungenhaftes Gesicht; die Augen blickten flink herum, dann war auf beiden Seiten der Öffnung eine Hand zu sehen, der Kopf schob sich bis zu den Schultern, dann bis zur Hüfte heraus, bis ein Knie auf dem Rand der Platte ruhte. Im nächsten Moment stand er neben dem Loch und zog hinter sich einen Gefährten drein, der klein und geschmeidig war wie er selbst, ein blasses Gesicht und einen hellroten Haarschopf hatte.

»Alles klar«, flüsterte er. »Hast du den Meißel dabei und auch den Sack? O du großer Schotte! Spring doch, Archie, spring! Ich fange dich schon auf.«

Sherlock Holmes war aufgesprungen und hatte den Eindringling auch schon am Kragen. Der andere tauchte in das Loch hinab, ich hörte das Geräusch zerreißender Kleider, als Jones ihn an seinem Schottenrock packte. Das Licht fiel auf den Lauf eines Revolvers, aber Holmes Jagdpeitsche pfiff hinab auf des Mannes Handgelenk, so daß die Waffe klappernd auf dem Steinboden landete.

»Hat keinen Sinn, John Clay«, sagte Holmes. »Sie haben keine Chance. Überhaupt keine.«

»Das sehe ich«, antwortete der andere erstaunlich kühl. »Ich stelle mir vor, mein Kumpel ist davongekommen, obwohl ich sehe, daß Sie seinen Rock abgerissen haben.«

»An der Tür warten drei Männer auf ihn«, sagte Holmes.

»Oh, wirklich? Sie scheinen alles getan und an alles gedacht zu haben. Mein Kompliment.«

»Und meines für Sie«, antwortete Holmes. »Ihr Rotkopftrick war sehr neu und wirksam.«

»Sie werden Ihren Freund sehr bald wiedersehen«, versprach ihm Jones. »Er kann schneller Löcher hinabklettern als ich. Halten Sie nur noch etwas aus, bis ich die Derbys fertig habe.«

»Ich bitte, mich nicht mit Ihren schmutzigen Händen zu berühren«, sagte unser Gefangener, als die Handschellen um seine Gelenke einschnappten. »Sie sind sich wohl nicht darüber klar, daß ich königliches Blut in den Adern habe. Haben Sie also die Güte, immer ‚Sir' und ‚bitte' zu sagen, wenn Sie mich ansprechen.«

»Na, schön«, meinte Jones und konnte sich ein Kichern nicht verkneifen. »Sir, würden Sie bitte nach oben marschieren, wo wir einen Wagen bekommen können, der Eure Hoheit zur Polizeistation bringt?«

»So ist es schon besser«, erwiderte John Clay freundlich. Er machte vor uns dreien eine sehr höfliche Verbeugung und ging willig mit Jones nach oben.

»Wirklich, Mr. Holmes«, sagte Mr. Merryweather, als wir ihnen aus dem Keller folgten, »ich weiß nicht, wie die Bank Ihnen danken oder sich Ihnen erkenntlich zeigen kann. Zweifellos haben Sie eine der größten und geschicktesten Bankräubereien rechtzeitig entdeckt und vereitelt. So etwas habe ich noch nicht erlebt.«

»Mit Mr. John Clay hatte ich selbst ein paar kleinere Angelegenheiten zu erledigen. In dieser Sache hatte ich auch einige Ausgaben, die mir die Bank sicher ersetzen wird. Doch darüber hinaus bin ich damit zufrieden, ein Erlebnis gehabt zu haben, das wohl in mancher Beziehung einmalig genannt werden kann. Überdies habe ich ja auch die sehr bemerkenswerte Geschichte der Liga der Rothaarigen gehört.«

Als wir in den frühen Morgenstunden bei einem Glas Whisky mit Soda in der Baker Street saßen, sagte er zu mir: »Siehst du, Watson, es war von Anfang an absolut klar, daß das einzig mögliche Objekt dieser sehr phantastischen Sache mit der Anzeige der Liga und der Abschrift der Encyclopaedia dieser nicht übermäßig gescheite Pfandleiher sein mußte, den man täglich für etliche Stunden aus dem Weg haben mußte. Eine merkwürdige Art, dies zu bewerkstelligen, aber es wäre wirklich schwierig, eine bessere vorzuschlagen. Die Methode wurde sicher von Clays einfallsreichem Intellekt ausgedacht und war wohl inspiriert von der Haarfarbe seines Komplizen. Die vier Pfund wöchentlich waren schon eine Lockspeise, auf die er hereinfallen mußte, und was waren sie schon, wo sie doch um viele Tausende spielten? Sie gaben also das Inserat auf; ein Gauner hat das Behelfsbüro, der andere drängt den Mann, sich zu bewerben, und gemeinsam gelingt es ihnen, jeden Wochentagmorgen seine Abwesenheit für Stunden zu garantieren. Seit ich hörte, sein Assistent sei mit dem halben Gehalt zufrieden, stand es für mich fest, daß er ein starkes Motiv hatte, sich auf die Art die Stellung zu sichern.«

»Wie konntest du aber das Motiv vermuten?«

»Wäre eine Frau im Haus gewesen, hätte ich eine eher vulgäre Intrige vermutet. Das war jedoch nicht der Fall, kam also auch nicht in Frage. Das Geschäft des Mannes war klein, und in diesem Haus gab es auch nichts, was so ausführliche Vorbereitungen vermuten hätte lassen oder gerechtfertigt hätte, auch die damit verbundenen Ausgaben nicht. Also mußte es etwas außerhalb des Hauses sein. Was konnte es dann sein? Ich dachte an die Liebhaberei des Assistenten, die Photographie, und seinen Trick, in den Keller zu verschwinden. Der Keller! Das war das Ende des wirren roten Fadens. Dann stellte ich über diesen geheimnisvollen Assistenten einige Nachforschungen an und fand heraus, daß wir es mit einem der kühlsten und wagemutigsten Verbrecher Londons zu tun hatten. Er tat etwas im Keller, etwas, das endlose Monate lang viele Stunden im Tag beanspruchte. Was konnte das nun wieder sein? Ich konnte mir nichts anderes vorstellen, als daß er einen Tunnel zu einem anderen Gebäude grub.

Als ich soweit gekommen war, besuchte ich den Schauplatz. Ich setzte dich in Erstaunen, als ich mit dem Stock auf das Pflaster schlug. Damit wollte ich nur feststellen, ob sich der Keller nach vorne oder nach rückwärts erstreckte. Vorne war er nicht. Dann läutete ich, und der Assistent öffnete, wie ich es auch gehofft hatte. Wir hatten ein paar Scharmützel miteinander, doch gesehen hatten wir einander vorher noch nie. Ich schaute ihm auch kaum ins Gesicht. Seine Knie waren das, was ich sehen wollte. Du mußt selbst festgestellt haben, wie abgenützt, verknittert und fleckig sie waren. Sie sprachen deutlich von den vielen Stunden des Grabens. Der einzige noch übrige Punkt war der nach dem Zweck des Grabens. Ich ging also um die Ecke herum und sah, daß die City and Suburban Bank an der Rückseite des Hauses unseres Freundes lag, und da hatte ich das Gefühl, mein Problem gelöst zu haben. Als du dann nach dem Konzert nach Hause fuhrst, setzte ich mich mit Scotland Yard und mit dem Bankvorstand in Verbindung, und das Resultat hast du ja nun selbst gesehen.«

»Woher wußtest du, daß sie ihren Raubzug heute ausführen wollten?« fragte ich.

»Nun ja, daß sie das Büro der Liga schlossen, war ein Zeichen, daß es ihnen jetzt nicht mehr wichtig war, Mr. Jabez Wilson aus dem Weg zu haben. Mit anderen Worten: Sie hatten ihren Tunnel fertig. Aber es war unerläßlich, daß sie ihn sehr bald benützten, da er ja entdeckt werden konnte, oder vielleicht wurde auch der Goldvorrat entfernt. Der Samstag paßte ihnen besser als jeder andere Tag, da sie dann zwei Tage für ihre Flucht hatten. Aus all diesen Gründen rechnete ich damit, daß sie heute kommen würden.«

»Das hast du wieder wundervoll erklärt!« rief ich, und meine Bewunderung war sehr ehrlich gemeint. »Es ist eine lange Kette, und doch ist jedes Kettenglied echt.«

»Es hat mich vor der Langeweile gerettet«, antwortete er und gähnte. »Aber nun fühle ich allmählich doch, daß ich müde werde. Mein Leben scheint eine einzige große Anstrengung zu sein, einer alltäglichen Existenz zu entkommen. Dazu verhelfen mir diese kleinen Probleme.«

»Und gleichzeitig bist du ein Wohltäter der Menschheit«, sagte ich. Er zuckte nur die Achseln.

»Nun ja, vielleicht hatte es einen kleinen Nutzen«, bemerkte er. »,L'homme c'est rien, l'oeuvre c'est tout' — der Mensch ist nichts, das Werk ist alles. So schrieb schon Gustave Flaubert an Georges Sand.«

Ein Skandal in Böhmen

Für Sherlock Holmes ist sie immer *die* Frau. Selten habe ich einmal gehört, daß er einen anderen Namen für sie gebraucht hätte. In seinen Augen überstrahlt sie ihr ganzes Geschlecht. Nein, so etwas wie Liebe hat er sicher nicht für Irene Adler gefühlt. Alle Emotionen, besonders diese, fand sein kalter, genauer, bewundernswert ausgewogener Geist abscheulich. Ich bin davon überzeugt, daß er die perfekteste Denk- und Beobachtungsmaschine war, die diese Welt je gesehen hat. Aber als Liebhaber wäre er ganz fehl am Platz gewesen. Nie sprach er von den sanfteren Leidenschaften, oder wenn, dann mit einem Hohnlächeln oder Schniefen. Für den Beobachter, meinte er, seien sie ganz wundervolle Dinge, weil damit der Schleier von des Menschen Motiven und Handlungen leicht wegzuziehen sei. Für einen geschulten Vernünftler wäre es jedoch ein Unding gewesen, solche Einbrüche in sein genau und ganz delikat ausgewogenes Temperament zuzulassen, denn damit wäre ein ablenkender Faktor eingeführt worden, der vielleicht Zweifel auf alle seine mentalen Ergebnisse hätte werfen können. Sand in einem empfindlichen Instrument oder ein Sprung in einem seiner erstklassigen Vergrößerungsgläser wäre für ihn viel entsetzlicher gewesen als eine starke Emotion in einer Natur, wie es die seine war.

Und doch gab es auch für ihn eine Frau, und das war die verstorbene Irene Adler, zudem von zweifelhafter und fragwürdiger Erinnerung.

In letzter Zeit hatte ich wenig von Holmes gesehen. Meine Ehe hatte uns ein wenig auseinandertreiben lassen. Ich war sehr glücklich, und meine Interessen konzentrierten sich auf mein Heim, wie es häufig der Fall ist, wenn ein Mann zum erstenmal Herr seines eigenen Hausstandes ist, so daß er meine ganze Aufmerksamkeit für sich beanspruchte. Holmes dagegen lehnte mit seiner Bohèmeseele jede Form von Gesellschaft ab, blieb in unserer Wohnung in der Baker Street und vergrub sich in seinen alten Büchern. Von einer Woche zur anderen wechselte er vom Kokain zum Ehrgeiz, von der Schläfrigkeit der Droge zur wütenden Energie seiner wahren, scharfsichtigen Natur.

Verbrechensstudien zogen ihn noch immer über alle Maßen an, sie beschäftigten seine immensen Fähigkeiten und außerordentlichen Gaben der Beobachtung und Verfolgung von Spuren, um dann jene Rätsel zu lösen, die von der offiziellen Polizei längst als unlösbar aufgegeben worden waren. Von Zeit zu Zeit hörte ich etwas ungenaue Berichte über das, was er tat, etwa daß er im Mordfall Trepoff nach Odessa geholt worden war, oder daß er die einmalige Tragödie der Brüder Atkinson in Trincomalee klärte, und schließlich nahm ich auch etwas wahr von der Mission, die er so delikat und erfolgreich für das regierende Haus von Holland erledigt hatte. Über solche Berichte hinaus, die ich ja in den Tageszeitungen lesen konnte, wußtc ich wenig von meinem Freund und früheren Gefährten.

Eines späten Abends, es war der 20. März 1888, kam ich von einem Patienten zurück — ich hatte mich zu einer zivilen Arztpraxis entschlossen —, als mich mein Weg durch die Baker Street führte. Als ich an der wohlbekannten Tür vorüberfuhr, die mich immer an das dunkle Geschehen der Studie in Scharlachrot erinnerte, empfand ich plötzlich den heftigen Wunsch, Holmes wiederzusehen, um zu erfahren, wie er jetzt seine ungewöhnlichen Talente beschäftigte. Seine Räume waren strahlendhell erleuchtet, und während ich nach oben schaute, sah ich zweimal seine hohe, magere Gestalt als dunklen Umriß vor der Blende. Schnell schritt er durch den Raum, den Kopf auf die Brust gesenkt, die Hände hinter dem Rücken verschränkt. Mir, der ich jede seiner Stimmungen und Gewohnheiten kannte, erzählte seine Haltung und Art eine ganze Geschichte. Er war also wieder an der Arbeit. Er hatte sich aus seinen Drogenträumen herausgerissen und mußte einem neuen Problem schon auf heißer Spur sein. Ich läutete und wurde hinaufgeführt zu jenem Zimmer, das einst auch zum Teil mir gehört hatte.

Er war niemals überschenglich, auch jetzt nicht, doch er freute sich, glaube ich, sehr, mich zu sehen. Er sprach wenig, schaute mich aber freundlich an, winkte mich zu einem Sessel, schob mir seine Zigarrenkiste zu und deutete auf Whisky und Sodawasser in der Ecke. Dann stand er vor dem Feuer und musterte mich auf seine eindringliche Art.

»Die Ehe bekommt dir«, bemerkte er. »Ich glaube, Watson, daß du siebeneinhalb Pfund zugenommen hast, seit ich dich zuletzt sah.«

»Sieben«, antwortete ich.

»Nein wirklich, ich hätte ein bißchen mehr gerechnet. Nur eine Kleinigkeit mehr, Watson. Und du praktizierst wieder, wie ich sehe. Davon hast du mir gar nichts erzählt, daß du wieder in das Joch willst.«

»Woher weißt du das denn?«

»Ich sehe es, ich leite es ab. Wie ich weiß, daß du kürzlich sehr naß wurdest und daß du ein sehr ungeschicktes und wenig sorgfältiges Dienstmädchen hast!«

»Mein lieber Holmes, das ist zuviel«, antwortete ich. »Man hätte dich sicher verbrannt, hättest du vor ein paar Jahrhunderten gelebt. Es ist richtig, daß ich am Donnerstag über Land mußte und fürchterlich zugerichtet nach Hause kam. Aber ich habe doch meine Kleider gewechselt, also verstehe ich nicht, wie du das ableiten kannst. Und Mary Jane ist unverbesserlich; deshalb hat meine Frau ihr gekündigt, doch auch hier verstehe ich nicht, woher du das wissen kannst.«

Er lachte leise und rieb sich die langen, nervösen Hände.

»Das ist doch äußerst einfach«, erklärte er. »Meine Augen sagen mir, daß an der Innenseite deines linken Schuhes, dort wo das Licht des Feuers darauffällt, das Leder sechs fast parallel laufende Risse hat. Die wurden offensichtlich verursacht von einem, der sehr unvorsichtig um die Sohlenkanten herumkratzte, um angebackenen Schmutz zu entfernen. Du siehst also, es war ganz einfach, daraus zu schließen, daß du bei schlechtem Wetter aus warst und daß du weiterhin ein ziemlich übles Muster der schuhputzenden Londoner Sklaven hast. Und zu deiner Praxis: Wenn ein Gentleman in meine Wohnung kommt und nach Iodoform riecht, dazu am rechten Zeigefinger die schwarzen Spuren von Silbernitrat aufweist und überdies sein Zylinder dort eine leichte Beule hat, wo er sein Stethoskop aufbewahrt, so müßte ich wirklich sehr dumm sein, würde ich in ihm nicht ein aktives Mitglied der heilenden Profession vermuten.«

Da mußte ich denn doch lachen, als er mir mit soviel Leichtigkeit den Prozeß seiner Beobachtung und Schlußfolgerung erklärte. »Wenn ich dich höre, wie du deine Gründe darlegst«, bemerkte ich, »so erscheint mir immer alles so lächerlich leicht, daß ich es selbst auch tun könnte, obwohl mich deine Logik jedesmal wieder verblüfft, bis du mir deinen Denkprozeß erklärst. Und doch glaube ich, daß meine Augen so gut sind wie die deinen.«

»Richtig«, antwortete er, zündete eine Zigarette an und warf sich in einen Sessel. »Du siehst, aber du beobachtest nicht, das ist klar. Zum Beispiel hast du häufig die Stufen gesehen, die von der Halle her in diesen Raum führen.«

»Sehr häufig sogar.«

»Wie oft?«

»Nun ja, ein paar hundertmal.«

»Wie viele sind es?«

»Wie viele? Oh, das weiß ich nicht.«

»Siehst du, du hast nicht beobachtet. Aber gesehen hast du's. Darum geht es mir. Ich weiß, daß es siebzehn Stufen sind, weil ich es gesehen und beobachtet habe. Übrigens, da du an diesem kleinen Problem interessiert bist, und da du so freundlich warst, ein paar von meinen Erlebnissen schriftlich festzuhalten, könntest du auch daran interessiert sein.« Er warf mir ein Blatt dicken, rosafarbenen Briefpapieres zu, das auf dem Tisch gelegen hatte. »Das kam mit der letzten Post«, sagte er. »Lies es mir doch laut vor.«

Ein Datum trug das Blatt nicht, auch keine Unterschrift oder Adresse.

Heute abend wird um Viertel vor acht Uhr ein Gentleman bei Ihnen vorsprechen, der Sie in einer Sache von äußerster Wichtigkeit konsultieren möchte. Ihre kürzlichen Dienste für das Mitglied eines königlichen Hauses Europas beweisen, daß Sie ein Mann sind, den man mit Sicherheit mit Dingen betrauen kann, deren Wichtigkeit kaum zu übertreiben ist. Diese Ihre Beurteilung ging uns von allen Seiten her zu. Seien Sie also bitte um diese Zeit in Ihrer Wohnung, und stoßen Sie sich nicht daran, wenn Ihr Besucher eine Maske trägt.

»Das ist ja wirklich äußerst geheimnisvoll«, bemerkte ich. »Was könnte das zu bedeuten haben?«

»Ich habe noch keine Daten. Es ist ein sehr großer Fehler, zu theoretisieren, ehe man Daten hat. Unwillkürlich verdreht man nämlich die Tatsachen, um sie den Theorien anzupassen, statt die Theorien den Tatsachen anzugleichen. Aber vom Brief selbst — welche Schlüsse ziehst du daraus?«

Sorgfältig musterte ich die Schrift und das Papier, auf dem sie stand.

»Der Mann, der dies schrieb, lebt in guten Verhältnissen«, bemerkte ich und imitierte damit meines Freundes Denkprozeß. »Dieses Papier kann nicht unter einer halben Krone für das Paket gekauft werden. Es ist ganz besonders kräftig und steif.«

»Ganz besonders, ja, und es ist kein englisches Papier. Halt es doch einmal ans Licht.«

Das tat ich und sah ein E, ein g, ein P und ein G mit einem t als eine Art Wasserzeichen im Papier.

»Welche Schlüsse ziehst du daraus?« fragte Holmes.

»Sicher der Name des Herstellers; oder sein Monogramm.«

»Nein, das nicht. Das G mit dem t bedeutet ‚Gesellschaft', also das deutsche Wort für Company. Das wird ebenso gebraucht wie unsere Abkürzung Co.; P ist natürlich die Abkürzung für ‚Papier'. Und das Eg wollen wir einmal in unserem kontinentalen Nachschlagewerk überprüfen.« Er nahm einen schweren braunen Band aus dem Regal. »Eglow, Eglonitz, ah, hier haben wir's ja. Egria. Eger auf deutsch. Das ist ein deutschsprachiger Landesteil in Böhmen, nicht weit von Karlsbad entfernt. ‚Bemerkenswert als Sterbeort Wallensteins und wegen zahlreicher Glasfabriken und Papiermühlen.' Ha, ha! Junge, Junge, was machst du daraus?« Seine Augen funkelten, und er schickte eine dicke, blaue, triumphierende Wolke aus seiner Zigarette.

»Das Papier wurde in Böhmen hergestellt.«

»Genau. Und der Mann, der diesen Brief schrieb, ist ein Deutscher. ‚Diese Ihre Beurteilung' kann nur von einem Deutschen stammen, ein Franzose oder Russe hätte anders geschrieben. Es bleibt also nur noch zu entdecken, was dieser Deutsche will, der auf böhmischem Papier schreibt und eine Maske trägt, weil er sein Gesicht nicht zeigen will. Und hier ist er ja schon, wenn mich nicht alles trügt, um unsere Zweifel zu beseitigen.«

Während er sprach, waren unten scharfe Hufschläge zu hören und das Geräusch von Rädern, die am Randstein schleiften. Dann wurde kräftig an der Glocke gezogen. Holmes pfiff leise.

»Ein Paar, wie es klingt«, sagte er. »Ja, stimmt«, bestätigte er nach einem Blick aus dem Fenster. »Ein hübscher kleiner Brougham mit zwei Schönheiten davor. Hundertfünfzig Guineas pro Stück. Watson, da steckt Geld drinnen, wenn nichts sonst.«

»Ich glaube, ich gehe jetzt besser«, schlug ich vor.

»Absolut nicht, Doktor. Bleib nur da. Das verspricht sehr interessant zu werden. Jammerschade, ließest du dir das entgehen.«

»Aber dein Klient ...«

»Unwichtig. Vielleicht brauche ich deine Hilfe, und er könnte sie auch brauchen. Hier kommt er ja. Setz dich in diesen Sessel, Doktor, und paß genau auf.«

Ein langsamer, schwerer Schritt kam über die Treppe und durch den kurzen Gang und blieb neben der Tür stehen. Es wurde kräftig und sehr bestimmt geklopft.

»Herein!« rief Holmes.

Ein Mann kam herein. Er war mindestens sechs Fuß und sechs Zoll hoch und hatte die Brust und Gliedmaßen eines Herkules. Seine Kleidung war so reich, daß man in England schon fast von schlechtem Geschmack gesprochen hätte. An den Ärmeln und der Vorderseite seiner doppelreihigen Jacke hatte er breite Astrachanstreifen, und der dunkelblaue Mantel, den er über die Schulter geworfen hatte, war mit flammenfarbener Seide gefüttert. Der Halsverschluß bestand aus einem einzigen funkelnden Beryll. Seine Stiefel reichten bis über die Hälfte der Waden und waren oben mit reichem braunem Pelz besetzt; damit war der Eindruck barbarischer Üppigkeit, die seine Erscheinung ausdrückte, abgerundet. In der Hand hatte er einen breitrandigen Hut, und über der oberen Gesichtshälfte trug er eine schwarze Maske, die ihm über die Wangenknochen reichte. Er mußte sie eben erst aufgesetzt haben, denn seine Hand war noch erhoben, als er eintrat. Beurteilte man ihn nach der unteren Gesichtshälfte, so war er ein Mann starken Charakters mit einer dicken, hängenden Unterlippe und einem langen, geraden

Kinn, das von Entschlossenheit, wenn nicht Dickköpfigkeit sprach.

»Sie bekamen meinen Brief?« fragte er mit einer tiefen, barschen Stimme und einem sehr deutlichen deutschen Akzent. »Ich teilte Ihnen mit, daß ich kommen würde.« Er schaute von Holmes zu mir und schien nicht recht zu wissen, an wen er sich halten solle.

»Bitte, setzen Sie sich doch«, sagte Holmes. »Das ist mein Freund und Kollege Dr. Watson, der so freundlich ist, mir gelegentlich bei meinen Fällen zu helfen. Mit wem habe ich die Ehre?«

»Sie können mich den Grafen von Kramm nennen, einen böhmischen Adeligen. Ich hörte, daß dieser Gentleman, Ihr Freund, ein Mann von Ehre und Verschwiegenheit ist, so daß ich auch ihn mit einer Angelegenheit von größter Wichtigkeit betrauen kann. Wenn nicht, so würde ich es vorziehen, mit Ihnen allein zu sprechen.«

Ich stand auf und wollte gehen, doch Holmes hielt mich am Handgelenk fest und drückte mich wieder in meinen Sessel. »Wir sind beide hier — oder keiner«, sagte er. »Vor diesem Gentleman können Sie alles sagen, was Sie mir sagen wollen.«

Der Graf zuckte die Achseln. »Dann muß ich wohl damit beginnen, Sie für die nächsten beiden Jahre zu absolutem Schweigen zu verpflichten; am Ende dieser Zeit ist die Angelegenheit nicht mehr wichtig. Im Moment ist es nicht zuviel, wenn ich sage, sie ist von solchem Geist, daß sie die ganze europäische Geschichte beeinflussen könnte.«

»Ich verspreche es«, sagte Holmes.

»Ich auch«, folgte ich.

»Sie wollen diese Maske entschuldigen«, fuhr unser Besucher fort. »Die hohe Person, die mich beauftragt hat, wünscht, daß ihr Agent Ihnen unbekannt bleibt, und ich bekenne sofort, daß der Titel, mit dem ich mich bei Ihnen einführte, nicht mein richtiger ist.«

»Das dachte ich mir«, erwiderte Holmes trocken.

»Die Umstände sind außerordentlich delikat, und jede Vorsichtsmaßnahme muß ergriffen werden, um alles zu vermeiden, was zu einem Skandal von immensen Ausmaßen führen könnte, der eine der regierenden Familien Europas ernstlich kompromittieren würde. Um offen zu sprechen, die Sache hat mit dem großen Haus von Ormstein zu tun, dem der Erbkönige von Böhmen.«

»Auch darüber war ich mir klar«, murmelte Holmes, lehnte sich zurück und schloß die Augen.

Unser Besucher war offensichtlich sehr überrascht, daß der Mann, der ihm wohl als der schärfste Logiker bezeichnet worden war, sich so lässig zurücklehnte. Mit seinem Ruf als überaus energischer Agent, als bekanntester Europas, vertrug sich das seiner Meinung nach nicht. Holmes öffnete langsam wieder die Augen und musterte ungeduldig seinen riesigen Klienten.

»Wenn Majestät sich herablassen würde, den Fall zu erklären, wäre ich besser in der Lage, Ihnen zu raten«, sagte er.

Der Mann sprang auf und schritt sehr aufgeregt auf und ab. Dann riß er mit einer Geste der Resignation die Maske vom Gesicht und schleuderte sie auf den Boden.

»Sie haben recht, ich bin der König!« rief er. »Warum soll ich das zu verbergen suchen?«

»Nun ja, wirklich, warum auch?« antwortete Holmes. »Majestät hatten noch gar nicht gesprochen, da wußte ich schon, daß ich Wilhelm Gottsreich Sigismond von Ormstein, Großherzog von Kassel-Feldstein und Erbkönig von Böhmen, vor mir habe.«

Unser seltsamer Besucher setzte sich wieder und strich sich mit der Hand über die hohe, weiße Stirn. »Aber Sie können doch verstehen, daß ich nicht daran gewöhnt bin, mich persönlich mit solchen Angelegenheiten zu befassen. Und doch ist die Sache so delikat, daß ich sie keinem Agenten anvertrauen könnte, ohne mich ihm auszuliefern. Ich kam also inkognito aus Prag, nur zu dem Zweck, Sie zu konsultieren.«

»Dann, bitte, konsultieren Sie doch«, erwiderte Holmes und schloß wieder die Augen.

»Die Tatsachen sind, kurz gefaßt, die: Vor etwa fünf Jahren machte ich während eines längeren Besuches in Warschau die Bekanntschaft der bekannten Abenteurerin Irene Adler. Der Name ist Ihnen sicherlich bekannt.«

»Doktor, schau doch bitte mal nach ihr in meinem Verzeichnis«, sagte Holmes, ohne die Augen zu öffnen. Seit vielen Jahren bediente er sich eines Systems der Aufzeichnung aller Daten zu Menschen und Dingen, so daß es sehr schwierig war, einen Gegenstand oder eine Person zu nennen, ohne dazu Informationen liefern zu können. In diesem Fall fand ich die Biographie zwischen der eines Rabbiners und der eines Stabskommandeurs, der einen Artikel über Tiefseefische geschrieben hatte.

»Laß mich mal sehen«, bat Holmes. »Hm ... Geboren 1858 in New Jersey. Konteralt. Hm. Scala. Hm. Primadonna der Kaiserlichen Oper von Warschau. Ja. Hat sich von der Bühne zurückgezogen. Ha! Lebt in London. Richtig. Majestät, wie ich hörte, haben Sie sich mit dieser jungen Person eingelassen, schrieben ihr einige kompromittierende Briefe und möchten diese Briefe nun wiederhaben.«

»Genau. Aber wie ...«

»Gab es hier eine geheime Hochzeit?«

»Nein.«

»Keine rechtsgültigen Papiere und Bestätigungen?«

»Keine.«

»Dann kann ich Eurer Majestät nicht ganz folgen. Falls diese junge Person die Briefe zur Erpressung oder zu anderen Zwecken benützen sollte — wie könnte sie deren Echtheit beweisen?«

»Da ist doch die Schrift.«

»Ha! Die kann man fälschen.«

»Und mein persönliches Briefpapier.«

»Kann gestohlen sein.«

»Und mein Siegel.«

»Imitiert.«

»Mein Photo.«

»Gekauft.«

»Wir waren aber beide auf dem Photo.«

»O du lieber Gott! Das ist aber schlecht. Majestät haben da wirklich eine Unvorsichtigkeit begangen. Eine Indiskretion.«

»Ich war verrückt. Wirklich.«

»Sie haben sich ernstlich kompromittiert.«

»Damals war ich erst Kronprinz und jung. Jetzt bin ich dreißig.«

»Man muß das Photo zurückbekommen.«

»Das haben wir schon versucht. Es mißlang.«

»Dann müssen Sie bezahlen, Majestät. Es muß gekauft werden.«

»Sie wird es nicht verkaufen.«

»Gut, dann muß es gestohlen werden.«

»Da wurden fünf Versuche gemacht. Zweimal durchwühlten Einbrecher in meinem Auftrag und von mir bezahlt ihr Haus. Einmal lenkten wir ihr Gepäck um, als sie reiste. Zweimal wurde sie auf der Straße überfallen. Alles ohne Ergebnis.«

»Kein Zeichen, wo das Photo sein könnte?«

»Absolut keines.«

Holmes lachte. »Das ist ein ganz hübsches kleines Problem«, meinte er.

»Aber für mich ist es außerordentlich ernst«, hielt ihm der König vor.

»Sehr sogar. Und was hat sie mit dem Photo vor?«

»Sie will mich ruinieren.«

»Wie denn?«

»Ich werde in Kürze heiraten.«

»Ja, das hörte ich.«

»Clotilde Lothman von Sachsen-Meinungen, zweite Tochter des Königs von Skandinavien. Sie kennen vielleicht die strenge Disziplin ihrer Familie. Sie selbst ist die Seele der Delikatesse. Der Schatten eines Zweifels bezüglich meiner Führung würde die Sache sofort streichen.«

»Und Irene Adler?«

»Sie droht mir, ihnen das Photo zu senden. Und sie wird es auch tun, ich weiß das. Sie kennen sie nicht, aber sie hat eine Seele aus Stahl. Sie hat das Gesicht einer der schönsten Frauen überhaupt, aber den Geist des entschlossensten Mannes. Ehe ich eine andere Frau heirate, ist sie zu allem entschlossen. Es gibt nichts, das sie nicht tun würde.«

»Und Sie sind sicher, daß sie das Photo noch nicht abgeschickt hat?«

»Ja, dessen bin ich sicher.«

»Warum?«

»Weil sie sagte, sie würde es an dem Tag schicken, an dem die Verlobung öffentlich bekanntgemacht wird. Das ist am nächsten Montag.«

»Oh, dann haben wir ja noch drei Tage«, meinte Holmes und gähnte. »Das ist sehr vorteilhaft, denn im Moment habe ich ein paar wichtige Dinge zu erledigen. Natürlich wird doch Eure Majestät vorläufig in London bleiben?«

»Gewiß. Sie finden mich im Langham unter dem Namen eines Grafen von Kramm.«

»Dann werde ich Ihnen ein paar Zeilen zukommen lassen, um Sie davon zu unterrichten, wie wir vorankommen.«

»Bitte, tun Sie das. Ich erwarte Ihre Nachricht sehr besorgt.«

»Und das Geld?«

»Da haben Sie freie Hand.«

»Absolut?«

»Ich sage Ihnen, ich würde eine Provinz meines Königreiches dafür geben, wenn ich das Photo zurückbekäme.«

»Und die gegenwärtigen Ausgaben?«

Der König nahm unter seinem Mantel eine schwere Tasche aus Chamoisleder heraus und legte sie auf den Tisch. »Hier sind dreihundert Pfund in Gold und siebenhundert in Scheinen«, sagte er.

Holmes kritzelte auf ein Blatt seines Notizblockes eine Quittung und reichte sie ihm.

»Und die Adresse von Mademoiselle?« bat er.

»Briony Lodge, Serpentine Avenue, St. John's Wood.«

Holmes notierte sie. »Noch eine Frage«, sagte er nachdenklich. »War das Photo eine Kabinettaufnahme?«

»Ja.«

»Dann also gute Nacht, Majestät, und ich denke, wir haben bald gute Nachrichten für Sie.«

»Und gute Nacht, Watson«, sagte er zu mir, als die Räder des königlichen Gefährts die Straße entlangrollten. »Wenn du so freundlich sein willst, morgen nachmittag um drei Uhr vorbeizukommen, würde ich gerne eine Kleinigkeit mir dir besprechen.«

2

Genau um drei Uhr war ich in der Baker Street, doch Holmes war noch nicht zurückgekehrt. Die Hausfrau berichtete mir, er habe kurz nach acht Uhr morgens das Haus verlassen. Ich setzte mich zum Kamin, in der Absicht, auf ihn zu warten, und möge es noch so lange dauern. Die Sache interessierte mich schon sehr; mit den seltsamen und grausigen Umständen der beiden Verbrechen, von denen ich schon berichtet habe, hatte diese Angelegenheit nichts zu tun, doch die Natur des Falles und die hohe Stellung seines Klienten brachten eine ganz besondere Note hinein. Auch hier wieder war in meines Freundes Griff eine Meisterschaft zu erkennen, die es mir zum Vergnügen werden ließ, seine Arbeitsweise zu studieren und den raschen, subtilen Methoden zu folgen, mit denen er den Schleier vor den vertracktesten Geheimnissen lüftete. So gewöhnt war ich an seinen unausbleiblichen Erfolg, daß mir der Gedanke, er könne einmal keinen haben, gar nicht erst kam.

Es war schon fast vier Uhr, als die Tür aufging und ein betrunken aussehender, ungepflegter Diener mit Backenbart, rotem Gesicht und unordentlichen, schäbigen Kleidern hereinkam. Zwar war ich an die Verkleidungskünste meines Freundes schon einigermaßen gewöhnt, doch ich mußte dreimal schauen, bis ich sicher war, daß ich ihn vor mir hatte. Er nickte mir zu, verschwand in sein Schlafzimmer und kam fünf Minuten später in einem Tweedanzug und so respektabel wie immer wieder heraus. Er schob seine Hände in die Taschen, streckte seine langen Beine vor dem Feuer aus und lachte in paar Minuten lang von ganzem Herzen.

»Nein, wirklich!« rief er, dann holte er Luft und lachte wieder, bis er nicht mehr konnte und sich erschöpft und hilflos zurücklehnte.

»Was ist denn?«

»Ah, es ist zu komisch! Du kannst dir sicher nicht vorstellen, wie ich den Vormittag verbrachte und womit ich mich beschäftigte.«

»Nein, das kann ich nicht. Dann hast du wohl die Gewohnheiten und vielleicht das Haus von Miß Irene Adler beobachtet?«

»Richtig, aber die Reihenfolge war ziemlich ungewöhnlich. Ich will es dir aber erzählen. Kurz nach acht Uhr morgens verließ ich das Haus als arbeitsloser Diener und Reitknecht. Unter Pferdeleuten gibt es eine herrliche Kameradschaft. Du brauchst nur einer von ihnen zu sein, dann erfährst du alles, was du wissen mußt. Briony Lodge war nicht schwer zu finden. Das ist ein Schmuckstück von einer Villa mit einem Garten dahinter, während die Front zwei Stockwerke hoch direkt an der Straße steht. Chubb-Schloß an der Tür. Rechts ein großes Wohnzimmer, sehr gut möbliert, mit langen, breiten Fenstern, die fast bis zum Boden reichen, und diesen ungeheuerlichen Fensterriegeln, die jedes Kind öffnen könnte. Dahinter war nichts Bemerkenswertes außer einem Gangfenster, das vom Dach des Kutschenhauses aus zu erreichen ist. Ich ging herum und besah mir alles von allen Seiten aus, ohne jedoch etwas zu finden, das interessant gewesen wäre.

Dann schlenderte ich die Straße entlang und fand, wie vermutet, einen Mietstall in einem Sträßchen, das an einer der Gartenmauern entlangläuft. Ich half den Stallknechten beim Abreiben und Striegeln der Pferde und bekam dafür ein Twopencestück, ein Glas Halb-und-halb, zwei Pfeifen voll Tabak und so viele Informationen über Irene Adler, wie ich sie mir nur wünschen konnte, natürlich auch über ein halbes Dutzend anderer Leute in der Nachbarschaft, an denen ich absolut nicht interessiert war, deren Biographien ich mir wohl oder übel aber anhören mußte.«

»Was ist mit Irene Adler?« fragte ich.

»Oh, in dieser Gegend hat sie allen Männern die Köpfe verdreht. Sie ist das niedlichste Persönchen mit Haube, das auf diesem Planeten herumläuft. Das sagt man wenigstens in den Serpentine Mews. Sie lebt ruhig, singt in Konzerten, fährt um fünf Uhr täglich aus und kehrt pünktlich um sieben Uhr zum Dinner zurück. Zu anderen Zeiten geht sie selten aus, nur wenn sie singt. Sie hat nur einen männlichen Besucher, den aber sehr oft. Er ist dunkel, sieht sehr gut aus und fällt auf. Mindestens einmal täglich ist er da, manchmal auch zweimal. Das ist ein gewisser Mr. Godfrey Norton vom Inner Temple. Hier siehst du, wie vorteilhaft es ist, einen Wagenkutscher zum Vertrauten zu haben. Die Männer dort haben ihn von Serpentine Mews ein Dutzendmal nach Hause gefahren und wissen alles über ihn. Als ich dann alles erfahren hatte, was sie mir sagen konnten, begann ich wieder in der Nähe von Briony Lodge herumzuschlendern und überlegte dabei meinen Feldzugsplan.

Dieser Godfrey Norton war offensichtlich ein wichtiger Faktor in dieser Angelegenheit. Er war Rechtsanwalt. Das klingt schon verdächtig. Welche Beziehung bestand zwischen ihnen, und was ist der Grund seiner häufigen Besuche? War sie seine Klientin, seine Freundin oder Geliebte? Im ersten Fall hatte er wohl das Photo in Gewahrsam genommen; im letzten Fall ist das weniger wahrscheinlich. An dieser Frage hing es nun, ob ich meine Arbeit an Briony Lodge fortsetzen oder meine Aufmerksamkeit der Wohnung dieses Gentlemans im Temple zuwenden sollte. Das war keine leichte Entscheidung, denn dieser Punkt erweiterte das Feld meiner Nachforschungen ganz erheblich. Ich fürchte, ich langweile dich mit diesen Einzelheiten, aber ich muß dir meine kleinen Schwierigkeiten schildern, damit du die Lage verstehen kannst.«

»Oh, ich folge dir genau«, sagte ich.

»Ich wog die Sache noch immer in meinem Geist ab, als ein Hansom vor Briony Lodge ankam und ein Gentleman heraussprang. Es war ein bemerkenswert gut aussehender Mann, dunkel, mit Adlergesicht und Schnurrbart, offensichtlich der Mann, von dem man mir erzählt hatte. Er schien in großer Eile zu sein, rief dem Kutscher zu, er solle warten, und lief an dem Mädchen vorbei, das die Tür öffnete, mit der Miene eines Mannes, der hier zu Hause war.

Ungefähr eine halbe Stunde blieb er im Haus, und ich sah ihn ein paarmal am Fenster des Wohnzimmers, wie er auf und ab lief und so aufgeregt redete, daß er mit den Armen herumfuchtelte. Von ihr sah ich dagegen nichts. Als er dann wieder herauskam, sah er noch nervöser aus als vorher. Er trat zum Wagen, nahm eine goldene Uhr aus der Tasche und besah sie ernst. ‚Fahren Sie wie der Teufel!' rief er dem Kutscher zu. ‚Erst zu Gross & Hankey in der Regent Street, dann zur Kirche St. Monica in der Edgeware Road. Eine halbe Guinea, wenn Sie das in zwanzig Minuten schaffen!'

Sie fuhren davon, und ich überlegte, ob ich ihnen folgen sollte, aber da kam auf dem Sträßchen ein kleiner, hübscher Landauer heran. Der Kutscher hatte seinen Frack nur halb zugeknöpft, das Halstuch hing unter seinem Ohr, und die Schnallen waren nirgends richtig zugemacht. Er stand noch nicht einmal vor dem Haus, als sie herausgeschossen kam und in den Wagen sprang. Ich sah sie da nur für einen winzigen Moment, aber soviel ließ sich erkennen, daß sie eine entzückende Frau ist, mit einem Gesicht, für das ein Mann sehr wohl sterben könnte.

‚Die Kirche von St. Monica, John!' rief sie, ‚und einen halben Sovereign, wenn Sie in zwanzig Minuten dort sind!'

Es war jetzt fünfundzwanzig Minuten vor zwölf, und es war klar, was da vorging.

Mein Wagen fuhr sehr schnell. Ich glaube, noch schneller bin ich niemals gefahren, aber die anderen waren vor uns dort. Der Hansom und der Landauer standen mit dampfenden Pferden schon vor der Tür, als ich ankam. Ich bezahlte den Mann und eilte in die Kirche. Nicht eine Seele war da außer den beiden, denen ich gefolgt war, und einem Geistlichen im Chorrock, der sich gerade mit ihnen zu beschäftigen schien. Alle drei standen zusammen vor dem Altar. Ich schlenderte in das Seitenschiff wie irgendeiner, der zufällig in eine Kirche ging. Plötzlich und zu meiner Überraschung drehten sich alle drei zu mir um, und Godfrey Norton kam auf mich zugerannt.

‚Gott sei Dank!' rief er. ‚Das wird genügen. Kommen Sie, kommen Sie!'

‚Was denn?' fragte ich.

‚Kommen Sie, Mann, so kommen Sie doch! Es dauert nur drei Minuten, sonst ist es nicht rechtlich gültig.'

Ich wurde fast zum Altar gezerrt, und ehe ich noch wußte, wo ich war, murmelte ich Antworten, die mir ins Ohr geflüstert wurden, und beschwor Dinge, von denen ich gar nichts wußte, leistete also Beistand darin, daß Irene Adler, Jungfrau, mit Godfrey Norton, Junggeselle, fest und sicher verbunden wurde. Das lief alles in ein paar Minuten ab, und dann dankten mir der Gentleman auf der einen, die Lady auf der anderen Seite, während der Geistliche mich anstrahlte. Es war die ungeheuerlichste Lage, in der ich mich mein Leben lang befunden hatte, und wenn ich daran denke, kann ich nicht anders, als schallend lachen. Mir scheint, mit ihrer Lizenz stimmte etwas nicht, so daß der Geistliche sich weigerte, die beiden zu verheiraten, wenn sie nicht einen Zeugen beibrachten, und mein glückliches Erscheinen rettete den Bräutigam davor, auf die Straße hinauszulaufen und irgendeinen Mann als Zeugen zu bitten. Die Braut gab mir einen Sovereign, und den werde ich künftig als Erinnerung an diese Gelegenheit an meiner Uhrkette tragen.«

»Die Geschichte hat also eine sehr unerwartete Wendung genommen«, sagte ich. »Und was geschah dann?«

»Nun ja, ich sah meine Pläne ernstlich gefährdet. Es sah ganz so aus, als würde das Paar sofort abreisen, so daß also von meiner Seite aus prompte und energische Maßnahmen nötig wurden. An der Kirchentür trennten sie sich jedoch; er fuhr zum Temple zurück, sie zu ihrem eigenen Haus. ‚Um fünf Uhr fahre ich wie gewöhnlich in den Park', sagte sie und verließ ihn. Weiter hörte ich nichts. Sie fuhren in verschiedene Richtungen weg, und ich ging auch, um meine eigenen Maßnahmen zu treffen.«

»Und wie sahen die aus?«

»Kaltes Fleisch und ein Glas Bier«, antwortete er und läutete. »Ich war zu beschäftigt, als daß ich ans Essen denken konnte, und es ist wahrscheinlich, daß ich bis zum Abend noch sehr viel zu tun habe. Übrigens, Doktor, ich brauche deine Hilfe.«

»Ich bin entzückt.«

»Es macht dir nichts aus, ein Gesetz zu brechen?«

»Nicht das geringste.«

»Und Gefahr zu laufen, eingesperrt zu werden?«

»Nein, für eine gute Sache.«

»Oh, es ist eine ausgezeichnete Sache!«

»Dann bin ich ganz dabei.«

»Ich war sicher, daß ich auf dich zählen konnte.«

»Aber was soll ich tun?«

»Sobald Mrs. Turner das Tablett brachte, werde ich dir alles erklären.« Hungrig stürzte er sich auf das Essen, als es vor ihm stand. »Ich muß also sprechen, während ich esse, denn ich habe nicht nicht viel Zeit. Es ist jetzt fast fünf Uhr. In zwei Stunden müssen wir auf der Szene sein. Miß Irene, oder besser: Madame, kommt um sieben von ihrer Ausfahrt zurück. Wir müssen beim Briony Lodge sein, um sie zu treffen.«

»Und was dann?«

»Das mußt du mir überlassen. Ich habe schon arrangiert, was dann geschehen soll. Es ist nur ein Punkt, auf dem ich bestehen muß. Du darfst dich nicht einmischen, komme was da mag. Hast du verstanden?«

»Ich soll also neutral bleiben?«

»Du tust überhaupt nichts. Vielleicht gibt es eine kleine Unerfreulichkeit. Misch dich nicht ein. Sie wird damit enden, daß ich ins Haus gebeten werde. Vier oder fünf Minuten später wird das Wohnzimmerfenster offen sein. Du mußt dich in allernächster Nähe dieses Fensters aufhalten.«

»Ja.«

»Und du wirst mich genau beobachten, denn ich werde für dich sichtbar sein.«

»Ja.«

»Und wenn ich die Hand hebe — so —, dann wirfst du in das Zimmer, was ich dir zu diesem Zweck gebe, und gleichzeitig schreist du ‚Feuer!' Hast du verstanden?«

»Genau.«

»Sehr großartig ist das alles nicht«, sagte er und nahm eine lange, zigarrenförmige Rolle aus seiner Tasche. »Das ist eine ganz ordinäre Rauchrakete mit einer Kappe an beiden Enden, so daß sie sich selbst zündet. Deine Aufgabe ist darauf beschränkt, sie zu werfen. Wenn du ‚Feuer' schreist, werden etliche Leute mitschreien. Du kannst dann zum Ende der Straße gehen, und ich komme in zehn Minuten nach. Ich hoffe, daß ich alles klar gemacht habe.«

»Ich bleibe neutral, stelle mich in unmittelbarer Nähe des Fensters auf, um dich beobachten zu können, und auf dein Signal hin werde ich diesen Gegenstand werfen und ‚Feuer!' schreien, und dich dann an der Straßenecke erwarten.«

»Ja, genau.«

»Dann kannst du dich auf mich verlassen.«

»Ausgezeichnet. Ich glaube, es ist allmählich Zeit, daß ich mich auf meine Rolle vorbereite, die ich zu spielen habe.«

Er verschwand in sein Schlafzimmer und kam wenige Minuten später heraus als liebenswürdiger, etwas einfältiger Nonkonformisten-Geistlicher. Sein breiter, schwarzer Hut, die ausgebeulten Hosen, die weiße Halsbinde, sein mitfühlendes Lächeln und seine Miene wohlwollender Neugier hätten einem erstklassigen Schauspieler für diese Rolle gut angestanden. Holmes hatte nicht nur die Kleidung gewechselt; seine Miene, sein Benehmen, seine ganze Seele schien sich mit jeder Rolle zu verändern. Die Bühne hat wirklich einen ausgezeichneten Schauspieler an ihm verloren, genau wie die Wissenschaft einen extrem tüchtigen Logiker, als er sich mit dem Verbrechen zu beschäftigen begann.

Es war Viertel nach sechs, als wir die Baker Street verließen, und zehn Minuten vor sieben waren wir in der Serpentine Avenue. Es dämmerte schon, und die Lampen wurden gerade angezündet, als wir vor Briony Lodge auf und ab gingen, um auf die Dame zu warten. Das Haus sah so aus, wie ich es mir nach Holmes' Schilderung vorgestellt hatte, nur war es in der Umgebung nicht ganz so ruhig, wie ich erwartete. Ganz im Gegenteil, für eine kleine Straße in einem ruhigen Viertel war sie recht belebt. Eine Gruppe schäbig gekleideter rauchender und lachender Männer stand in einer Ecke, ein Scherenschleifer mit seinem Schleifstein war da, zwei Hausdiener flirteten mit einem Kindermädchen, und einige gut gekleidete junge Männer schlenderten mit Zigarren im Mund auf und ab.

»Siehst du«, sagte Holmes, als wir vor dem Haus hin und her gingen, »diese Hochzeit vereinfacht die Sache sehr. Das Photo wird nun ein zweischneidiges Schwert. Die Chancen stehen so, daß sie es wohl nicht gerne hätte, sähe es Mr. Godfrey Norton, genau wie unser Klient es nicht wünscht, daß es der Prinzessin vor Augen kommt. Nun ist die Frage die: Wo finden wir das Photo?«

»Ja, wo?«

»Unwahrscheinlich ist, daß sie es mit sich herumträgt. Es ist ja von Kabinett-Größe. Zu groß, um es in der Kleidung einer Frau zu verstecken. Sie weiß, daß der König durchaus fähig ist, sie überfallen und durchsuchen zu lassen. Wir können daher annehmen, daß sie es nicht mit sich herumtragen wird.«

»Wo kann sie es dann haben?«

»Entweder bei ihrem Anwalt, oder bei ihrer Bank. Diese beiden Möglichkeiten bestehen. Aber ich neige dazu, daß sie's weder da noch dort hat. Frauen sind in der Regel sehr auf ein Geheimnis bedacht. Warum sollte sie es einem anderen überlassen? Sich selbst kann sie vertrauen, aber sie weiß nicht, welchen direkten oder indirekten politischen Einfluß man auf einen Geschäftsmann ausüben kann. Und sie ist ja entschlossen, es innerhalb weniger Tage zu benützen. Also muß es irgendwo sein, wo sie leicht die Hand darauf legen kann, daher also in ihrem eigenen Haus.«

»Aber da wurde doch schon zweimal eingebrochen?«

»Pah! Die wußten ja nicht, wie und wo sie suchen mußten.«

»Wie und wo willst du suchen?«

»Ich werde nicht suchen.«

»Was dann?«

»Ich will sie veranlassen, es mir zu zeigen.«

»Sie wird sich aber weigern.«

»Nein. Das kann sie nicht. Aber ich höre das Rumpeln von Rädern. Es ist ihr Wagen. Also, du führst nun meine Anweisungen auf den Buchstaben genau aus.«

Während er noch sprach, bogen um die Kurve der Avenue die Seitenlichter eines Wagens. Es war ein hübscher kleiner Landauer, der vor die Tür von Briony Lodge gerattert kam. Als er hielt, lief einer der Männer an der Ecke heran, um die Tür zu öffnen und dafür einen Kupferling zu verdienen, aber ein anderer drängte ihn weg, der in der gleichen Absicht herbeigerannt war. Ein schrecklicher Streit brach aus, die zwei Hausdiener mischten sich ein, die einem der Herumlungerer halfen, der Scherenschleifer half zur anderen Seite, und das sehr hitzig. Ein Schlag klatschte, und die Dame, die aus dem Wagen stieg, war sofort der Mittelpunkt einer Rauferei; die Männer schlugen mit Fäusten und Stöcken aufeinander ein. Holmes tauchte in die Menge, um die Dame zu beschützen, doch in dem Moment, als er sie erreichte, tat er einen Schrei und ging zu Boden. Blut lief ihm über das Gesicht. Als er stürzte, verzogen sich die Hausdiener in die eine Richtung, die Herumlungerer in die andere, während einige besser gekleidete Leute, die sich an der Keilerei nicht beteiligt hatten, nun herbeieilten, um der Dame und dem Verletzten zu helfen. Irene Adler, wie ich sie noch immer nennen will, war die Stufen hinaufgelaufen, aber nun stand sie oben, und ihre zierliche, sehr schöne Gestalt hob sich deutlich vor den Lichtern in der Halle ab, als sie auf die Straße zurückschaute.

»Ist der arme Gentleman sehr verletzt?« fragte sie.

»Er ist tot!« riefen einige Leute.

»Nein, nein, es ist noch Leben in ihm!» rief einer. »Aber er wird sterben, ehe man ihn ins Krankenhaus bringen kann.«

»Ein tapferer Bursche«, bemerkte eine Frau. »Sie hätten doch glatt der Lady die Handtasche abgenommen, wenn er nicht gewesen wäre. Eine richtige, grobe Bande, jawohl. Ah! Jetzt atmet er ja wieder!«

»Aber er kann nicht auf der Straße liegen. Ma'am, dürfen wir ihn ins Haus bringen?«

»Aber natürlich. Tragen Sie ihn ins Wohnzimmer, da ist ein bequemes Sofa. Hierher, bitte.« Langsam und mit düsteren Mienen wurde er in das Haus getragen und in das große Zimmer gebracht, und ich schaute von meinem Posten am Fenster aus zu. Die Lampen waren angezündet worden, aber die Blenden hatte noch niemand herabgelassen, so daß ich Holmes auf der Couch liegen sehen konnte. Ich weiß nicht, welche Gefühle ihn bewegten, als er diese Rolle spielte, doch ich schämte mich der meinen von ganzem Herzen, als ich dieses schöne Wesen sah, gegen das ich konspirieren mußte; dabei war sie so graziös und kümmerte sich voll herzlicher Liebenswürdigkeit um den Verletzten. Und doch wäre es der schwärzeste Verrat an Holmes gewesen, hätte ich meine Rolle, die er mir anvertraute, nun aufgegeben. Ich verhärtete also mein Herz und nahm die Rauchrakete aus meiner Manteltasche. Schließlich, überlegte ich, will ich sie ja nicht verletzen. Wir wollten sie nur davor bewahren, einem anderen Menschen schweren Schaden zuzufügen.

Holmes hatte sich nun aufgesetzt, und er bewegte sich so, als brauche er Luft. Ein Dienstmädchen lief herbei und riß das Fenster weit auf. Im gleichen Moment hob er die Hand, und auf dieses Signal hin warf ich die Rakete in das Zimmer und schrie »Feuer!« Kaum war der Ruf aus meinem Mund, als die ganze Zuschauermenge, gut oder schlecht gekleidet, Gentleman, Stallknechte und Dienstmädchen, gemeinsam ‚Feuer!' schrie. Dicke Rauchwolken kräuselten sich aus dem offenen Fenster. Ich sah eilige Gestalten, und einen Augenlbick später vernahm ich Holmes' beruhigende Stimme, es sei nur falscher Alarm. Ich schlüpfte durch die schreiende Menge und ging zur vereinbarten Straßenecke, und zehn Minuten später schob mein Freund seine Hand unter meinen Arm. Schnell entfernten wir uns von der Szene des Aufruhrs. Ein paar Minuten liefen wir schweigend nebeneinander her, bis wir in eine ruhige Straße gelangten, die zur Edgeware Road führte.

»Das hast du ausgezeichnet gemacht, Doktor«, bemerkte er. »Es hätte gar nicht besser klappen können. Es ist alles gut.«

»Hast du das Photo?«

»Ich weiß, wo es ist.«

»Und wie hast du das herausgefunden?«

»Sie zeigte es mir, genau wie ich es dir sagte.«

»Ich tappe immer noch im dunkeln.«

»Ich will wahrlich kein Geheimnis daraus machen«, sagte er lachend. »Es war übrigens sehr einfach. Du hast natürlich gesehen, daß alle auf der Straße Komplizen waren. Ich habe sie alle für den Abend engagiert.«

»Das vermutete ich.«

»Als dann der Aufruhr losbrach, hatte ich in der Hand etwas flüssige rote Farbe. Ich rannte vorwärts, stürzte, klatschte meine Hand ans Gesicht und wurde ein erbarmenswerter Anblick. Das ist ein alter Trick.«

»Auch das dachte ich mir.«

»Sie trugen mich hinein. Das mußte sie ja schließlich tun. Was hätte sie sonst tun können? Und natürlich wurde ich in ihr Wohnzimmer gebracht, und diesen Raum hatte ich ja im Verdacht. Ich schwankte ein bißchen zwischen Wohn- und Schlafzimmer, und ich wollte herausbringen, welches in Frage kam. Sie legten mich auf eine Couch, ich verlangte nach Luft, man mußte das Fenster öffnen, und da hattest du deine Chance.«

»Wie nützte dir das?«

»Das war sogar überaus wichtig. Wenn eine Frau denkt, ihr Haus brenne, so läuft sie instinktiv zu den Dingen, die für sie den größten Wert haben. Das ist ein überwältigender Impuls, und öfter als einmal habe ich daraus meinen Vorteil gezogen. Beim Darlington-Skandal war mir das sehr nützlich, auch in der Sache Arnsworth Castle. Eine verheiratete Frau greift automatisch nach ihrem Baby, eine unverheiratete nach ihrem Schmuckkasten. Mir war nun klar, daß unsere kleine Lady nichts im Haus hatte, was kostbarer für sie gewesen wäre, als das, was wir suchen. Natürlich würde sie dorthin laufen, um es in Sicherheit zu bringen. Der Feueralarm war großartig. Der Rauch und das Geschrei hätten selbst Nerven aus Stahl strapaziert. Und sie reagierte wundervoll. Das Photo ist in einer Nische hinter einer verschiebbaren Wandvertäfelung, direkt über dem rechten Glockenzug. Sie hatte es in einem Moment herausgenommen, ich konnte sogar einen Blick darauf werfen. Als ich dann rief, es sei ein falscher Alarm, legte sie es wieder zurück, schaute die Rakete an, lief hinaus, und seither habe ich sie nicht mehr gesehen. Ich stand auf, entschuldigte mich und verließ das Haus. Ich zögerte, ob ich nun versuchen sollte, dieses Photo sofort mitzunehmen, aber der Kutscher war hereingekommen, und der beobachtete mich; also erschien es mir sicherer, damit noch zu warten. Eine übereilte Handlungsweise kann alles verderben.«

»Und jetzt?« fragte ich.

»Unsere Aufgabe ist damit praktisch gelöst. Ich werde morgen mit dem König einen Besuch machen, und wenn du mitkommen willst, bist du gerne eingeladen. Man wird uns in das Wohnzimmer führen, um auf die Dame zu warten, doch ich halte es für wahrscheinlich, daß sie, wenn sie kommt, weder uns vorfindet noch das Photo. Es wird für Seine Majestät eine große Befriedigung sein, es mit eigenen Händen zurückzugewinnen.«

»Und wann wirst du dorthin gehen?«

»Um acht Uhr morgens. Da ist sie noch nicht aufgestanden, also haben wir das Feld frei. Außerdem müssen wir prompt handeln, denn diese Heirat könnte ihr Leben und ihre Gewohnheiten sehr schnell und gründlich verändern. Ich muß sofort dem König ein Telegramm schicken.«

Wir hatten inzwischen die Baker Street erreicht und standen an der Tür. Er suchte gerade in seiner Tasche nach den Schlüsseln, als jemand vorbeikam und sagte: »Gute Nacht, Mister Sherlock Holmes.«

Um diese Zeit waren mehrere Leute auf dem Gehsteig,

aber der Gruß schien von einem jungen Mann im Ulster zu kommen, der vorbeilief.

»Die Stimme habe ich doch schon gehört«, sagte Holmes und schaute die trüb beleuchtete Straße entlang. »Wer, zum Kuckuck, könnte das gewesen sein?«

3

Diese Nacht schlief ich in der Baker Street. Am Morgen waren wir gerade mit Toast und Kaffee beschäftigt, als der König von Böhmen hereinstürmte.

»Sie haben es wirklich bekommen?« rief er und griff nach Holmes' Schultern, um ihm glücklich in die Augen zu schauen.

»Noch nicht.«

»Aber Sie haben Hoffnung?«

»Ich habe Hoffnung.«

»Gut. Dann kommen Sie. Ich bin sehr ungeduldig.«

»Wir müssen eine Droschke haben.«

»Mein Brougham wartet doch.«

»Das wird alles vereinfachen.« Wir stiegen die Treppe hinab und machten uns auf den Weg nach Briony Lodge.

»Irene Adler ist verheiratet«, bemerkte Holmes.

»Verheiratet! Wann?«

»Gestern.«

»An wen?«

»Sie hat einen englischen Anwalt namens Norton geheiratet.«

»Aber den konnte sie doch gar nicht lieben!«

»Ich hoffe, sie tut es trotzdem.«

»Warum hoffen Sie?«

»Weil Majestät damit in Zukunft keine Unannehmlichkeiten mehr zu befürchten haben. Wenn nämlich die Lady ihren Ehemann liebt, dann kann Sie Eure Majestät nicht mehr lieben. Wenn sie Sie nicht mehr liebt, so hat sie doch keinen Grund, Ihre Pläne zu durchkreuzen.«

»Das ist wahr. Und doch ... Nun, mir wäre lieber gewesen, sie hätte meinem eigenen Stand angehört. Welch eine Königin hätte sie abgegeben!« Er verfiel in düsteres Schweigen, bis wir zur Serpentine Avenue kamen.

Die Tür von Briony Lodge war offen, und auf den Stufen stand eine ältere Frau. Sie beobachtete uns ein wenig höhnisch, als wir den Brougham verließen.

»Mr. Sherlock Holmes, glaube ich?« sagte sie.

»Ich bin Mr. Holmes«, antwortete mein Freund und sah sie erstaunt fragend an.

»Nein, wirklich! Mein Herrin sagte mir, Sie würden einen Besuch machen. Diesen Morgen reiste sie mit ihrem Mann um 5.15 Uhr von Charing Cross aus nach dem Kontinent ab.«

»Was?« Sherlock Holmes tat einen taumelnden Schritt zurück und war ganz blaß vor Kummer und Überraschung.

»Soll das heißen, daß sie England verlassen hat?«

»Um niemals zurückzukehren.«

»Und die Papiere?« fragte der König mit heiserer Stimme. »Jetzt ist alles verloren...«

»Wir werden sehen.« Holmes schob sich an der Frau vorbei und rannte, gefolgt vom König und mir, ins Wohnzimmer. Die Möbel waren nach allen Richtungen hin verschoben, die Regale abgebaut, die Schubladen offen, als habe die Dame alles schnellstens vor ihrer Flucht geplündert. Holmes lief zum Glockenzug, riß das Stück Wandverkleidung weg, griff in die Nische und entnahm ihr ein Photo und einen Brief. Das Photo war von Irene Adler im Abendkleid, der Brief trug die Aufschrift ‚An Sherlock Holmes, Esq. Wird abgeholt.' Mein Freund riß ihn auf, und wir drei lasen ihn gemeinsam. Datiert war er um Mitternacht des vorhergehenden Tages, und er lautete:

Mein lieber Mr. Sherlock Holmes,

Sie machten Ihre Sache sehr gut und überrumpelten mich völlig. Bis zum Feueralarm hatte ich nicht den geringsten Verdacht. Aber dann fand ich heraus, wie ich mich selbst verraten hatte, und da begann ich zu denken. Schon vor Monaten hatte man mich vor Ihnen gewarnt. Man sagte mir, wenn der König einen Agenten beschäftigte, so wären es sicher Sie. Und Ihre Adresse bekam ich auch. Trotzdem brachten Sie mich dazu, dies zu enthüllen, was Sie wissen wollten. Selbst als ich schon mißtrauisch war, fand ich es nicht schön von mir, von einem so lieben, freundlichen alten Geistlichen schlecht zu denken. Aber Sie wissen ja, ich selbst bin eine erfahrene Schauspielerin. Männliche Kostüme sind mir also nicht neu. Ich selbst bediene mich oft der Freiheit, die sie verleihen. Ich schickte John, den Kutscher, der Sie bewachen sollte, rannte nach oben, zog meine Spaziergangkleider an, wie ich sie nenne, und kam herab, als Sie gingen.

Ich folgte Ihnen zur Tür, und vergewisserte mich auf die Art, daß Sie auch wirklich der gefeierte Sherlock Holmes waren. Dann wünschte ich Ihnen keck eine gute Nacht und ging zum Temple, um meinen Mann zu sehen.

Wir waren beide der Meinung, am besten sei die Flucht, wenn man von einem so großartigen Gegner verfolgt wird. Sie werden also das Nest leer finden, wenn Sie morgen kommen. Wegen des Photos mag Ihr Klient beruhigt sein. Ich liebe und bin geliebt von einem besseren Mann, als er ist. Der König mag ungehindert von mir tun, was er will, ungehindert von einer Frau, der er großes Unrecht zugefügt hat. Ich behalte dieses Photo nur aus Sicherheit für mich selbst und als Waffe, die mich immer vor etwaigen Schritten schützen wird, die er vielleicht in Zukunft tun will. Ich lasse ein Photo zurück, das er vielleicht gerne besitzen würde, und verbleibe, mein lieber Mr. Sherlock Holmes,

Ihre sehr ergebene
IRENE NORTON, geborene Adler.

»Welch eine Frau, oh, welch eine Frau!« rief der König von Böhmen, als wir alle diesen Brief gelesen hatten. »Sagte ich nicht, wie rasch und resolut sie sei? Wäre sie nicht eine bewundernswerte Königin geworden? Ah, wie schade, daß sie nicht meines Standes war!«

»Was ich von der Dame sah, läßt mich wirklich vermuten, daß sie auf einer ganz anderen Ebene steht als Sie, Majestät«, sagte Holmes kalt. »Es tut mir leid, daß ich die Angelegenheit Eurer Majestät zu keinem besseren und erfolgreicheren Ende bringen konnte.«

»Ganz im Gegenteil, mein lieber Sir!« rief der König. »Nichts hätte erfolgreicher sein können. Ich weiß, sie wird ihr Wort halten. Das Photo ist nun so sicher aufgehoben, als wäre es verbrannt.«

»Ich freue mich, daß Majestät dies sagen.«

»Ich bin Ihnen ungeheuren Dank schuldig. Bitte, sagen Sie mir, wie ich Sie belohnen kann. Dieser Ring . . .« Er zog einen Smaragdring in Schlangenform vom Finger und hielt ihm den auf der Handfläche entgegen.

»Majestät hat etwas, was ich noch viel höher schätzen würde«, sagte Holmes.

»Sie brauchen es nur zu sagen.«

»Dieses Photo.«

Verblüfft starrte ihn der König an.

»Irenes Bild!« rief er. »Aber natürlich, wenn Sie das wünschen!«

»Ich danke Eurer Majestät. Dann gibt es also in dieser Angelegenheit nichts mehr zu tun. Ich habe die Ehre, Ihnen einen sehr angenehmen Morgen zu wünschen.«

Er verbeugte sich und wandte sich ab, ohne die Hand zu sehen, die der König ihm hatte reichen wollen, und so begab er sich in meiner Gesellschaft in seine Räume.

Das war es also. Und dies war der große Skandal, der das Königreich Böhmen hätte treffen können, und zeigte, wie die besten Pläne von Mr. Sherlock Holmes durch den Mut und die Intelligenz einer Frau vereitelt werden konnten. Früher hatte er sich immer lustig gemacht über die Schlauheit der Frauen, doch in letzter Zeit habe ich von ihm nichts mehr dergleichen gehört. Wenn er von Irene Adler spricht, oder wenn er sich auf ihr Photo bezieht, so bezeichnet er sie immer mit dem ehrenvollen Titel *»die* Frau.«

schen machte er Notizen oder dachte nach, bis wir an Reading vorbei waren. Plötzlich knüllte er alles zu einer großen Kugel zusammen, die er auf die Gepäckablage warf.

»Hast du schon etwas über diesen Fall gehört?« fragte er mich.

»Kein Wort. Ich habe schon seit Tagen keine Zeitung mehr gelesen.«

»Die Londoner Presse hat nicht besonders ausführlich berichtet. Eben habe ich alle neueren Zeitungen durchgesehen, um Einzelheiten zu erfahren. Mir scheint aus dem, was ich las, hervorzugehen, daß es sich um einen der so einfachen Fälle handelt, die so unglaublich schwierig sind.«

»Das klingt ziemlich paradox.«

»Es ist aber richtig. Einmaligkeit ist immer schon ein Schlüssel. Je weniger charakteristisch ein Verbrechen ist, desto schwieriger ist die Aufklärung. In diesem Fall haben sie jedoch gegen den Sohn des Ermordeten sehr ernstliche Verdachtsgründe.«

»Dann ist es also ein Mord?«

»Nun, es wird angenommen. Ich nehme nichts als gegeben hin, bis ich die Gelegenheit hatte, persönlich die Sache zu untersuchen. Ich werde dir den Stand der Dinge erklären, soweit ich selbst sie verstehen konnte, und versuche mich kurz zu fassen.

Das Boscombe-Tal ist ein Landbezirk in der Nähe von Ross, Herefordshire. Der größte Landbesitzer in diesem Bezirk ist ein Mr. John Turner, der sein Geld in Australien machte und vor einigen Jahren in das alte Heimatland zurückkehrte. Eine der Farmen, die ihm gehörten, die von Hatherley, wurde an Mr. Charles McCarthy verpachtet, der ebenfalls früher in Australien war. Die Männer hatten einander in den Kolonien kennengelernt, so daß es nicht unnatürlich war, daß sie sich in der Nähe niederließen, als dies möglich war. Turner schien der reichere Mann zu sein, also wurde McCarthy sein Pächter, doch es scheint, sie waren dies auf einer Basis der Gleichberechtigung, und sie sahen einander häufig. McCarthy hatte einen Sohn von achtzehn Jahren, Turner eine Tochter im gleichen Alter, aber beide waren verwitwet. Sie schienen den englischen Nachbarfamilien ziemlich aus dem Weg zu gehen und sehr zurückgezogen zu leben, obwohl die beiden

McCarthys sportlich eingestellt waren und häufig bei Rennen in der Nachbarschaft gesehen wurden. McCarthy hatte zwei Dienstboten, einen Mann und ein Mädchen. Turners Haushalt war viel größer, er beschäftigte mindestens ein halbes Dutzend Leute. Soviel konnte ich über die Familien herausbringen. Und nun die Tatsachen:

Am 3. Juni, also am letzten Montag, verließ McCarthy sein Haus in Hatherley etwa um drei Uhr nachmittags und ging hinab zum Boscombe Pool, einem kleinen See, geformt von einem Wasserlauf im Boscombe-Tal, der sich dort ausbreitet. Am Morgen war er mit seinem Hausmann in Ross gewesen, und er hatte dem Mann gesagt, sie müßten sich beeilen, weil er um drei Uhr eine wichtige Verabredung habe. Von dieser Verabredung kam er lebend nicht mehr zurück.

Vom Hatherley Farmhaus bis zum Boscombe Pool ist es ein Weg von einer Viertelmeile. Zwei Leute sahen ihn, als er über den Grund ging. Das eine war eine alte Frau, deren Name nicht erwähnt wurde, der andere war William Crowder, ein Wildhüter, angestellt bei Mr. Turner. Diese beiden Zeugen sagen aus, Mr. McCarthy sei allein gegangen. Der Wildhüter fügt hinzu, wenige Minuten nachdem er McCarthy vorbeigehen sah, sei auch sein Sohn, Mr. James McCarthy, mit einem Gewehr unter dem Arm den gleichen Weg gegangen. Er glaubt, der Sohn sei ihm gefolgt. Er dachte nicht mehr an die Sache, bis er am Abend von der Tragödie hörte, die sich ereignet hatte.

Die beiden McCarthys wurden gesehen nach der Zeit, da William Crowder, der Wildhüter, sie aus den Augen verlor. Der Boscombe Pool ist mit dichtem Wald umgeben, am Ufer ist nur ein schmaler Rand aus Gras und Wasserrohrpflanzen. Ein vierzehnjähriges Mädchen, Patience Moran, die Tochter des Aufsehers vom Boscombe Valley-Gut, war im Wald und pflückte Blumen. Sie sagt aus, solange sie dort war, sah sie am Rand des Waldes nahe dem See Mr. McCarthy und seinen Sohn, die erbittert miteinander zu streiten schienen. Sie hörte, daß der ältere McCarthy seinen Sohn mit üblen Namen beschimpfte, und letzterer hob die Hand, um seinen Vater zu schlagen. Sie war von diesem bösen Streit so verängstigt, daß sie weglief und, als sie nach Hause kam, ihrer Mutter erzählte, daß die beiden McCarthys beim Boscombe Pool heftig miteinander gestritten hätten, und sie fürchtete, sie könnten miteinander raufen. Kaum hatte sie das erzählt, als der junge McCarthy gelaufen kam und im Haus des Verwalters sagte, er habe seinen Vater tot im Wald gefunden, und er bitte den Verwalter um Hilfe. Er war sehr erregt, hatte weder Gewehr noch Hut, und seine rechte Hand und sein Ärmel waren voll frischer Blutflecken.

Sie folgten ihm und fanden den Toten ausgestreckt auf dem Gras neben dem See. Der Kopf war ihm mit mehreren Schlägen mit einer schweren, stumpfen Waffe eingeschlagen worden. Die Verletzungen sahen so aus, als könnten sie mit dem Kolbenende von des Sohnes Gewehr stammen, das man wenige Schritte von der Leiche entfernt im Gras fand. Unter diesen Umständen wurde der junge Mann sofort verhaftet, und bei der amtlichen Totenschau am Dienstag lautete das Urteil ‚überlegter Mord'. Am Mittwoch wurde er in Ross vor den Polizeirichter gebracht, der den Fall bei der nächsten Sitzungsperiode zur Verhandlung bringen lassen wird.

Das sind die hauptsächlichsten Tatsachen, wie sie vor dem Coroner und dem Polizeirichter herauskamen.«

»Einen verdammenswerteren Fall kann ich mir schwerlich denken«, bemerkte ich. »Wenn je alle Indizien auf den Verbrecher deuteten, so in diesem Fall.«

»Indizien sind eine sehr täuschende Angelegenheit«, widersprach mir Holmes nachdenklich. »Sie können geradewegs auf eine bestimmte Sache deuten, aber wenn du deinen eigenen Standpunkt nur eine Kleinigkeit verschiebst, so deuten sie auf gleich überzeugende Art auf eine absolut andere Sache. Man muß jedoch zugeben, daß die Verdachtsmomente gegen den jungen Mann sehr stark sind, und es ist durchaus möglich, daß er auch der Täter ist. In der Nachbarschaft sind jedoch mehrere Leute, darunter Miß Turner, die Tochter des Landbesitzers, die an seine Unschuld glauben und die Lestrade gebeten haben, den Fall in seinem Interesse zu übernehmen. Du erinnerst dich seiner bestimmt aus der Studie in Scharlachrot. Lestrade findet den Fall sehr rätselhaft und hat ihn mir übergeben, und deshalb reisen nun zwei Gentlemen mittleren Alters mit einer Geschwindigkeit von fünfzig Meilen die Stunde nach dem Westen, statt in aller Ruhe zu Hause ihr Frühstück zu verdauen.«

»Ich fürchte«, meinte ich, »die Tatsachen sind doch so klar, daß du aus diesem Fall wenig herausholen kannst.«

»Nichts täuscht mehr als auf der Hand liegende Tatsachen«, antwortete er lachend. »Außerdem könnten wir durchaus auf andere auf der Hand liegende Tatsachen treffen, die Mr. Lestrade noch nicht kennt oder übersehen hat. Du kennst mich zu gut, als daß du glauben könntest, ich prahle, wenn ich sage, entweder werde ich seine Theorie bestätigen oder sie zerpflücken mit Mitteln, die er gar nicht anwenden kann, die er vielleicht gar nicht versteht. Nimm nur das erste Beispiel; ich nehme wahr, daß in deinem Schlafzimmer das Fenster rechts von dir ist, und gleichzeitig stelle ich in Frage, daß Mr. Lestrade eine so offensichtliche Sache überhaupt bemerkt hätte.«

»Aber wie, in aller Welt...«

»Mein Lieber, ich kenne dich sehr gut, auch deine militärische Sauberkeit, die dich charakterisiert. Du rasierst dich jeden Morgen, und in dieser Jahreszeit tust du das bei Sonnenlicht. Da jedoch deine Rasur immer unvollständiger wird, je weiter du auf die linke Seite kommst, bis sie an der Kieferkante geradezu schlampig wird, ist es mir absolut klar, daß diese Seite weniger gut beleuchtet ist als die andere. Einen Mann von deiner Art kann ich mir nicht vorstellen, daß er mit einem solchen Ergebnis zufrieden ist, wenn er sich bei gleichmäßigem Licht sieht. Das bringe ich nur als Beispiel für Beobachtung und Schlußfolgerung. Das ist eben mein Metier, und es ist durchaus möglich, daß es mir bei den Ermittlungen gute Dienste leisten wird. Beim Inquest wurden noch ein paar kleiner Punkte erwähnt, die einer Überlegung wert sind.«

»Und die wären?«

»Mir scheint, er wurde nicht sofort verhaftet, sondern nach seiner Rückkehr zur Hatherley Farm. Als der Inspektor der Konstabler ihm erklärte, er sei verhaftet, bemerkte er, er sei nicht überrascht, das zu hören, und es sei nicht mehr, als er verdiene. Diese Bemerkung hatte die ganz natürliche Wirkung, jede Spur eines Zweifels zu beseitigen, die vielleicht noch bei der Jury des Coroners bestanden haben könnte.«

»Das war ja ein Geständnis!« rief ich.

»Nein, denn dem folgte die Beteuerung seiner Unschuld.«

»Aber nach einer solchen Reihe von Ereignissen war es eine sehr verdächtige Bemerkung.«

»Ganz im Gegenteil«, erwiderte Holmes, »das ist der breiteste Riß in den Wolken, den ich anbieten kann. Es hat andere Gründe, wenn er sich Selbstvorwürfe macht. Wäre er bei seiner Verhaftung sehr überrascht gewesen oder hätte er sehr gekränkt getan, dann hielte ich ihn für sehr verdächtig, denn unter diesen Umständen wären Überraschung oder Zorn nicht natürlich, könnten aber einem schlauen Mann als die beste Verhaltensweise erscheinen. Seine offene Akzeptierung der Lage kennzeichnet ihn entweder als Unschuldigen, oder als einen Mann von beträchtlicher Festigkeit und Zurückhaltung. Wegen der Bemerkung, er verdiene es nicht besser, kann ich nur sagen, daß ich sie nicht unnatürlich finde, wenn man bedenkt, daß er neben der Leiche seines Vaters stand und kein Zweifel daran besteht, daß er an diesem Tag seine kindliche Pflicht vergaß, seine Worte zu mäßigen, oder daß er, dem Mädchen entsprechend, sogar die Hand gegen seinen Vater erhob, um ihn zu schlagen. Daß er sich mit einer solchen Bemerkung selbst schwere Vorwürfe macht, ist für mich ein Zeichen eines gesunden Geistes, weniger des Schuldbewußtseins.«

Ich schüttelte den Kopf. »Viele Menschen wurden gehängt auf Grund viel weniger überzeugender Indizien«, bemerkte ich.

»Ja, das stimmt. Und gar mancher Mann wurde zu unrecht gehängt.«

»Was sagt eigentlich der junge Mann über den Vorfall?«

»Das ist, ich muß es leider sagen, für jene, die auf seiner Seite stehen, nicht sehr ermutigend, wenn auch ein paar Punkte durchaus positiv für ihn sind. Die findest du hier und kannst sie selbst nachlesen.«

Er nahm aus den noch verbliebenen Zeitungen ein Lokalblättchen aus Herefordshire heraus und deutete auf den Absatz, in dem die Aussage des jungen Mannes zu dem, was sich ereignet hatte, wiedergegeben war. Ich lehnte mich in die Abteilecke und las sehr aufmerksam folgendes:

Mr. James McCarthy, der einzige Sohn des Toten, wurde dann aufgerufen und erklärte folgendes: Ich war drei Tage von zu Hause weg gewesen, in Bristol, und war am Morgen des letzten Montag, dem 3. des Monats, zurückgekommen. Mein Vater war nicht zu Hause, als ich ankam, und ich erfuhr von der Magd, er sei mit John Cobb, dem Stallknecht, nach Ross gefahren. Kurz nach meiner Rückkehr hörte ich seinen Einspänner in den Hof fahren. Ich schaute zum Fenster hinaus, sah ihn aussteigen und schnell über den Hof gehen. Ich wußte aber nicht, in welche Richtung er ging. Ich nahm mein Gewehr, um zum Boscombe Pool zu gehen, da ich den Kaninchenbau auf der anderen Seite besuchen wollte. Auf dem Weg begegnete mir der Wildhüter William Crowder, wie er auch bei seiner Vernehmung aussagte. Aber er irrt, wenn er denkt, daß ich meinem Vater folgte. Ich hatte keine Ahnung, daß er vor mir war. Als ich etwa noch hundert Yards vom Pool entfernt war, hörte ich einen Schrei, ‚Kuiii!' Das ist ein Signal zwischen meinem Vater und mir. Ich eilte voran und fand ihn am Pool stehen. Er schien sehr erstaunt zu sein, mich zu sehen, und fragte mich recht barsch, was ich hier zu suchen hätte. Es folgte eine Unterhaltung mit ziemlichen scharfen Worten, die fast zu Schlägen führten, denn mein Vater war ein Mann von recht heftigem Temperament. Da ich sah, daß seine Wut sich nicht mehr bezähmen ließ, ging ich zurück und kehrte zur Hatherley Farm zurück. Ich kam aber nur etwa hundertfünfzig Yards weit, als ich einen gräßlichen Schrei hinter mir hörte, der mich veranlaßte, sofort zurückzurennen. Ich fand meinen Vater sterbend auf dem Boden liegen, und sein Kopf war schrecklich verletzt. Ich ließ mein Gewehr fallen und hielt ihn in meinen Armen, aber er starb fast sofort. Ich kniete noch ein paar Minuten neben ihm, und dann machte ich mich zu Mr. Turners Gutsverwalter auf, da sein Haus das nächste war, und bat ihn um Hilfe. Ich sah, als ich zurückkam, niemanden in der Nähe meines Vaters, und ich habe keine Ahnung, wie ihm diese Verletzungen beigebracht worden waren. Beliebt war er nicht, denn er war in seiner Art ziemlich kalt und abweisend, doch aktive Feinde hatte er, soviel mir bekannt ist, keine. Weiter weiß ich nichts in dieser Angelegenheit.

Der Coroner: Hat Ihr Vater etwas ausgesagt, ehe er starb?

Zeuge: Er murmelte ein paar Worte, aber ich verstand davon nur etwas, das sich auf eine Ratte bezog.

Der Coroner: Was verstanden Sie darunter?

Zeuge: Ich verstand nichts. Ich dachte, das sei ein Delirium.

Der Coroner: Um was ging es bei diesem Streit mit Ihrem Vater?

Zeuge: Darüber möchte ich lieber nicht sprechen.

Der Coroner: Ich fürchte, das kann ich Ihnen nicht ersparen.

Zeuge: Es ist mir unmöglich, darüber zu sprechen. Aber ich kann Ihnen versichern, es hat nichts zu tun mit der folgenden Tragödie.

Der Coroner: Darüber hat das Gericht zu entscheiden. Ich brauche nicht darauf hinzuweisen, daß die Verweigerung einer Antwort die Anklage gegen Sie beträchtlich stützt bei allen künftig möglichen Verfahren.

Zeuge: Trotzdem muß ich bei meiner Weigerung bleiben.

Der Coroner: Ich hörte, daß der Ruf ‚Kuiiii' ein oft gebrauchtes Signal zwischen Ihnen und Ihrem Vater war.

Zeuge: Ja, das ist richtig.

Der Coroner: Wie kommt es dann, daß er diesen Ruf gebrauchte, ehe er Sie sah und bevor er noch wußte, daß Sie aus Bristol zurück waren?

Zeuge: (verwirrt) Das weiß ich nicht.

Ein Mann der Jury: Sahen Sie denn nichts, das Ihren Verdacht erregte, als Sie zurückeilten, nachdem Sie den Schrei gehört hatten und Ihren Vater tödlich verletzt vorfanden?

Zeuge: Nichts Entscheidendes.

Der Coroner: Was meinen Sie damit?

Zeuge: Ich war so verstört und aufgeregt, daß ich einfach ins offene Gelände lief und an nichts mehr denken konnte als nur an meinen Vater. Aber ich habe einen vagen Eindruck, daß etwas links von mir auf dem Boden lag, als ich vorwärts rannte. Es muß etwas Graues gewesen sein, vielleicht ein Mantel oder eine Decke. Als ich von meinem Vater aufstand und danach schauen wollte, war es verschwunden.

Soll das heißen, daß es verschwand, ehe Sie weggingen, um Hilfe zu holen?

Ja, es war weg.

Sie können nicht sagen, was es war?

Nein. Ich hatte das Gefühl, etwas sei da gewesen.

Wie weit von der Leiche entfernt?

Vielleicht ein Dutzend Yards.

Und wie weit vom Waldrand weg?

Ungefähr die gleiche Entfernung.

Dann wäre dieses Ding also entfernt worden, während Sie nur ein Dutzend Yards davon weg waren?

Ja, aber ich wandte dem Ding meinen Rücken zu.
Damit ist die Vernehmung des Zeugen abgeschlossen.

»Ah, ich verstehe«, sagte ich und schaute die Spalte entlang. »Der Coroner war also mit seinen Bemerkungen sehr streng zum jungen McCarthy. Er hat Grund, darauf hinzuweisen, daß sein Vater ihn gerufen habe, ehe er ihn sah, und daß sich der junge Mann weigerte, die Unterhaltung mit seinem Vater zu beschreiben. Und dann die letzten Worte des Sterbenden. Das spricht doch, wie der Coroner bemerkte, gegen den Sohn.«

Holmes lachte leise in sich hinein und streckte sich auf dem Polstersitz aus. »Du und der Coroner«, sagte er, »habt euch große Mühe gemacht, gerade die stärksten Punkte zugunsten des jungen Mannes herauszustellen. Siehst du denn nicht, daß du einmal behauptest, er habe zuviel Phantasie, dann aber wieder, er habe zu wenig davon? Zu wenig, wenn er keine Streitursache erfinden konnte, die ihm die Sympathie der Jury verschaffte; zu viel, falls er aus einem schlechten Gewissen heraus etwas so Ausgefallenes in der Bemerkung seines sterbenden Vaters hörte wie das von einer Ratte. Und dann der Vorfall mit dem verschwundenen Stoffzeug. Nein, Sir, ich werde den Fall angehen von dem Standpunkt aus, daß alles wahr ist, was der junge Mann sagt, und dann sehen wir schon, wohin uns diese Hypothese führt. Und hier ist mein Taschen-Petrarch, so daß ich also kein Wort mehr von dem Fall zu hören wünsche, bis wir an Ort und Stelle sind. In Swindon essen wir zu Mittag, und dort werden wir in zwanzig Minuten sein.«

Es war fast vier Uhr, als wir endlich das schöne Stroud Tal hinter uns hatten und die hübsche kleine Landstadt Ross erreichten, die am breiten, schimmernden Severn liegt. Ein magerer Mann mit Frettchengesicht und unruhigen Augen erwartete uns am Bahnsteig. Trotz des hellbraunen Staubmantels und der Ledergamaschen, die er wegen der ländlichen Umgebung trug, erkannte ich ihn leicht als Lestrade von Scotland Yard. Mit ihm fuhren wir zu den Hereford Arms, wo für uns schon ein Zimmer reserviert war.

»Ich habe auch einen Wagen bestellt«, berichtete Lestrade, als wir bei einer Tasse Tee saßen. »Ich kenne doch Ihre Energie und weiß, daß Sie nicht glücklich sind, ehe Sie am Tatort waren.«

»Das ist sehr nett und aufmerksam von Ihnen«, sagte Holmes. »Aber das ist ganz und gar eine Frage des Barometers.«

Lestrade schaute bestürzt drein. »Das verstehe ich nicht ganz.«

»Wie steht das Barometer? Ah, neunundzwanzig, wie ich sehe. Kein Wind. Keine Wolke am Himmel. Ich habe eine ganz große Packung Zigaretten hier, die geraucht werden wollen, und das Sofa hier ist wesentlich besser als jede Sitzgelegenheit in einem Landhotel. Ich halte es nicht für wahrscheinlich, daß ich diesen Abend noch den Wagen benütze.«

Lestrade lachte nachsichtig. »Sie haben sich zweifellos schon aus den Zeitungen Ihre Meinung gebildet und Ihre Schlüsse gezogen. Der Fall ist so einfach wie das kleine Einmaleins, und je mehr man sich damit beschäftigt, desto einfacher wird er. Natürlich kann man sich einer Dame nicht verweigern, noch dazu, wenn sie so entschieden ist. Sie hat von Ihnen gehört und will Ihre Meinung wissen, obwohl ich wiederholt erklärte, Sie könnten auch nicht mehr tun, als ich bereits getan habe. Aber Gott sei meiner Seele gnädig, da ist ja schon ihr Wagen!«

Er hatte noch kaum ausgesprochen, als eine der entzückendsten Frauen, die ich je gesehen habe, in den Raum gestürzt kam. Sie hatte dunkelviolette, glänzende Augen, rosig überhauchte Wangen und leicht geöffnete Lippen. Ihre natürliche Zurückhaltung war einer übermächtigen Erregung und Besorgnis zum Opfer gefallen.

»Oh, Mr. Sherlock Holmes!« rief sie und schaute uns nacheinander an, um sich dann ausdrücklich an meinen Freund zu halten. »Ich bin so froh, daß Sie kommen konnten. Jetzt bin ich eigens hergefahren, Ihnen das zu sagen, denn ich weiß, James hat es bestimmt nicht getan. Ich weiß es, doch Sie sollten es wissen, ehe Sie Ihre Arbeit beginnen. Lassen Sie daran nie einen Zweifel aufkommen. Wir kannten einander, seit wir kleine Kinder waren, und ich kenne seine Fehler wie kein anderer; aber er ist viel zu weichherzig und könnte nicht einmal einer Fliege etwas zuleide tun. Eine solche Klage ist für den, der ihn kennt, absurd.«

»Ich hoffe, wir können ihn herauspauken, Miß Turner«, antwortete Sherlock Holmes. »Sie können sich darauf verlassen, daß ich alles tun werde, was mir möglich ist.«

»Aber Sie haben doch schon das Vernehmungsprotokoll gelesen? Sicher haben Sie sich schon eine Meinung gebildet? Sehen Sie irgendein Loch, einen Makel? Glauben Sie selbst nicht auch, daß er unschuldig ist?«

»Ich halte dies für sogar sehr wahrscheinlich.«

»Sehen Sie, sehen Sie!« rief sie und schaute Lestrade vorwurfsvoll an. »Jetzt haben Sie's gehört. Er gibt mir Hoffnung.«

Lestrade zuckte die Achseln. »Ich fürchte, mein Kollege war etwas zu schnell mit seinen Schlüssen«, antwortete er.

»Aber er hat recht! Oh! Ich weiß doch, daß er recht hat. James hat es nie getan. Und dieser Streit mit seinem Vater — ich bin überzeugt, daß er den Grund dafür dem Coroner nur deshalb nicht verraten wollte, weil es um mich ging.«

»In welcher Weise?« fragte Holmes.

»Jetzt ist nicht mehr die richtige Zeit, etwas verstecken zu wollen. James und sein Vater waren meinetwegen oft unterschiedlicher Meinung. Mr. McCarthy fürchtete sehr, es könnte zwischen uns eine Heirat geben. James und ich haben einander immer geliebt wie Bruder und Schwester, aber natürlich ist er jung und hat noch wenig vom Leben gesehen, und ... nun ja, das wollte er sowieso noch nicht tun. Also gab es Streit, und ich bin sicher, das war auch wieder einer über dieses Thema.«

»Und Ihr Vater?« fragte Holmes. »War er denn für eine solche Heirat?«

»Nein, er war auch dagegen. Keiner außer Mr. McCarthy war dafür.« Sie errötete über ihr ganzes junges Gesicht, als Holmes sie mit einem fragenden Blick musterte.

»Danke für diese Information«, sagte er. »Kann ich Ihren Vater sprechen, wenn ich ihn morgen besuche?«

»Ich fürchte, der Arzt wird es nicht erlauben.«

»Wieso der Arzt?«

»Ja. Haben Sie das nicht gehört? Mein armer Vater ist

seit Jahren nicht mehr recht gesund, und da ist er nun völlig zusammengebrochen. Er ist ans Bett gefesselt, und Dr. Willows sagt, er sei ein Wrack, und sein ganzes Nervensystem sei schwer erschüttert. Mr. McCarthy war der einzige lebende Mensch, der meinen Dad in den alten Tagen in Victoria gekannt hat.«

»Ha! In Victoria! Das ist wichtig.«

»Ja, in den Minen.«

»Richtig. In den Goldminen, wo, wie ich hörte, Mr. Turner sein Vermögen machte.«

»Ja, ganz gewiß.«

»Danke, Miß Turner. Sie waren mir eine große Hilfe.«

»Sie werden mir doch sicher sagen, ob Sie morgen irgendetwas Neues haben? Sicher werden Sie James im Gefängnis besuchen. Oh, wenn Sie das tun, Mr. Holmes, dann sagen Sie ihm doch bitte, ich wüßte genau, daß er unschuldig ist.«

»Das werde ich ihm bestellen, Miß Turner.«

»Jetzt muß ich nach Hause gehen, denn Dad ist sehr krank, und ich fehle ihm, wenn ich weg bin. Leben Sie wohl, und Gott möge Ihnen bei Ihren Untersuchungen helfen.« Sie eilte genauso schnell hinaus, wie sie hereingekommen war, und gleich darauf hörten wir den Wagen davonrattern.

»Ich schäme mich Ihretwegen, Holmes«, sagte Lestrade voll Würde nach einigen Minuten des Schweigens. »Warum erwecken Sie Hoffnungen, um sie dann enttäuschen zu müssen? Ich bin nicht besonders weichherzig, aber so etwas nenne ich grausam.«

»Ich glaube, ich sehe einen Weg, um James McCarthy reinzuwaschen«, erklärte Holmes. »Haben Sie eine Erlaubnis, ihn im Gefängnis zu besuchen?«

»Ja, aber nur für Sie und mich.«

»Dann werde ich es mir noch einmal überlegen, ob ich ausgehe. Wir haben doch Zeit genug, einen Zug nach Hereford zu nehmen und ihn abends zu sehen?«

»Reichlich.«

»Gut, dann vorwärts! Watson, ich fürchte, es wird für dich etwas langweilig werden, aber ich bin nur ein paar Stunden aus.«

Ich begleitete sie zum Bahnhof und schlenderte dann

durch die Straßen der kleinen Stadt. Schließlich kehrte ich zum Hotel zurück, legte mich auf das Sofa und versuchte mich mit einem Kriminalroman zu beschäftigen. Die Story war jedoch so dünn, verglichen mit dem Geheimnis, durch das wir uns tasteten, und so wurde ich häufig von den Tatsachen mehr gefesselt als vom Roman. Schließlich warf ich das Buch quer durch das ganze Zimmer und dachte über die Tagesereignisse nach. Angenommen, die Geschichte dieses unglücklichen jungen Mannes war absolut wahr, dann mußte es eine höllische Sache gewesen sein, die sich zutrug in der Zeit, nachdem er seinen Vater verlassen hatte und, von seinen Schreien zurückgeholt, wieder in den Wald rannte. Es war etwas Schreckliches und Tödliches. Aber was konnte es gewesen sein? Könnte nicht die Art der Verletzungen meinem medizinischen Instinkt etwas verraten? Ich läutete und bat, mir das Wochenblatt des Bezirks zu bringen, das einen wörtlichen Bericht der amtlichen Totenschau enthielt. Der Polizeiarzt hatte festgestellt, daß das hintere Drittel des linken Scheitelbeines und die linke Hälfte des Hinterhauptbeines durch einen schweren Schlag mit einer stumpfen Waffe zerschmettert wurden. Ich stellte die entsprechenden Stellen an meinem eigenen Kopf fest. Eine stumpfe Waffe also, und ein solcher Schlag mußte von hinten her geführt worden sein. Das war für den Angeklagten günstig, denn als sie stritten, waren sie einander zugewandt. Aber überzeugend war das trotzdem nicht, weil ihm ja der alte Mann den Rücken zugekehrt haben konnte, ehe der Schlag fiel. Ich wollte aber auf jeden Fall Holmes darauf hinweisen.

Und dann das Wort des Sterbenden von einer Ratte. Was konnte das zu bedeuten haben? Nein, im Delirium hatte er das nicht gesagt, denn ein Mann, der von einem plötzlichen schweren Schlag stirbt, unterliegt im allgemeinen keinem Delirium. Nein, es mußte eher eine Erklärung dafür sein, wie er seinem Schicksal begegnet war. Aber was hatte er damit gemeint? Ich durchwühlte mein Gehirn nach einer möglichen Erklärung. Schließlich noch der graue Stoff, den der junge McCarthy gesehen hatte. Stimmte das, dann mußte der Mörder einen Teil seiner Kleider abgeworfen oder verloren haben, etwa seinen Mantel, und war dann kühn genug gewesen, noch einmal zurückzukehren und ihn mitzunehmen, als der Sohn ein Dutzend Schritte von ihm entfernt bei seinem Vater kniete und ihm den Rücken zugewandt hatte. Wie geheimnisvoll und unmöglich diese ganze Sache doch war! Über Lestrades Ansicht dachte ich gar nicht erst nach, und außerdem hatte ich so großes Zutrauen zu Sherlock Holmes' Klarsicht, daß ich die Hoffnung nicht verlor, solange jede neue Tatsache seine Meinung zu stützen schien, der junge McCarthy sei unschuldig.

Es war schon ziemlich spät, als Sherlock Holmes zurückkam — allein, denn Lestrade hatte sich in der Stadt eingemietet.

»Das Barometer steht noch ziemlich hoch«, bemerkte er, als er sich setzte. »Es ist sehr wichtig, daß es nicht regnet, bevor wir über den Tatort gehen können. Und überdies sollte man für eine solche Aufgabe in Hochform sein, also will ich nichts Entscheidendes unternehmen, solange ich von einer längeren Reise ermüdet bin. Ich habe den jungen McCarthy gesehen.«

»Was hast du von ihm erfahren?«

»Nichts.«

»Konnte er kein Licht in die Sache bringen?«

»Nein, absolut gar nichts. Einmal kam ich auf den Gedanken, er müsse wissen, wer es getan hat und schütze ihn oder sie, doch jetzt bin ich überzeugt, daß er ebenso ratlos ist wie alle anderen. Von sehr raschem Verstand ist er nicht, aber gut anzusehen, und, wie ich meine, auch von gutem Herzen.«

»Seinen Geschmack kann ich allerdings nicht bewundern«, bemerkte ich, »wenn er einer Heirat mit einer so entzückenden jungen Dame wie Miß Turner abgeneigt war.«

»Ah, das ist eine ziemlich schmerzliche Geschichte. Dieser Bursche ist bis zum Wahnsinn in sie verliebt, aber vor etwa zwei Jahren, als er noch ein Junge war, und ehe er sie richtig kannte, da sie fünf Jahre lang ein Internat besuchte — was tut dieser Idiot? Er gerät in die Fänge eines Barmädchens in Bristol und heiratet sie doch tatsächlich in einem Registrierungsbüro. Kein Mensch wußte etwas davon, aber du kannst dir vorstellen, wie furchtbar es für ihn ist, das nicht tun zu können, wofür er sein Augenlicht opfern würde, weil dies absolut ausgeschlossen ist! Es war mehr oder weniger Zorn auf sich selbst, als er die Hände in die Luft warf, weil ihm bei dieser letzten Unterhaltung sein Vater zuredete, er solle doch endlich um Miß Turner anhalten.

Er hatte aber auch keine Mittel für seinen eigenen Unterhalt, und sein Vater, der von allen als recht harter Mann geschildert wird, hätte ihn hinausgeworfen, wäre ihm die Wahrheit bekannt gewesen. Mit seiner Barmädchenfrau hatte er die letzten drei Tage in Bristol verbracht, und sein Vater wußte nicht, wo er war. Das ist wichtig, also vergiß es nicht. Aus Bösem ist Gutes entstanden, denn das Barmädchen erfuhr aus den Zeitungen, daß er in ernstlichen Schwierigkeiten sei und wahrscheinlich gehängt werde, hat ihn zum Teufel geschickt und ihm geschrieben, sie habe im Bermuda Dockyard schon einen Mann, so daß zwischen ihnen in Wirklichkeit gar keine Bindung bestehe. Ich denke, diese Nachricht hat den jungen McCarthy doch ein wenig in seinem Leiden getröstet.«

»Wenn er aber unschuldig ist, wer war es dann?«

»Ah, wer? Ja. Ich möchte dich besonders auf zwei Punkte hinweisen. Einmal hat der Ermordete mit jemandem am Pool eine Verabredung gehabt, und dieser Jemand konnte nicht sein Sohn gewesen sein, denn der war nicht da, und er wußte auch nicht, wann der junge Mann zurückkommen würde. Und zweitens hat der Ermordete ‚Kuiiii!' gerufen, ehe er wußte, daß sein Sohn zurück war. Das sind die wichtigsten Punkte, an denen der Fall hängt. Und jetzt wollen wir über George Meredith sprechen, bitte sehr, und alle Kleinigkeiten bis morgen zurückstellen.«

Es gab nachts, wie Holmes gesagt hatte, keinen Regen, und der nächste Morgen war strahlend und wolkenlos. Um neun Uhr kam Lestrade mit dem Wagen bei uns an, und wir machten uns auf den Weg zur Hatherley Farm und zum Boscombe Pool.

»Heute früh gab es schon ernste Nachrichten«, bemerkte Lestrade. »Es heißt, Mr. Turner von der Hall sei so krank, daß man an seinem Aufkommen zweifelt.«

»Ein älterer Mann, nehme ich an?« fragte Holmes.

»Ungefähr sechzig. Aber das Leben in den Kolonien hat seine Gesundheit zermürbt, und er kränkelt schon seit

Landbesitzers. An der Hatherley-Seite des kleinen Sees war der Wald sehr dicht, und hier war auch ein etwa zwanzig Schritt breiter Gürtel nassen Grases zwischen Schilf und Bäumen. Lestrade zeigte uns die genaue Stelle, wo die Leiche gelegen hatte, und hier war der Grund so feucht, daß die Spuren vom Sturz des Erschlagenen noch deutlich zu erkennen waren. Holmes, und das erkannte ich an seinem eifrigen Gesicht und den flinken, scharfen Augen, sah noch sehr viel mehr in dem zertrampelten Gras. Er lief herum wie ein Hund, der einen Geruch aufnimmt, und dann wandte er sich an unseren Begleiter.

»Weshalb sind Sie in den Teich gegangen?« fragte er.

»Ich fischte mit einem Rechen. Ich dachte, da könnte man vielleicht die Waffe oder sonst eine Spur finden. Aber wie, in aller Welt ...«

»Tz, tz, ich habe jetzt keine Zeit! Dieser, ihr leicht nach innen gedrehter Fuß ist überall zu sehen. Ein Maulwurf könnte Ihre Spur finden, und hier verschwindet sie im Schilf. Oh, wie einfach wäre alles gewesen, hätte ich hier sein können, ehe eine ganze Büffelherde hier herumstampfte und alle Spuren verdarb! Hier kam die Gruppe mit dem Wildhüter, und die haben alle Spuren in einem Umkreis von sechs oder acht Fuß um die Leiche herum zertrampelt. Aber hier sind drei separate Spuren der gleichen Füße.« Er holte ein Vergrößerungsglas heraus, legte sich auf seinen wasserdichten Mantel, um genauer sehen zu können, und redete die ganze Zeit eher mit sich selbst als mit uns.

»Das hier sind die Füße vom jungen McCarthy. Zweimal ging er langsam, einmal rannte er, so daß seine Sohlen tief eingedrückt, die Absätze aber kaum sichtbar sind. Das bestätigt unsere Geschichte. Er rannte, als er seinen Vater auf dem Boden liegen sah. Dann sind hier des Vaters Füße, als er auf und ab lief. Und was haben wir hier? Das Kolbenende des Gewehres, als der Sohn dastand und ihm zuhörte. Und da? Ha, ha! Was ist denn da! Auf Zehenspitzen und mit ziemlich ausgefallenen Stiefeln mit geraden Kappen! Sie kommen, sie gehen, sie kommen wieder — natürlich, da wurde der Mantel geholt. Aber woher kommen sie?« Er lief auf und ab, verlor sie manchmal, fand die Spur wieder im Wald nahe dem Rand und unter dem Schatten einer großen Buche, dem größten Baum der ganzen Nachbarschaft. Holmes folgte der Spur auch noch darüber hinaus, legte sich wieder auf das Gesicht und tat einen kleinen Schrei der Befriedigung. Da blieb er ziemlich lange, drehte Blätter und getrocknete kleine Holzstücke um, sammelte etwas, das mir wie Staub erschien, in einen Umschlag und prüfte mit seinem Vergrößerungsglas nicht nur den Grund, sondern sogar die Baumrinde, soweit er reichen konnte. Im Moos lag ein scharfkantiger Stein, und auch den untersuchte er sorgfältig und bewahrte ihn auf. Dann folgte er seiner Spur und einem Pfad weiter durch den Wald, bis er zur Straße kam, wo alle Spuren aufhörten.

»Das war ein ungeheuer interessanter Fall«, bemerkte er nun wieder auf seine alte Art. »Ich stelle mir vor, daß dieses graue Haus rechts dem Verwalter gehört. Ich denke, wir gehen hinein und reden ein Wort mit Moran. Vielleicht schreiben wir uns auch etwas auf. Haben wir das getan, können wir zu unserem Lunch zurückfahren. Ihr könnt jetzt zum Wagen gehen, ich komme gleich nach.«

Nach etwa zehn Minuten erreichten wir unseren Wagen und fuhren nach Ross zurück. Holmes hatte noch den Stein dabei, den er im Wald zwischen dem Moos gefunden hatte.

»Lestrade, das könnte Sie interessieren«, sagte er und zeigte ihm den Stein. »Damit geschah der Mord.«

»Ich sehe keine Spuren.«

»Es gibt auch keine.«

»Woher wollen Sie das dann wissen?«

»Das Gras wuchs darunter, also hatte er nur ein paar Tage an dieser Stelle gelegen. Es gab auch kein Zeichen, wo er weggenommen worden war. Und er entspricht den Verletzungen. Von einer anderen Waffe ist kein Zeichen vorhanden.«

»Und der Mörder?«

»Ist ein großer Mann, Linkshänder, hinkt mit dem rechten Bein, trägt dicksohlige Jagdstiefel und einen grauen Mantel, raucht indianische Zigarren, benützt einen Zigarrenhalter und trägt in der Tasche ein stumpfes Federmesser mit sich herum. Es gibt noch ein paar andere Hinweise, aber die genügen vermutlich, uns bei unserer Suche zu helfen.«

Lestrade lachte. »Ich fürchte, ich bin noch immer skeptisch. Die Theorie ist schön und gut, aber wir haben es ja mit einer hartköpfigen britischen Jury zu tun.«

»Wir werden sehen«, antwortete Holmes ruhig. »Sie arbeiten nach Ihrer Methode, ich nach der meinen. Diesen Nachmittag habe ich zu tun, und vielleicht kehre ich mit dem Abendzug nach London zurück.«

»Und den Fall lassen Sie unerledigt zurück?«

»Nein, damit bin ich fertig.«

»Und das Geheimnis?«

»Das ist entschleiert.«

»Wer ist dann der Verbrecher?«

»Der Gentleman, den ich beschreibe.«

»Aber wer ist es?«

»Das ist sicher nicht schwierig herauszufinden. Die Nachbarschaft ist nicht besonders dicht bevölkert.«

Lestrade zuckte die Achseln. »Ich bin ein Mann der Praxis«, sagte er, »und kann nicht im ganzen Land herumlaufen, um nach einem Linkshänder mit Hinkebein zu suchen. Ganz Scotland Yard würde mich auslachen.«

»Na, schön«, meinte Holmes ruhig. »Ich habe Ihnen die Chance gegeben. Hier ist Ihre Wohnung. Leben Sie wohl. Ehe ich fahre, lasse ich Ihnen noch eine Zeile zukommen.«

Nachdem wir Lestrade abgeliefert hatten, fuhren wir zu unserem Hotel weiter, wo das Mittagessen schon auf dem Tisch stand. Holmes war nachdenklich und in sich selbst versunken; seine Miene war irgendwie schmerzlich wie bei einem, der sich in einer verblüffenden Lage befindet.

»Schau mal, Watson«, sagte er, als der Tisch abgeräumt war. »Jetzt setz dich in diesen Stuhl und laß mich eine Weile predigen. Ich weiß nicht recht, was ich tun soll, und würde deinen Rat sehr schätzen. Zünde dir eine Zigarre an und laß mich reden.«

»Bitte, tu's doch.«

»Hm. Wenn man sich diesen ganzen Fall besieht, so sind in des jungen McCarthy Erzählungen zwei Punkte, die uns beiden sofort auffielen. obwohl sie mich zu seinen Gunsten, dich zu seinem Nachteil beeinflußten. Der eine war die Tatsache, daß sein Vater, bevor er ihn sah, ‚Kuiiii!' rief. Der andere war die Bemerkung von der Ratte, ehe er starb. Er murmelte ein paar Worte, aber mehr konnte der Sohn nicht hören oder verstehen. Von diesen zwei Punkten muß nun unsere Forschung ausgehen, und wir beginnen damit, daß wir alles das für absolut wahr halten, was der junge Mann sagt.«

»Und was ist mit diesem ‚Kuiiii!'?«

»Nun, das konnte doch nicht für den Sohn gemeint gewesen sein, denn der war, soviel er wußte, in Bristol. Es war reiner Zufall, daß er sich in Hörweite befand. Dieses ‚Kuiiii!' war dazu bestimmt, die Aufmerksamkeit der Person auf sich zu lenken, mit der er verabredet war. Aber ‚Kuiiii!' ist ein ausgesprochen australischer Schrei, einer, der zwischen Australiern benützt wird. Es ist also anzunehmen, daß die Person, die McCarthy am Boscombe Pool treffen sollte, jemand war, der sich in Australien aufgehalten hatte.«

»Und die Ratte?«

Sherlock Holmes nahm aus der Tasche ein zusammengefaltetes Papier und breitete es auf dem Tisch aus. »Das ist eine Landkarte der Kolonie Victoria«, sagte er. »Ich telegraphierte dafür vergangenen Abend nach Bristol.« Er legte seine Hand über einen Teil der Karte. »Was kannst du jetzt lesen?«

»ARAT«, sagte ich.

»Und jetzt?« Er hob seine Hand.

»BALLARAT.«

»Richtig. Das war das Wort, das der Mann sprach, aber der Sohn hat nur die letzte oder die beiden letzten Silben gehört. Er versuchte den Namen seines Mörders zu sagen. Der So-und-so aus Ballarat.«

»Das ist ja wundervoll!« rief ich.

»Liegt auf der Hand. Und jetzt, siehst du, hatte ich das Feld beträchtlich eingeengt. Der Besitz eines grauen Kleidungsstückes war der dritte Punkt, der eine Gewißheit war, wenn man die Aussage des Sohnes für richtig hält. Wir sind von reinen Vermutungen zu einer endgültigen Beschreibung gekommen, zu einem Australier von Ballarat mit einem grauen Mantel.«

»Ja, ganz gewiß.«

»Und einer, der in diesem Distrikt zu Hause war, denn

der See kann nur von der Farm oder vom Gut aus erreicht werden, und dorthin verirren sich Fremde wohl kaum.«

»Ja, richtig.«

»Dann kommt unser heutiger Ausflug. Bei der Nachprüfung des Bodens gewann ich kleine, wichtige Einzelheiten, die ich diesem Idioten Lestrade als Angaben zur Persönlichkeit des Täters nannte.«

»Wie hast du sie gewonnen?«

»Du kennst doch meine Methode. Sie gründet sich auf die Beobachtung von Kleinigkeiten.«

»Seine Größe, das weiß ich, kannst du nach der Schrittlänge schätzen. Auch die Stiefel lassen sich von den Spuren ablesen.«

»Ja, es waren ganz besondere Stiefel.«

»Aber sein Hinken?«

»Der Eindruck seines rechten Fußes war immer weniger scharf als der des linken. Also legte er weniger Gewicht darauf. Warum? Weil er hinkte. Er war lahm.«

»Und seine Linkshändigkeit?«

»Du warst selbst erstaunt wegen der Verletzungen, wie sie der Arzt bei der amtlichen Totenschau feststellte. Der Schlag erfolgte direkt von hinten her, traf aber links. Wie kann das aber sein, wenn der betreffende Mann nicht Linkshänder ist? Er muß hinter diesem Baum gestanden haben, als Vater und Sohn miteinander redeten. Er hatte sogar geraucht. Ich fand die Asche einer Zigarre, und mein Spezialwissen auf diesem Gebiet erlaubte mir die Feststellung, daß es sich um eine Indianerzigarre handelte. Du weißt ja, daß ich mich damit sehr eingehend beschäftigt und auch einen Artikel über die Aschen von hundertundvierzig verschiedenen Sorten von Pfeifen-, Zigarren- und Zigarettentabaken geschrieben habe. Als ich die Asche fand, schaute ich mich weiter um und entdeckte im Moos den Stumpen, wohin er ihn geworfen hatte. Es war eine indianische Zigarre von der Sorte, wie sie in Rotterdam gerollt werden.«

»Und der Zigarrenhalter?«

»Ich sah, daß das Ende nicht in seinem Mund gewesen war, also hatte er sich eines Halters bedient. Die Spitze war abgeschnitten, nicht abgebissen, aber der Schnitt war nicht sehr sauber, so daß ich also auf ein stumpfes Federmesser kam.«

»Holmes«, sagte ich, »du hast um diesen Mann ein Netz gezogen, dem er nicht entkommen kann, und deshalb hast du ein unschuldiges menschliches Leben gerettet, so sicher, als hättest du ihn abgeschnitten von dem Strick, an dem er hing. Ich sehe, wohin das alles deutet. Der Mörder ist . . .«

»Mr. John Turner!« rief der Zimmerkellner und öffnete die Tür von unserem Wohnzimmer, um einen Besucher einzulassen.

Der Mann, der hereinkam, war eine merkwürdige, eindrucksvolle Gestalt. Er ging langsam und hinkte, und seine gebeugten Schultern vermittelten den Eindruck großer Hinfälligkeit, aber sein hartes, tiefgefurchtes, verwittertes Gesicht und seine außerordentlich kräftigen Gliedmaßen zeigten, daß er über eine unglaubliche Körper- und Charakterstärke verfügte. Sein Hängeschnurrbart, das ergraute Haar und die ungeheuer buschigen Augenbrauen gaben ihm ein überaus würdiges, machtvolles Aussehen; aber sein Gesicht war aschfahl, die Lippen und die Ränder seiner Nasenflügel hatten einen bläulichen Schimmer. Mir war auf den ersten Blick klar, daß er an einer chronisch-tödlichen Krankheit litt.

»Bitte, setzen Sie sich doch auf das Sofa«, forderte ihn Holmes liebenswürdig auf. »Sie bekamen meinen Brief?«

»Ja, der Wildheger brachte ihn. Sie sagten, Sie wollten mich sehen, um einen Skandal zu vermeiden.«

»Ich dachte, die Leute würden reden, würde ich zur Hall kommen.«

»Und weshalb wollen Sie mich sehen?« In seinen mißtrauischen Augen las ich so etwas wie Verzweiflung, als seien seine Fragen schon beantwortet.

»Ja«, antwortete Holmes mehr auf den Blick als auf die Frage. »So ist es. Ich weiß alles über McCarthy.«

Der alte Mann verbarg sein Gesicht in den Händen. »Gott möge mir helfen!« sagte er. »Aber ich will nicht, daß dem jungen Mann ein Leid zugefügt wird. Ich gebe Ihnen mein Wort, daß ich gesprochen hätte, wenn er vor die große Jury käme.«

»Ich bin froh, das zu hören«, erwiderte Holmes ernst.

»Ich hätte jetzt schon gesprochen, ginge es nicht um mein liebes Mädchen. Ihr würde das Herz brechen; es bricht ihr sowieso das Herz, wenn sie hört, daß ich verhaftet bin.«

»Dazu braucht es gar nicht zu kommen«, meinte Holmes.

»Was?«

»Ich bin ja kein offizieller Agent. Ich hörte, es war Ihre Tochter, die meine Anwesenheit hier forderte, und ich handle somit in ihrem Interesse. Der junge McCarthy muß also freikommen.«

»Ich bin ein sterbender Mann«, sagte der alte Turner. »Seit Jahren habe ich Diabetes. Mein Arzt sagt, es sei eine Frage, ob ich noch einen Monat lebe. Aber ich würde lieber unter meinem eigenen Dach als im Gefängnis sterben.«

Holmes stand auf und setzte sich an den Tisch, nahm eine Feder in die Hand und legte Papier vor sich hin. »Sagen Sie uns nur die Wahrheit«, bat er. »Ich werde die Tatsachen notieren. Sie unterschreiben, Watson dient als Zeuge. Dann kann ich Ihr Geständnis im allerletzten Moment vorlegen, um den jungen McCarthy zu retten. Ich verspreche Ihnen, es erst dann zu verwenden, wenn es absolut nötig wird.«

»Das ist schon recht«, sagte der alte Mann. »Es ist sowieso fraglich, ob ich zur Zeit der Gerichtssitzung noch lebe, also spielt es für mich keine große Rolle. Ich möchte nur Alice den Schock ersparen. Und jetzt will ich Ihnen etwas klarmachen. Entwickelt hat sich das alles während einer sehr langen Zeit, doch erzählen kann ich es kurz.

Sie kannten den Toten nicht, den McCarthy. Er war ein fleischgewordener Teufel. Das sage ich Ihnen. Gott möge Sie vor den Klauen eines solchen Mannes bewahren. In diesen zwanzig Jahren hatte er mich immer in einem eisernen Griff, und so hat er mir das ganze Leben verdorben. Ich werde Ihnen jetzt erzählen, wie er mich in seine Macht brachte.

Es war in den frühen sechziger Jahren, als wir gruben. Ich war damals ein junger, heißblütiger, ruheloser Mensch, der alles versucht hätte. Ich kam in schlechte Gesellschaft, begann zu trinken, hatte auch kein Glück mit meinem Claim, ging in den Busch und wurde das, was Sie hier einen Straßenräuber nennen würden. Wir waren zu sechst und hatten ein wildes, freies Leben, überfielen von Zeit zu Zeit eine Station oder hielten Wagen an, die unterwegs waren zu den Minen. Black Jack von Ballarat war der Name, unter dem man mich damals kannte, und unsere Gruppe ist noch heute in der Kolonie unter dem Namen Ballarat Gang bekannt.

Eines Tages kam ein Goldgeleitzug von Ballarat und war unterwegs nach Melbourne. Wir lauerten ihm auf und griffen ihn an. Es waren sechs Polizisten, wir waren auch sechs, also stand die Sache ziemlich knapp. Schon im ersten Angriff leerten wir vier ihrer Sättel, drei von unseren Jungs wurden jedoch getötet, ehe wir den Raub hatten. Ich legte dem Fahrer des Wagens die Pistole an den Kopf, und das war dieser Mann McCarthy. Heute wünsche ich mir, ich hätte ihn damals erschossen, aber ich verschonte ihn, wenn ich auch seine irren kleinen Augen auf meinem Gesicht fühlte, als wolle er sich jeden Zug davon einprägen. Wir kamen mit dem Gold davon, wurden reich und machten unseren Weg nach England, ohne daß man uns verdächtigte.

Hier trennte ich mich von meinen alten Kameraden und beschloß, mich zu einem ruhigen, respektablen Leben niederzulassen. Ich kaufte diesen Besitz, der zufällig auf dem Markt war, und da begann ich mit meinem Geld ein wenig Gutes zu tun, um etwas gutzumachen, weil ich es so erworben hatte. Ich heiratete auch. Meine Frau starb jung, doch sie ließ mir meine liebe kleine Alice zurück. Selbst als sie noch ein ganz kleines Baby war, schien sie mich immer schon auf den richtigen Weg zu führen, als hätte ich niemals etwas anderes getan. Mit einem Wort: Ich blätterte in meinem Buch um und versuchte meine Vergangenheit gutzumachen. Alles ging auch gut, bis mich McCarthy in den Griff bekam.

Ich war in die Stadt gegangen, um etwas zu investieren, und da begegnete ich ihm in der Regent Street. Er hatte kaum Lumpen auf dem Rücken oder einen Schuh an den Füßen.

‚Da sind wir also, Jack', sagte er und berührte mich am Arm. ‚Wir sind als Familie genausogut wie du. Wir sind zwei, mein Sohn und ich, und du kannst nun eigentlich für uns sorgen. Tust du's aber nicht, so ist England ein gesetzesfürchtiges Land, und es gibt immer einen Polizisten in Rufweite.'

Sie kamen also in das Westland, und ich konnte sie nicht abschütteln. Seitdem lebten sie auf meinem besten Land pachtfrei. Ich fand keine Ruhe und keinen Frieden mehr, kein Vergessen. Ich konnte mich wenden, wohin ich wollte, immer war neben mir sein schlaues, grinsendes Gesicht. Das wurde immer schlimmer, als Alice heranwuchs, denn er sah bald, daß ich nicht so sehr die Polizei fürchtete, sondern daß sie etwas erfahren könnte. Was er haben wollte, mußte er bekommen, und ich gab es ihm, ohne Fragen zu stellen — Land, Geld, Häuser —, bis er schließlich etwas von mir verlangte, das ich nicht geben konnte: meine Tochter Alice.

Sein Sohn, sehen Sie, war auch herangewachsen, genau wie mein Mädchen, und man wußte, daß ich von schwacher Gesundheit war. Da erschien es ihm als feiner und selbstverständlicher Streich, daß sein Sohn meinen ganzen Besitz übernehmen sollte. Aber hier blieb ich fest. Seinen verdammten Stamm hätte ich um nichts in der Welt mit dem meinen vermischen mögen. Gegen den Jungen hatte ich nichts, aber das Blut war in ihm, und das reichte. Ich blieb fest, McCarthy drohte, und da wurde er immer gemeiner. Wir sollten uns halbwegs zwischen unseren Häusern treffen, am See, um es auszureden.

Als ich hinkam, redete er mit seinem Sohn. Ich rauchte eine Zigarre und wartete hinter einem Baum, bis er allein war. Als ich aber dem zuhörte, was er redete, stieg mir die schwärzeste, bitterste Galle hoch. Er drängte seinen Sohn, meine Tochter zu heiraten, und ihm war egal, wie sie sich dazu stellte, fast als sei sie eine Dirne von der Straße weg. Das machte mich verrückt. Mein Liebstes sollte unter die Macht eines solchen Mannes kommen? Konnte ich denn da nicht eingreifen? Ich war ja schon schwer krank, ein sterbender und verzweifelter Mann. Mein Geist war klar, auch mein Körper war noch stark, und ich wußte, daß mein eigenes Schicksal sowieso besiegelt war. Aber mein Ansehen und mein Mädchen! Beides konnte gerettet werden, wenn ich sein faules Mundwerk zum Schweigen bringen konnte. Und das tat ich, Mr. Holmes.

Ich würde es wieder tun. Ich habe schwer gesündigt, ich habe ein Märtyrerleben geführt, um dafür zu sühnen. Aber daß mein Mädchen in das gleiche Netz gezogen werden sollte, das mich festhielt, war mehr, als ich ertragen konnte. Ich schlug ihn nieder und hatte weniger Gewissensbisse, als wäre es ein wildes, giftiges und gemeines Tier gewesen. Sein Schrei brachte seinen Sohn zurück, aber ich hatte schon den Schutz des Waldes gewonnen, wenn ich auch noch einmal zurückkehren mußte, um den Mantel zu holen, den ich auf meiner Flucht verloren hatte. Das ist die wahre Geschichte, Gentlemen, und genauso ist alles passiert.«

»Nun, es ist nicht meine Sache, Sie zu richten«, sagte Holmes, als der alte Mann seine Aussage unterschrieb, wie sie aufgezeichnet worden war. »Ich bete und hoffe nur, daß wir einer solchen Versuchung niemals ausgesetzt werden.«

»Ich bete nicht, Sir. Und was werden Sie nun tun, Sir?«

»Nichts, mit Rücksicht auf Ihre Gesundheit. Sie wissen selbst, daß Sie sich für Ihre Taten bald vor einem höheren Gericht zu verantworten haben. Ich werde also Ihr Geständnis behalten, und sollte McCarthy verurteilt werden, sehe ich mich gezwungen, mich seiner zu bedienen. Wenn nicht, wird kein sterbliches Auge es je sehen. Und Ihr Geheimnis, ob Sie nun noch leben oder schon tot sind, ist bei uns in Sicherheit.«

»Leben Sie dann wohl«, sagte der alte Mann düster. »Ihr eigener Tod wird, wenn es einmal soweit ist, für Sie leichter sein, wenn Sie an den Frieden denken, den Sie mir gönnen.« Er zitterte am ganzen Körper, dieser Riese, als er langsam hinaushumpelte.

»Da möge uns Gott helfen«, sagte Holmes nach einem langen Schweigen. »Warum spielt das Schicksal so üble Tricks mit den armen, hilflosen Erdenwürmern? Immer höre ich, wenn ich einen solchen Fall erlebe, Baxters Worte und sage: ‚Hier geht Sherlock Holmes. Gott sei ihm gnädig.'«

James McCarthy kam vor Gericht und wurde freigesprochen, da Holmes eine Reihe von Einwänden ausgearbeitet und dem Verteidiger als Unterlage zur Verfügung gestellt hatte. Der alte Turner lebte nach diesem Gespräch noch sieben Monate, doch jetzt ist er tot. Und es sieht ganz so aus, als würden Sohn und Tochter einmal glücklich miteinander werden, da sie nichts wissen von der schwarzen Wolke, die über ihrer Vergangenheit hängt.

Über Arthur Conan Doyle

Wo immer Bücher bekannt sind und gelesen werden, in fast allen Ländern unserer Welt, erinnert die Redewendung »einfach, mein lieber Watson« sofort an Sherlock Holmes, den Meister aller Detektive.

Holmes ist in der englischen Fiction-Literatur und vielleicht überhaupt die bekannteste fiktive Gestalt der Welt. Der Name Holmes ruft einem sofort den Namen eines der bekanntesten Schriftsteller ins Gedächtnis, den von Arthur Conan Doyle, der Sherlock Holmes schuf.

Doyle wurde in Edinburgh als Sohn einer vornehmen, wenn auch armen Familie geboren. Sein Vater war ein zu seiner Zeit sehr bekannter Künstler. Wenn auch das Geld fehlte, eine gute Erziehung und Bildung erhielt er trotzdem, und seine Studien schloß er an der medizinischen Fakultät der Universität Edinburgh ab.

Zu diesen medizinischen Studien brauchte Doyle länger als üblich, denn er arbeitete jeweils ein halbes Jahr, um sich das Geld für das folgende Semester zu verdienen. Nach seiner Graduierung segelte er als Schiffsarzt in die Arktis und ging später auf eine Reise nach Afrika.

Nach England zurückgekehrt, heiratete Doyle und machte eine Praxis in Portsmouth, einer Stadt an der Küste, auf. Es kamen jedoch nur wenige Patienten. Schon immer hatte er gerne gelesen, und als Student hatte er sich auch am Geschichtenschreiben versucht. Aus einer wirtschaftlichen Notwendigkeit heraus machte er sich ganz ernsthaft ans Schreiben.

Es dauerte Monate, bis er seine erste Geschichte, mit der er Sherlock Holmes bekannt machte, verkaufte; es war dies *A Study in Scarlet.* Abgedruckt wurde sie in einer wenig bekannten Zeitschrift, doch sie fand die Aufmerksamkeit eines amerikanischen Verlegers, der eine andere Geschichte in Auftrag gab. Das wurde dann *The Sign of the Four.* Allmählich wurden es neun Bücher über Sherlock Holmes.

Jetzt weiß man, daß dieser fiktive Holmes sich auf eine sehr echte Persönlichkeit zurückführen läßt. Als er schon eine Weile berühmt war, bestätigte Doyle, daß er seinen Helden nach Dr. Joseph Bell geformt hatte, der einer seiner Professoren während seines Medizinstudiums war. Bell konnte die Symptome der Leute diagnostizieren und ihnen Einzelheiten aus ihrem Leben sagen, ohne daß sie auch nur ein Wort zu reden brauchten. Er irrte sich kaum einmal.

Doyle gab dann die Medizin auf, reiste und schrieb für den Rest seines Lebens. Man nannte ihn den »Vater des modernen Detektivromans«, und es gibt mindestens einen Klub, die Baker Street Irregulars, die sich regelmäßig zusammenfinden, um Doyle und seinem Detektiv Sherlock Holmes Ehre zu erweisen und ihr Gedächtnis wachzuhalten.

Für seine literarischen Erfolge wurde Doyle geadelt und hieß fortan Sir Arthur. In seinen späteren Jahren schrieb er auch zahlreiche Romane und Bühnenstücke.